覆雨翻雲

黃易

作品集 卷十一

【修訂版】

【目錄】

第一章 未了之緣

第一章　未了之緣

龐斑負手優閒地來到橫匾寫著「淨心滌念，過不留痕」八字的方亭前，駐足靜觀。當日韓柏注意到的是「淨念」兩個字，龐斑卻是微微一笑道：「過不留痕，誰不是過不留痕呢？縱能名垂千古，千古比起宇宙的無始無終，又算得哪一回事？」哈哈一笑，負手繼續深進。他恩師蒙赤行與傳鷹決戰後，還活了三十多年，才坐化大都，亦正是當時蒙人在中原的首都。蒙赤行死後遺體堅硬如鐵，毫無腐朽傾向。龐斑遵其遺命，以猛烈窯火把他焚燒了三日三夜，加熱至能熔銅煮鐵的高溫，才將他化作灰燼。然後他像朝聖般把蒙赤行的骨灰攜至域外，在蒙赤行指定的十處名山之巔，撒下骨灰。那次旅程對龐斑的成長有無比深刻的意義。他遵從恩師的指示，赤足走了五年，完成了蒙赤行對他最後的遺命，途中不言不語，睡的是荒山野漠。就是這五年的修練，奠定了他十年後登上天下第一高手寶座的基礎。

與傳鷹決戰後，蒙赤行變化很大。他的注意力由武道轉向人道，心神放在平凡中見眞趣的生活裏。當傳鷹躍馬仙去的驚人消息傳入他耳內後，他默然不動，在書齋內靜想了百天，被雷電灼黑了的肌膚再轉回以前的白皙無瑕。自此後，他不但盡傳龐斑魔門秘技，還教他如何去體驗生活和生命，指導他看書認字。這人人驚懼的不世高手，對龐斑來說卻是最慈和可親的人。死前百日，蒙赤行向他準確預測了自己的死期和形式，自該日起，他進入無比歡娛恬靜的心境裏，比任何時間更閒適舒暢。撒手前，向龐斑訓誨道：「魔道之別，前者初易後難，後者始難後易，斑兒應謹記，生老病死、愛恨情仇、時間流逝，莫非感官共創之幻象，執空爲實，始終一無所有。」接著伸手按著他的肩頭，深深看入他眼中道：「爲師的成就，早曠古爍今，獨步魔門，將來唯一有希望超越本人者，非斑兒莫屬。不過人力有時而窮，將來假若有一天斑兒覺得前路已盡，便應拋開一切，進修魔門近數百年來無人敢試的種魔大法，置之死地而後生。唉！蒙某有幸，得遇傳鷹這絕代無雙的對手，長街一戰，今日之成，實該日之果。」言罷含笑入滅。當年之語，如猶在耳。龐斑之所以善待楞嚴，實有感於蒙赤行待己之德。

魔功大成後，龐斑縱橫天下，想遇一相埒之敵手而不可得，直至遇上言靜庵的情關，才感去路已盡，遂遵蒙赤行之囑，拋開一切，把精神全投入道心種魔大法的修練裏。那是他一生中最黑暗和充滿負面情緒的日子。當他因一著之差，大法難竟全功，心中充滿著不滿和對肉慾的追求與嫉恨的情緒時，忽然來了個浪翻雲，以人爲鑑，頓使他有若立地成佛般，徹底脫離了種魔大法黑暗邪惡的一面，由魔界踏入了道境，達至大法的至境。由那時開始，他再不是以前的龐斑。四周忽地逐漸明亮起來。半邊明月破雲而出，在虛黑的夜空展露出無與倫比的仙姿玉容，照亮了他的路途。

浪翻雲這時潛回憐秀秀的房裏。憐秀秀醒轉過來，擁被起坐，驚喜道：「翻雲！」

浪翻雲取出酒壺灌了三大口清溪流泉後，坐入椅內，舒適地挨在椅背道：「水月大宗不愧東瀛第一高手，我要借秀秀閨房靜坐一會才行。」

憐秀秀失色道：「翻雲不是受了傷吧？」

浪翻雲笑道：「他仍沒有傷浪某人的資格，但卻費了我不少氣力。」

憐秀秀鬆了一口氣，道：「那不如到秀秀的被窩睡一覺？」

浪翻雲像回到當年與紀惜惜夜半無人私語時的光陰，心頭流過一陣暖意，含笑道：「讓我先哄秀秀睡好，才打坐入靜吧！」心中暗嘆，深惜已錯過了殺死單玉如的最佳良機，現在她知道行藏敗露，定會改變策略，立即對付朱元璋。單玉如眞是厲害，在那種劣勢下仍有脫身的方法。

單玉如一手扯掉韓柏的頭罩，欣然笑道：「踏破鐵鞋無覓處，得來全不費工夫，韓公子怎也想不到會落在本教主手上吧！」

韓柏仰躺床上，手足均被來自單玉如身上的特製衣帶綑個結實，粽子般不能動彈。這是一間女性的閨房，雖說在皇宮之內，但單玉如既放心把他帶來，自不虞會被人找到。其實連單玉如也不知道，他的魔種根本不受任何外力約束，以單玉如驚人的功力，亦只能使他身體麻痺了片刻。問題在於他剛挨了直破天那記凌厲的矛風，一時眞氣與經脈仍未流轉暢順，亦沒有自信可震斷身上不知用甚麼材料織成的綑縛，才不敢發難。而且以單玉如的身手，只要他略有異動，會立生感應，故他未到最後關頭，絕不敢冒險嘗試。他苦笑道：「爲何你不一掌劈死我，豈非一了百了，難道教主看上了韓某，想先嚐點滋味甜頭嗎？」

單玉如一陣嬌笑，媚態橫生，眞可迷死所有男人。旋即掩嘴白他一眼道：「你莫要胡思亂想，乖乖答本教主幾個問題，人家會給你一個痛快。否則廢去你的武功，再把你閹了，才脫光衣服把你放在金陵最大的市集，看你還怎生做人？」

韓柏見她巧笑倩兮說出這麼狠辣殘忍的話，又確是句句命中自己要害，嘆了一口氣道：「教主問吧！本人知無不言，言無不盡。」

單玉如愕然道：「你像是一點都不害怕的樣子呢！」無論她說的話含意如何，可她總是那樣柔情蜜意，款款情深的模樣，每個表情都是那麼楚楚動人，風姿綽約，使人感到縱使被她殺死，那死法也會是醉人甜美。

韓柏惱道：「怕有甚麼用？快問吧！本公子沒有時間和教主閒聊。」

單玉如既好氣又好笑，不過想起夜長夢多，哪還有心情和他計較，柔聲道：「浪翻雲爲何會知道本教主隱身坤寧宮內？」

剎那間韓柏明白了過來，同時知道自己現在的答話非常重要，因爲單玉如仍未知道允炆和恭夫人的秘密已被識破，現在只因浪翻雲找上門來而生出懷疑之心。他的魔種倏地提升至最巔峰的狀態，想也不想道：「你問我，我去問誰呢？不過聽說龐斑今晚要去對付鷹緣活佛，他自有來皇宮的理由。」

單玉如一震道：「鷹緣活佛？」

韓柏皺眉道：「怎麼啦？連活佛在太監村的事你都不知道嗎？」

單玉如沉吟起來，忽地舉起右手，按在韓柏心窩處，微笑道：「只要本教主掌勁吐出，保證十個韓柏都要立斃當場，韓公子信是不信呢？」

韓柏心中叫苦，應道：「當然相信！」

單玉如輕輕道：「本教主問一句，公子只須答是或否，若有絲毫猶豫，又或本教主認爲你在說謊，今世你再不用見你的甚麼秦夢瑤、月兒、霜兒。」

韓柏喜道：「快問吧！我定會不給你眞答覆，那就可痛快地死掉。」

單玉如爲之氣結，亦暗罵自己糊塗，因爲對韓柏來說，他如今最佳的結局莫如痛快死掉。可是她卻沒有把手掌收回來，淡淡一笑道：「好！走著瞧吧！」秀眸厲芒一閃道：「朱元璋知不知道我在宮內？」

韓柏含笑望著她，果似視死如歸，堅持到底。單玉如「噗哧」一笑道：「早知韓公子會充硬漢子的了。」纖手輕按，一股眞勁送入韓柏心脈處，再千川百流開枝散葉般往韓柏全身經脈衝去。韓柏全身劇震，整個人蜷曲起來，連隱藏起穴道已解一事都忘了。原來勁氣到處，有如毒蟻咬噬，又癢又痛，那種難以形容鑽心噬肺，蝕入骨髓的難過和痛苦，鐵打的人都經受不起。

單玉如花枝亂顫般笑起來道：「難怪你有恃無恐，原來竟能自行衝開了本教主的點穴手法，唉！眞是可惜，給人家一下子就試出來了。」

「啪！」的一聲，裝載著假盤龍杯的布袋由他懷裏掉了出來，落在床上。單玉如微一錯愕，伸手一摸，臉色微變道：「這是甚麼？」

此時韓柏又另有一番感受，一陣蝕心椎骨的痠癢劇痛後，小腹一熱，單玉如的眞氣竟全給他似佛祖收妖般吸到丹田氣海穴處，不但再不能作惡，反治好了直破天剛造成的眞氣激盪。可見魔種確有能克制任何魔門功法的特性。他當然仍扮作痛苦萬分的樣子，啞聲呻吟道：「你能否先解去我的痛苦？」

單玉如皺眉道：「你若令本教主滿意，本教主自然會解開這毒刑。」不待韓柏說話，早伸手取出假杯。不知爲了甚麼原因，單玉如微一愕然，失聲道：「這東西怎會到了你身上？」

韓柏偷眼一瞥，心中大奇，爲何以她泰山崩於前而色不變的從容鎮定，竟會爲這一只杯子而動容變色呢？同時又知道她以爲自己正痛苦不堪，所以並不改易自己的表情，還故意多慘叫兩聲，使她更不懷疑自己。

單玉如掌如雨下，連拍他數處大穴。韓柏暗叫來得好，暗暗把她的掌力吸收。他裝作全身乏力地軟癱床上。單玉如毫不懷疑，因為她這手法乃魔教八大毒刑之一，非常霸道，受刑者虧損極大，永遠不能眞正復元過來，短期內更是想爬起身也有問題。她也是過於自信，否則只要細心檢查韓柏體內氣脈運行的情況，當可知這小子半點內傷都沒有。冷冷道：「快說出來吧！」

韓柏心中一動道：「當然是偷來的，不過我只是負責接贓，偷的人是范良極，把這鬼杯塞給我後，他又去偷別的東西了。害得我被人追得差點沒命，唉！不過終也是沒有命了。」

單玉如臉上古怪的神色一閃即逝，嘆了一口氣後，忽然一指點在韓柏的眉心穴上。韓柏再暗叫來得好，運起挨打神功，在體內不動聲息地化解和吸收了她的指勁，同時運起魔功，假裝出昏迷的神態。單玉如輕飄飄地拍了他七掌，當然都給他一一在體內化解了。這七掌陰寒傷損，目的全在破他體內奇經八脈，此女確是毒似蛇蠍，毫不留情。

單玉如冷笑道：「不知算你這小子走運還是倒楣，撿回一條小命，卻要終生做個廢人和瘋子。」

韓柏只望她不斷自言自語，好能多說些秘密給他聽得。可惜事與願違，單玉如把假杯裝回布袋裏，塞入他懷內，再一把提起了他，穿窗而去。

龐斑像個遠方來的觀光客，借著點月色，欣賞著沿途柳暗花明的園林景色，又不時回首眺望皇城壯麗的夜景和燈飾。不知是否受到蒙赤行的影響，龐斑自幼開始便從不追求世俗中人人征逐的女色、財富和權勢。對他來說，生命的意義就是去勘破生命的存在和天地的秘密。他並不相信這能假借他人而得，一切只能依靠自己的努力。別人只可作為起步的少許方便。所以龐斑從不崇拜任何先聖賢人，包括蒙赤行在內，有的只是欣賞。崇拜是盲目的，欣賞卻發自理性的思維。這使他不拘於前人的任何規範，在每一方面均能另出機杼，開創出一個新的局面，令他全面的超越了魔宗蒙赤行，獨步於古往今來任何魔門宗師之上，修成道心種魔大法，成爲無可爭議的魔門第一高手。

現在他終於要和傳鷹的兒子見面了。只恨不能和傳鷹生於同一個時代，否則龐斑願作任何犧牲，只求能有此一對手。幸好還有個鷹緣，一個甚至比乃父傳鷹更高深莫測的人。究竟他的「修爲」深湛到甚麼地步呢？只看紅日法王一直心怯不敢去碰他，便知鷹緣的厲害，實不下於傳鷹，只是以另一個形式發揮罷了！不規則中自見規律的簡陋村屋，羅列眼前。龐斑眼中射出智深如汪洋大海的神光，冷然看著眼前一切，感受到物像背後所蘊的深刻意義。心靈同時進至無人無我，與天心結合爲一體的境界。對龐斑來說，外在的世界只是幻象，只有內心的世界才是眞實動人的。外在的世界只是因內在世界而存在。沒有這個「我」，怎還有甚麼「他」呢？就在這刹那間，鷹緣的心和他緊鎖在一起。決戰終於開始。

風行烈肩托紅槍，策馬穿街過巷，朝鍾山南麓獨龍阜玩珠峰下的陵地馳去，神情平靜。這晚秦淮河剛好水滿，雖是天氣嚴寒，但畫船簫鼓，仍是綿綿不絕。沿街青樓酒館，均掛上明角燈籠，一條街上有好幾千盞，照耀得如同白日。夜色深沉，天上半闕明月，在燈火映照中黯然失色。不知何處傳來若斷若續的簫音，淒清委婉，動人心魂。與街上行人相比，風行烈像活在另一世界的人，面對的是生和死的奮戰。轉出了秦淮大街，前方有一關卡，站著數十個軍裝兵弁和穿著錦衣的廠衛，截查往來行人，見到風行烈馬飾印記，知道是鬼王府的人，問了兩句後，立即放行，又爲他的坐騎掛上標誌，免他再受盤查。

風行烈再往前走，忽地哭喊聲傳來，只見一群如狼似虎的禁衛軍，押著一群手足均繫著鐵鍊，足有百多人的男女老幼走過，愁雲慘霧，教人心生感慨。風行烈心頭激盪，生出無比的厭憎，只想立即遠離此地，不忍目睹朱元璋爲誅除藍玉和胡惟庸餘黨而展開的大搜捕及滅族行動。人間慘事，莫過於此！他不知若非朱元璋曾答應韓柏，被牽連的人還遠不止此呢。

風行烈嘆了一口氣，自知無力改變眼前發生的事，收攝心神，通過嚴密的城防，出城去了。他沿著林蔭古道，緩緩而行。這次年憐丹予他放手決戰的機會，實在存有撿便宜的僥倖心。因爲以風行烈的功力，每天都隨著經驗和修爲突飛猛進，說不定很快會追上他年憐丹，所以這好色魔王想藉此機會，先一步擊殺風行烈，免得將來反被風行烈殺死。風行烈卻是澎湃著無比的信心，並非盲目相信自己可勝過年憐丹，而是這種信心來自燎原槍法的心法——一往無前，全力以赴。他感到變成了厲若海，重演當日厲若海挑戰龐斑的情景。那次厲若海戰敗身死，同樣的命運會發生在他身上嗎？

與風行烈分頭赴約的戚長征也看到大同小異的景象，且因他的目的地是市內鼓樓旁的廣場，竟遇上十多起被逮捕的男女，眞是天慘地愁，教人不忍卒睹。此時戚長征都弄不清楚誰是誰非，因爲若換了這批人得勢，同樣的事會照樣出現在現在逮捕他們的人身上。只是禍及老人婦孺，教人不忍。他搖頭嘆了一口氣，舒出心中鬱怨，遙觀目的地。一座宏偉壯麗的樓閣，巍巍聳立在高崗之上，分上下兩部分，下層作拱形城闕狀，三門洞城垣，四面紅牆巍峙。城垣上聳立著重檐歇山頂的殿式木構建築，龍鳳飛檐、雕樑畫棟、典雅壯麗，在黯淡的朦朧月色下，頗有秘異難言的非凡氣勢。戚長征跳下馬背，深吸一口氣，晉入晴空萬里的精神境界，一拍背上天兵寶刀，往鼓樓掠去。

朱元璋看著龍桌上的假杯，又好氣又好笑，給抬入御書房仍在裝死的韓柏，此時才跳起來，裝著神情惶恐的坐在下首處。

朱元璋啞然失笑道：「你甚麼不好偷，卻要來偷朕的『掩月盤龍』，難道不知這杯對朕的意義是多麼重大嗎？差點連命都丟了，眞是活該。」

韓柏苦笑著臉道：「我只是個接贓的助手，范良極那傢伙把我騙了來，說找到單玉如在宮內的藏身處，哪知去了一轉，就把這東西塞入我懷裏，自己又去偷另外的東西，害得我被皇上的人追殺。」

朱元璋訝道：「范賊頭怎知盤龍杯藏在太廟裏？」

韓柏心中暗喜，這次你還不上當，茫然搖頭道：「小子甚麼事都不知道。」

朱元璋嘴角飄出一絲高深莫測的笑意，柔聲道：「單玉如爲何會忽然出現，把你擄走？但又不乾脆把你殺死呢？」

韓柏道：「或許她認爲把小子弄成廢人，更是有趣一點。」

朱元璋搖頭道：「那她更不用把盤龍杯小心翼翼放回布袋裏，又把它好好藏在你懷中，你已成了個廢人，這樣做根本害不了你，反使人覺得她是栽贓陷害你。」兩眼神光一現道：「單玉如一向手腳乾淨，否則我們不會到現在仍抓不著她的把柄，這樣拖泥帶水，其中定有因由。」

韓柏靈光一閃道：「我明白了！」

朱元璋一掌拍在檯上，大笑道：「小子你眞是朕的福將，這麼輕鬆容易，就破了單玉如天衣無縫的陰謀。」

韓柏嘆道：「皇上眞是厲害！」

朱元璋失笑道：「想不到一只假杯，竟可騙倒佔盡上風的單玉如。」

韓柏劇震道：「假杯！」

朱元璋笑得喘著氣道：「范良極無疑是仿冒的天才，不過他卻怎也仿不到這眞杯的重量，因爲那是天竺一種叫『金銅』的物料所造，看來與中土的黃銅無異，但卻重了少許，朕初時也被騙過了，但朕拿上手後立知眞僞，剛才只是故意害他到太廟撲個空。他的耳眞厲害，竟可偷聽到朕在這裏和你說話。」

韓柏老臉通紅，既尷尬又難堪。

朱元璋收止笑聲，欣然道：「放心吧！朕絕不會和你們計較，待會把眞杯拿來贈你又如何，不過千萬不要拿來喝酒，否則一命嗚呼，怨不得別人也。」他顯是心情大佳，長身而起道：「小子隨我來！」

韓柏茫然看著他，到此時此刻，他仍不知朱元璋葫蘆裏賣的是甚麼藥。

大監村的情景比之上次韓柏來時，大有不同，地上是齊膝的大雪，樹掛霜條，在月色下既神秘又純淨。龐斑輕鬆漫步，不留下半點痕跡。流水淙淙。具有挺拔入雲之姿的鷹緣手負背後，正俯頭細看所站石旁永不休止的山泉流水，悠然自得。龐斑雖沒有發出任何聲音，他卻如斯響應地回過頭來，與龐斑打了個照面。他的眼神仍是熾熱無比，充盈著渴望、好奇和對生命的愛戀。

龐斑眼中閃過訝色，微微一笑道：「見到鷹緣兄，可想像到爾父當年英發的雄姿。」

鷹緣哈哈一笑道：「眞是有趣，我也正想著先父當年決鬥令師時，不敢輕忽的心境。」接著露出深思的神色道：「這幾十年來，我還是第一次說話。」

龐斑欣然一笑，來到他身旁，與他並肩而立，柔聲道：「活佛今天來中原，究竟是爲了甚麼原因？」

鷹緣深邃不可測的眼神，投往溪水裏去，微笑道：「當然是爲再續先父與令師百年前未竟之緣，事實上我早就出手，藉行烈與龐兄拚了一場，使龐兄毀不了爐鼎，亦使龐兄落在下風好一陣子，只想不到龐兄這麼快便脫身出來。」

龐斑啞然失笑道：「好一個脫身出來！」竟沒有半絲不滿的表示，還似覺得很滿意的樣子。

鷹緣踢掉鞋子，坐了下來，把赤足浸在冰寒徹骨的水中，舒服地嘆息道：「暖得眞舒服！」

龐斑仰首望天，細察月暈外黯淡的星辰，淡淡道：「暖得有道理，冷暖純是一種主觀的感覺。所以催眠師才能令受術者隨他的指示感覺到寒溫，看來活佛已能完全駕馭身體和感官。」

鷹緣凝視著流水，眼睛閃著熱烈得像天眞孩兒般的光芒，喃喃自語般道：「龐兄！生命不是頂奇妙嗎？萬千潛而未現的種子，苦候著良機，等待著要闖入我們這世界裏來，經驗生命的一切。小弟不才，就在先父和白蓮珏合體的刹那，比別人先走一步，得到了再生那千載一時的機會，受了最精采絕倫的生命精華，所以本人最愛的就是父母。」

龐斑笑道：「生命的開始便是爭著投胎，難怪人天性好鬥，因爲打一開始就是那樣子了。鷹兄摸到的的確是一手好得不能再好的牌子。」

鷹緣嘆道：「我不說話其中一個原因是因爲人與人間的說話實在沒有多大實質的意義。但現在我卻很享受我們間的對答。」忽然仰天一笑道：「既摸到一手好牌，爲何不大賭一場，所以我才萬里迢迢來中原找龐兄，使這場生命的遊戲更爲淋漓盡致。」

龐斑捧腹狂笑，蹲了下來，喘著氣道：「龐某自出生以來，從未像今晚這般開懷，好了！現在你找到我了，要龐某怎樣玩這遊戲，無不奉陪！」

鷹緣別過頭來，寬廣的前額閃現著智慧的光輝，眼睛射出精湛的神光，透進龐斑的銳目，柔聲道：「鷹刀內藏有先父畢生的經驗，包括躍馬破碎虛空而去的最後一著，當然漏不了隱藏著生死奧秘的『戰神圖錄』，鷹刀內現在只餘『戰神圖錄』，其他的都給我由鷹刀內抹去了。」

龐斑動容道：「這確是駭人聽聞的事，鷹兄既能重歷乃父的生命，等於多了乃父那一世的輪迴，為何仍要留戀這裏呢？」

鷹緣嘆了一口氣，搖頭苦笑道：「我已跨了半步出去，但卻驚得縮了回來，驚的是破碎虛空這最後一招，怎會是這麼容易的一回事？」

龐斑的臉色凝重起來，沉聲道：「那小半步是怎麼樣的？」

鷹緣目不轉睛地與他深深對視著，閃動著使人心顫神移的精光，輕輕道：「那完全超越了任何人世的經驗，沒有語言可以形容其萬一，所以由那天起，我選擇了不說話，也忘記了所有武功。」

龐斑微微一笑道：「那為何今晚又說這麼多話？」

鷹緣露出個充滿童心的笑容，看著濯在冰水裏的赤足，伸展著腳趾以充滿感情的聲音道：「因為本人要把這言語說不出來的經驗全盤奉上給龐兄，以表達先父對令師蒙赤行賜以決戰的感激，沒有那次決戰，先父絕無可能參破戰神圖錄最後著的破碎虛空。」再望著龐斑微笑道：「沒有與龐兄今晚此戰，亦浪費了先父對我的苦心。」

龐斑大感有趣道：「龐某眞的很想聽這沒有方法以言語表達出來的經驗。」

鷹緣若無其事道：「只要龐兄殺了我，立即會『聽』到這經驗。」

龐斑仰天大笑起來，狀極歡暢。

鬼王虛若無單獨一人立在乾羅遺體旁，眼中射出深刻的感情，細看著這初交即成知己的好友。對自己或別人的死亡，他早麻木了。但乾羅的死不知如何，卻使他特別生出了感觸。堂外園裏月色朦朦，似有若無地展示著某種超乎平凡的詭艷。就在此時，里赤媚的聲音由空際遙遙傳來道：「有請虛兄！」虛若無微微一笑，倏地不見了。

乾清殿內的密室裏，韓柏、范良極和虛夜月三人並排坐在上等紅木做的長椅上，看著上首春風滿面的朱元璋，假杯放在他身旁几上。原本放在這密室裏的眞杯給拿了去仔細檢驗。另一邊坐的只有一個燕王棣。眾人這時已知道事情的來龍去脈，均感其中過程荒誕離奇至極。

朱元璋道：「現在事情非常清楚明白，叛賊最初的陰謀，必是與媚蠱有關，分別由盈散花和陳貴妃向皇兒和朕下手，這牽涉到魔教的邪術，例如使棣兒在大壽慶典時忽然失了神志，下手刺殺朕，那時單玉如便可藉詞一舉將與棣兒有關的所有皇族和大臣，全部誅除，那時天下還不是她的嗎？」

范良極雖被拆穿了賊謀，卻半點愧色都沒有，拍腿嘆道：「可惜卻給浪翻雲撞個正著，並使陳貴妃得不到其中一項必須的藥物，故陰謀只成功了暗算燕王的那一半。」

燕王臉色一紅，爲掩飾尷尬，加入推論道：「於是單玉如另想他法，把毒藥塗在盤龍杯內，只要父皇被害，而本王又中了必殺的媚蠱，天下亦是他們的了。」

朱元璋嘆道：「這女人眞厲害，一計不成又一計，而且成功的機會的確很大，自朕得到盤龍杯後，一直不准任何人觸碰此杯，免得影響了杯子所藏的幸運，所以明天大壽朕以之祭祀天地時，便要著她道兒。」轉向燕王棣道：「忠勤伯確是我朱家的福將，將來無論形勢如何發展，棣兒必須善待忠勤伯，知道嗎？」以朱元璋的爲人，縱使是一時衝動，說得出這種話來，亦已非常罕有難得了。燕王棣連忙應命。

虛夜月不耐道：「朱伯伯，那現在要怎樣對付那些奸徒呢？」

朱元璋顯是相當疼愛這嬌嬌女，含笑愛憐地道：「當然是要把他們一網打盡，半個不留。」接著蹙起眉頭道：「這也要怪朕作繭自縛，自允炆懂事以來，朕一直栽培他，還鼓勵他與王公大臣接觸議政，使政權有朝一日能順利移交。唉！他在這方面做得比朕預估的要好上十倍；到現在才知他背後有單玉如在指導和撐腰。」言下不勝感觸，他顯然仍對允炆有著深厚的感情，一時難以改變過來。龍目寒光閃過，冷冷道：「這密室乃宮內禁地，放的全是祭器，只有朕和允炆才可進入。」眾人恍然，才知道朱元璋爲何如此肯定允炆有問題，只有他才有機會把毒藥塗在杯內。這回輪到燕王擔心杯子檢驗的結果了。

剛好此時檢驗的報告來了。老公公把杯子送回來道：「這寶杯果然有問題，杯底少許的一角多了層透明的薄膠，但卻沒有毒性，可知必仍是與混毒的手法有關，若非心有定見，眞不易檢查出來。」

朱元璋眼中閃過濃烈的殺機，先使老公公退出密室外，沉聲道：「現在證據確鑿，所以我們必須先發制人，一舉把叛賊全部清除，天下才會有太平日子。」接著嘆了一口氣道：「這事最頭痛的地方，就是仍摸不清楚單玉如的眞正實力，剛才搜尋忠勤伯時，坤寧宮內發現了血跡，八名禁衛集體被殺，都是被點穴後再下毒手滅口，朕已藉口安全問題，派出高手，名爲保護，實際上是禁制了允炆的行動，他暫時已被朕控制在手裏。」

范良極沉聲道：「只要幹掉了這孩兒，單玉如還能有甚麼作爲呢？」

朱元璋對范良極態度親切，笑道：「范兄偷東西是天下無雙，但說到政治權術，還是朕在行。大明律例乃由朕親自訂立，連朕亦不可隨意違背。尤其此事牽連廣泛，京師內無人不擁戴允炆，視他爲未來新主，所以廢立之事，必須等到適當時機，理由充分，才可進行，否則立即天下大亂，連朕也難以壓制。」雙目精芒一閃，緩緩道：「眼前當務之急，就是找出暗中附從單玉如的王公大臣的名單，那朕便可在明午到南郊登壇祭祀天地前，將這些叛臣賊將全體逮捕，老虎沒了爪牙，單玉如只靠她的天命教徒和一些投附的武林高手，就再也不足爲患。」

眾人心下明白，單玉如最厲害的武器就是無孔不入的女色，她們透過巧妙的方法，像附骨之蛆般潛在王公大臣身旁，配合著允炆的聲勢，裏應外合下，自有不少人暗中附從允炆。這些人一向大力反對燕王，與允炆的命運掛上了鉤，若知朱元璋改立燕王，爲了切身利益，一旦有事，只有站在允炆的一方，那麼天下立時四分五裂了。朱元璋亦不能隨便把懷疑有問題的人處死，但若有這樣一張名單，不但列出了像白芳華那樣打進了大臣家內的天命教妖女，還有這些附從大臣的詳細資料，朱元璋出師有名，即可一舉將他們全部除掉，燕王的登基亦再無任何阻力。

韓柏苦惱地道：「這樣一張名單，可能根本並不存在呢！」

朱元璋搖頭道：「一定會有這種資料的，否則以天命教這麼龐大的組織，如何運作？不信可問怒蛟幫的人，每項收支，所有人手的調派，均須有詳細的紀錄，若只靠腦袋去記，負責的人若忽然被殺或病倒，豈非亂成一團。」向范良極微微一笑道：「范兄乃偷王之王，不知可否爲朕在今晚把這張名單弄來，那你拿走盤龍杯時，亦受之無愧。」

范良極暗罵一聲，拍胸道：「皇上有令，我侍衛長怎敢不從，小將儘量試試看。」

韓柏喜道：「我應可免役了吧！因爲小子理應扮作身受重傷，人事不知，還應通知霜兒入宮來探望我，皇上只要借間有床的密室給小子躲起來便成。」虛夜月立時俏臉飛紅，狠狠盯了韓柏一眼，但又是大感興奮。

朱元璋失笑道：「都怪朕賜了你忠勤兩字，改壞了名，范兄沒了你這好拍檔怎行。單玉如愛怎麼想便由她吧！只要拿到名單，還怕她飛到天上去不成？」再正容道：「無論如何！朕希望那份名單在太陽東出之前，能擺到朕的桌上來！」

龐斑笑罷森然道：「不計浪翻雲，龐某從未遇過一個比活佛更厲害的對手。哈！得法後竟可忘法，龐某怎殺得死你？正如活佛亦無能殺死本人，因爲我們都各自在自己的領域達到了巔峰之境，誰也奈何不了誰。活佛憑的是禪法，本人憑的是武道，同樣達到了天人之界。」

鷹緣訝道：「龐兄的智慧的確達到了洞悉無遺的境界，我和你就似河水不犯井水，不似你和浪翻雲，必須分出生死勝負。」接著低頭凝視流水，好一會後，像徹底忘記了剛才所有對話般靜若止水地道：「明天我會回去布達拉宮，龐兄珍重了！鷹緣會耐心靜候你們的戰果。」

龐斑的反應亦是奇怪，絲毫不以爲意，長身而起，負手淡然自若道：「鷹兄路途小心！」哈哈一笑，飄然去了。

「發地多奇嶺，千雲非一狀。」明孝陵位於獨龍阜下，該山北依鍾山主峰，聳峙傲立，泉壑幽深，雲靄山色，朝夕多變，故被朱元璋選作皇室埋骨的風水寶地。當年朱元璋登基不久，為覓最佳墓址，近臣裏包括虛若無在內，均不約而同選了此地。於是動工造陵，把原址的開善寺及所有民居，遷往別處，全部工程歷時三十年之久。馬皇后去世後被葬於此，謚曰孝慈，從此陵墓被稱作孝陵。稍後允炆之父朱標「病逝」，葬於孝陵之東，稱為東陵。

朱標臨死前曾向朱元璋透露是因煉服丹丸誤用藥物出事，當時朱元璋曾追問是何人誘他服用丹藥，朱標搖頭含淚不答，至死都沒有洩露是何人。朱元璋事後亦查而不獲。所以當韓柏指出恭夫人有問題時，前事湧上心頭，朱元璋早信了韓柏大半。有了目標後，朱元璋遣人一查，立即發覺恭夫人和允炆身旁所有內侍宮娥、從人保鏢，均為近十年間換入，擺明乃天命教的安排，至此更深信恭夫人母子有問題，這才有召燕王入京，準備廢允炆立燕王之舉。宮廷的鬥爭，到了白熱化的關鍵時刻。

風行烈策馬來到陵城起點處的落馬坊，守陵的領軍早得鬼王府通知，並不攔阻，為他接過馬兒，讓他進入通往陵寢的神道。雖說由鬼王府打了招呼，但還須朱元璋在背後點頭，決戰才得以在這大明的聖地進行。朱元璋本亦不是那麼好商量，但卻為著三件事至少暫時改變了對鬼王和韓柏等的態度。第一個原因就是他愈來愈覺得韓柏是他的福將；其次就是受到秦夢瑤的影響，那有點像言靜庵親臨的味道；第三個也是最重要的原因，就是韓柏向他揭露了單玉如、恭夫人和允炆的關係。所以他才肯放怒蛟幫和一眾婦孺離京。

風行烈扛著丈二紅槍，穿過三拱門式的大金門入口，越碑亭，過御河橋，踏上通往陵寢平坦寬闊，名著天下的孝陵神道。風行烈停了下來，深吸一口氣。他還是首次見到這麼莊嚴肅穆的康莊大道。神道兩側，自東向西依次排列著獅、獬、駱駝、象、麒麟和馬六種石雕巨獸，各有兩對四座，共十二對二十四座，造型生動，栩栩如生，使風行烈像來到了傳說的仙界。在淡淡的月照下，眾石獸或蹲或立，不畏風霜雨雪。神道顯是剛給人打掃過，地上不見積雪。風行烈把一切雜念排出思域之外，包括了亡妾之恨，立時一念不起，胸懷擴闊，只覺自己成了宇宙的核心，上下八方的天地，古往今來流逝不休的時間，全以己身作爲中心延展開去。蒼穹盡在懷裏。一股豪氣狂湧心頭，風行烈仰天一陣長笑，大喝道：「年憐丹！有種的給風某滾出來！」

戚長征躍入鼓樓旁的大廣場裏，月色使這銀白色的世界蒙上孤清淒美的面紗。雄偉的鼓樓，則若一頭蟄伏了千萬年，仍不準備行動的龐然巨獸。

鷹飛的笑聲劃破夜空，由鼓樓上傳下來道：「戚兄眞是信人，請這邊來！」

戚長征仰望鼓樓，只見鷹飛坐在鼓樓之頂，暗黑裏一時看不清楚他的表情，但卻感到他有種懶洋洋的輕鬆意態，心中大感懍然。表面卻毫不在乎地道：「鷹兄始終不脫卑鄙小人本色，居高臨下，不過戚某豈會害怕，讓你一點又如何呢？」

鷹飛哈哈一笑道：「戚兄誤會了，就衝在柔晶面上，戚兄未站穩陣腳前，鷹某決不搶先出手，免得戚兄做了鬼都冤魂不散，弄得鼓樓以後要夜夜鬼哭。」

兩人怨恨甚深，所以未動手先來一番唇槍舌劍，當然亦是要激起對方怒火，致心浮氣躁，恨火遮了眼睛、蒙了理智。

戚長征在極微細難尋的蛛絲馬跡裏，觀察出鷹飛功力修爲深進了一層，不像以前般浮佻急躁，當然那只是憑感覺得來。登時收起輕敵之心，微微一笑道：「冥冥之中，自有主宰，鷹兄多行不義，身負無數淫孽，哈！你說柔晶會保佑我還是你呢？」

鬼神之說，深入人心，戚長征由這方面入手，挫折鷹飛的信心和銳氣。鷹飛果然微一錯愕，因爲怎麼想水柔晶在天之靈也確不會佑他。

戚長征哈哈一笑，不容他出言反駁，道：「你最好移到一旁，以示言行合一，好讓戚大爺上來爲被你害死的所有冤魂索命。」

鷹飛想起只是爲他自殺而死的女子已不知有多少人，心頭一陣不舒服，勉強收攝心神，哂道：「這上面地方這麼大，何處容不下你區區一個戚長征，膽怯的就乾脆不要上來好了！」霍地躍起，拔出斷魂雙鉤，擺開架式，虎視著下方廣場上的戚長征。

戚長征見他氣勢強大，穩如山岳，確有無懈可擊之姿，心中暗讚，口上卻絲毫不讓道：「都說你是卑鄙小人，還不肯承認嗎？若還不滾下來受死，老戚立即回家睡覺。」

鷹飛雖不住提醒自己冷靜，仍差點氣炸了肺，知道對方看準自己因一直奈何不了他，最近又被韓柏挫敗，實比任何人更想要殺死戚長征來挽回頹勢，重振威名和信心，所以才強扮作毫不在乎這場決戰。眼中凶光連閃，沉聲道：「戚兄若要臨陣退縮，那就恕鷹某不送了。」

戚長征心中暗笑，知道一番言詞，已把鷹飛激回了以前那輕浮樣子，一聲長笑，反手拔出背上天兵寶刀，以右手拿著，寶刀閃爍生輝，反映著天上的月色，隨便一站，流露出一股氣吞山河的威勢和出於自然的悍勇氣質，陣陣強大無比的殺氣，連遠在樓頂的鷹飛亦可感到。戚長征精神進入晴空萬里的境界，一聲暴喝，炮彈般往鷹飛立足處射去。鷹飛確實是想把戚長征騙上來，然後猛下殺手，將他擊斃。哪知戚長征太了解他了，竟不怕中計，還趁自己動氣的刹那發動攻勢，心知不妙，忙收攝心神，貫注在敵手身上，斷魂雙鉤全力擊出。「叮噹」一聲，這對仇深似海的年輕高手，終開始了只有一人能生離現場，至死方休的決戰。

神道盡處，人影一閃，堪稱魔王有餘的年憐丹手持玄鐵重劍，橫在胸前，冷然帶著點不屑的意味，傲視這比自己年紀少了一大截的青年高手。他的眼神如有實質地緊罩敵手，銳利得似看穿看透了風行烈的五臟六腑。風行烈當然及不上他的老練深沉，可是卻多了對方沒有的浩然之氣。兩人對峙了一會，無隙不入地找尋對方內外所有疏忽和破綻，哪怕是剎那的分心，敵方亦可乘虛而入，直至對方濺血而亡。兩人是如此專注，氣勢有增無減，殺氣瀰漫在整條神道上。

驀地年憐丹前跨一步，玄鐵重劍由橫擺變成直指，強大和森寒徹骨的劍氣朝風行烈狂湧而來。風行烈知道對方憑著多了數十年修爲，氣勢實勝自己一籌，但心中卻沒有絲毫驚懼，想到的只是恩師當日決戰龐斑的慘烈情景，心中湧起沖天豪氣，就像馳騁沙場，廝殺於千軍萬馬之間的壯烈情懷，一聲長嘯，離地而起，疾若閃電般往年憐丹掠去。年憐丹心中大懍，想不到對手不但絲毫不被自己的氣勢壓倒，還如有神助般增長了氣勢，發動主攻。哪敢疏忽，玄鐵重劍幻起萬千劍影，組成銅牆鐵壁般滴水難進的劍網。

風行烈匯聚體內的三氣，不但在經脈間若長河般竄動，供應著所有需求，還首次與心靈結合起來，使他的精神非常容易便全集中在對手身上。他生出洞透無遺的超凡感覺。一切事物十倍百倍地清晰起來，不但對手所有微不可察的動作瞞不過他，連毛管的收縮擴張，眼內精光的變化，體內眞氣的運作，亦一一反映在他有若明鏡的心靈上。這種感覺還是首次出現。信心倏地加倍增長，手中丈二紅槍化作萬千槍影，每一槍都直指對方的空隙和弱點。

年憐丹忽然驚覺隨著對方的逼近和槍勢的暗示，使自己守得無懈可擊的劍網，忽地變得漏洞處處，嚇了一大跳，連忙變招，劍網收回復成一劍，再化作長虹，往對方直擊過去，實行以拙制巧。就在他變招的剎那，風行烈氣勢陡增，蓋過了他，丈二紅槍風雷迸發，先略往回收，才向年憐丹電射而去。身在局內的年憐丹魂飛魄散，怎麼也想不到風行烈像變了另一個人似的，厲害了這麼多，竟能在這種氣勢相逼的情況下，把長槍回收少許，害自己錯估了對方的速度。不過要怪也怪自己，若非他的重劍由巧化拙時，氣勢減弱了少許，對方亦不能藉那些微壓力上的減輕，施出這麼渾若天成的絕世槍法。就在此刻，他感覺到風行烈變成了第二個厲若海，甚或猶有過之。想歸想，他能與里赤媚、紅日法王齊名域外，豈是泛泛，立即拋開一切，排除萬念，身劍合一，化作一道精芒，間不容髮地一劍電射在風行烈的槍尖上。立時心中大喜，暗忖任你這小子槍法如何進步，總敵不過老子七十多年的功力吧！

風行烈一聲狂喝，在槍劍交擊時，體內三氣分作三重，化成滔天巨浪，剎那間三波眞氣全送入對方劍內去。「轟！」一聲勁氣交接的巨響，兩人同時踉蹌倒退。分別在年憐丹退到一半時，再全身劇震，到退定時更打了個寒噤，心顫神搖。原來風行烈體內三氣，分別來自厲若海、龐斑和鷹緣這三個宇內最頂尖的人物，雖與風行烈本身眞氣結合，但性質上仍是迥然不同，第一重厲若海無堅不摧的霸道眞氣，已使年憐丹竭盡全力才能成功化解，哪想得到第二重眞氣竟可變得陰渺難測，登時吃了小虧，幸好他功力深厚，憑著體內眞氣勉強把對方第二重攻擊導引入腳下泥地內，可是第三重眞氣卻是無形無影，侵入精神，登時整個人飄飄蕩蕩，說不出的心顫魂搖，難受得要命，大腦似若不再聽他的指揮，鬥志大減。自三氣匯體以來，風行烈還是首次成功以其特性來對付敵人，竟一擊奏效。風行烈的心神更是靈明透淨，一聲長嘯，以寒敵膽，倏地搶前，丈二紅槍彈上夜空，化作萬千攢動的銀蛇，才蓋頭撲面地往年憐丹罩去。

年憐丹不愧一代宗師，猛提一口眞氣，腦筋立即回復清明，但內心的驚懼卻是有增無減，他這次主動約戰風行烈，仗的是較對方優勝的功力，假若在這方面壓不下風行烈，就只能憑劍招來對付創自厲若海這武學天才，宇內最可怕的槍法了。對此他實在沒有半點把握。年憐丹手中重劍倏然電射，竟化重為輕，在虛空中劃過輕靈飄逸的線軌，破入漫天蓋下的槍影裏。他同時運起制人心神的「花魂障法」，雙目奇光大盛，只要與對方目光交觸，可侵入對方心神裏，假設對方神志略為迷惘，他的玄鐵劍立可教對方人頭落地。「叮叮叮！」劍槍交擊聲連串響起。風行烈雙目神光湛然，在激烈的交戰中，目光仍緊攫著對手的眼神不放。這種精神的交手絕不可稍有退讓，任何怯場或退縮，均會招來殺身之禍，連眨眼都會立即敗亡。年憐丹心中竊喜，暗忖老子才不信你鬥得過我能攝人心魂的魔眼。風行烈殺得興起，一聲清喝，離地躍起，施出厲若海燎原槍法三十擊中最凌厲的殺著「威凌天下」。年憐丹只見頭上槍影翻騰滾動，氣勁嗤嗤，大駭下施出渾身解數，一劍劈在槍頭處，雖破去這一招，人卻被逼退了兩步。豈知風行烈一個翻身，又彈上半空，照搬無誤又是一招威凌天下。年憐丹心中暗笑，小子你這不是找死，用老招式，待老子收拾你。哪知眼前槍影處處，全無破綻，無奈下重施故技，仍以剛才那招化解。這次卻連退三步。原來風行烈槍內三波性質完全不同的眞氣送來，使他應付得非常吃力，不過因早有防備，不像先前般立即吃虧。風行烈並不讓他有喘息之機，把威凌天下連續施展，硬逼年憐丹拚了一招又一招，每次均多退一步。

兩旁的石獸由原本代表帝王的獅子，變成了象徵疆域廣闊的駱駝，然後是四靈之首的麒麟、再是喻意武功昌盛、南征北討的戰馬，跟著是羊頭牛尾，頂生獨角的獬獸，當年憐丹退至體積最龐大的巨象間時，風行烈已接連施出了七次威凌天下，年憐丹仍無法有破解的招式。風行烈卻是愈戰愈勇，信心不住增強。此消彼長，年憐丹泛起了對燎原槍法的恐懼和對敵手奇異眞氣的怯意。「噹！」的一聲脆響。年憐丹血氣翻騰，頭痛欲裂，踉蹌退出神道盡頭以白玉雕成龍紋望柱的華表外去。神道至此已盡，突然改爲南北走向。此路又是另一番景象，兩旁松柏相掩，四對石翁仲背靠松林，恭謹肅立，默然看著這對正作生死決戰的敵手。年憐丹腳一點地，橫退進去，刹那間越過石翁仲，來到身披甲冑，手執金吾，高達兩丈的石神將之間，才勉強擺開門戶。風行烈雙目神光電射，疾掠而來，忽然丈二紅槍消失不見，到了身後。年憐丹此時神弛意散，見到對方使出曾令自己受傷的無槍勢，更是無心戀戰。他本有幾著能在任何惡劣形勢下保命逃生的救命絕招，問題在風行烈凌厲的眼神，竟似能把他腦內思想掏得一乾二淨，一時間腦內空空白白，竟動不起任何念頭。就在這一刻，他知道自己徹底輸了，因爲對方竟在精神比拚上勝過了他，遙制著他的心神。他錯在開始時過於輕敵，所以一旦在內力上猝不及防地吃了暗虧，便如長堤破開了缺口，終至全面崩潰之局。

丈二紅槍由風行烈左腰側吐出，貫胸射來。年憐丹勉強運劍，眼看可劈中對方紅槍，忽然間胸口一涼，紅槍已縮了回去。風行烈退到十步開外，紅槍收到背後，仰望夜空，一聲長嘯。年憐丹腦海出現白素香被他硬生生踢斃的情景，不能置信地俯首看著胸前狂湧而出的鮮血，然後是一陣椎心劇痛。「蓬！」的一聲，這一代凶魔，仰跌地上，立斃當場。兩旁石像，默默爲這戰果作出了見證。風行烈得報愛妾大仇，既是舒暢又是悲戚。人死不能復生，這卻是誰也改變不了的事實。

第二章

戰略取勝

第二章　戰略取勝

鷹飛斷魂雙鉤先後揮擊勾扯天兵寶刀上，才勉強抵住戚長征這趁著自己氣勢減弱，蓄銳而來的一刀，卻無法把他逼回鼓樓之下。

戚長征哈哈一笑，藉勢升上鷹飛頭頂的上空，哂道：「鷹兄爲何手軟腳軟，不是曾假扮薛明玉去壞人家女兒清白吧？」

鷹飛連生氣都不敢，冷哼一聲，手上雙鉤舞出一片光影，抵著戚長征凌空劈下的三刀。戚長征一個倒翻，落到樓頂處，站得四平八穩，沉雄似山岳。鷹飛一陣洩氣，不是因對方終能成功登上樓頂來，而是生出自責的情緒。龐斑沒有說錯，這段到中原的日子，實在是武道途上最重要歷練修行的階程，而他卻把自己困在嫉恨的低下情緒中，坐看本及不上他的戚長征突飛猛進，假若他能拋開男女私慾，對戚長征又何懼之有。想到這裏，他立下洗心革面的決定，並生出逃走之念。

戚長征立生感應，雙目神光緊罩著他，微笑道：「淫賊！想不顧羞恥逃命嗎？」

鷹飛特別受不得戚長征的嘲諷，無名火起，打消逃走的念頭，收攝心神，雙鉤配合著迅速前移的身法，照臉往戚長征揮打過去。雖似同時進擊，但雙鉤仍有先後和位置的分別，先以左鉤擾敵雙目，另一劃向對方咽喉的鉤才是殺著和變化。戚長征微往前傾，疾快無倫的一刀劈出，正中先至的鉤彎外檔處。

鷹飛竟被他劈得整個人滑下回到原處，另一鉤自然失去出手的機會。「鏘！」的一聲清越激揚的交擊聲，響徹鼓樓之上，餘音嫋嫋，縈繞耳際。鷹飛立時汗流浹背，試出戚長征不但內力大進，而且這一刀有若庖丁解牛，香象渡河，全無痕跡。他雙鉤早變化了幾次，仍避不過對方這一刀。銳氣再次被挫。

戚長征其實亦被他斷魂鉤反震之力，弄得手臂痠麻，難以乘勝追擊，不過他來前早擬好了策略，就是要憑自己天生的悍勇，因乾羅之死而生的激情，化悲憤爲力量，造成強大無比的氣勢，壓倒對方。這時他不住催發刀氣，不讓敵手有絲毫喘息的機會。鷹飛一邊抵擋著他的刀氣，同時亦知難以在氣勢上勝過對方，唯有全神找尋對手的弱點，好扳平下風之局。兩人均臻第一流高手的境界，只要任何一方稍有縫隙，那時一招半式，足可分出勝負。這種對峙，反對戚長征大是不利，剛才他運用種種心理和實質的戰略，佔到先機，可是氣勢愈強，愈難持久，尤其雙方功力只在伯仲之間，只要戚長征氣勢稍減，鷹飛立可爭回主動。戚長征知道在眼前形勢下，鷹飛絕不會主動攻擊，一聲狂喝，天兵寶刀化作長虹，劃向鷹飛。鷹飛長嘯一聲，雙鉤在空中劃出兩圈電芒。天兵寶刀變化了三次，最後仍擊在兩圈厲芒上。戚長征想不到鷹飛在這等劣勢，竟能使出這麼精妙的鉤法，硬被逼退了兩步。鷹飛哈哈一笑，精神大振，雙鉤或前或後，變幻無方，一招緊接一招，若長江大河般往敵人展開反攻。

這回輪到戚長征落在下風，雖是天兵寶刀連揮，抵著了對方雙鉤，可是鷹飛得此良機，豈肯放過，施出壓箱底的本領，雙鉤奔雷疾電般連環疾攻，極盡詭奇變幻之能事，其中沒有絲毫間隙，確有令人魂斷的威力。戚長征沉著應戰，一步一步往後退去。這形勢其實有一半是他故意造成的，剛才他若把刀交左手，便可立即進攻，可是由於他功力與鷹飛相差不遠，在這種困獸之鬥下，鷹飛必然不顧生死，加以反撲，那時縱可殺死對方，自己亦不能佔到多大便宜，所以才給鷹飛一個反攻的機會，不但可使對方生出僥倖之心，還可使對方盡洩銳氣。當然這種戰略亦是無比凶險，一下失著，立成敗亡慘局。但他卻充滿信心和把握，因爲他早看透鷹飛這種自私自利的人，最是貪生怕死，把自己的生命看得遠比別人的重要。而他的另一項優勢，就是鼓樓的特別形勢。

鷹飛愈戰愈勇，使出平生絕學，雙鉤幻化出漫空激芒，招招不離對方大脈要穴。他胸中塡滿殺機，只要能如此繼續下去，終有取對方小命的可乘之機。兵刃交觸聲不絕於耳。戚長征這時越過屋脊，往另一斜面退下去。鷹飛更是意氣風發，居高臨下，雙鉤使得益發凶毒。任何一方，只要在速度和角度上生出一絲破綻，立遭屍橫就地的厄運。戚長征在這等劣勢下，氣勢仍沒有分毫萎縮的情況，反表現出驚人的韌力和強大絕倫的反擊力量。

戚長征忽地叫了一聲，似是忘了身後乃簷外的虛空般，仰後掉下去。鷹飛不虞有詐，事實上他千辛萬苦才佔到上風，怎肯讓對方有喘息躲閃之機，想也不想，電撲而下。這時戚長征因故意加速，早落到下面城樓的平台上，足尖點地彈了起來，朝頭下腳上的鷹飛迎去。鷹飛早猜到他有此一著，心中大喜，自己是蓄勢下撲，對方是由下上沖，強弱之勢，不言可知，一鉤劃向對方耳際，另一鉤護著面門。戚長征眼中射出無比堅決的神色，竟不理雙鉤的側擊，全力一刀砍上，電刺鷹飛面門。鷹飛怎肯陪他同歸於盡，自己雖護著面門，可是大家功力相當，自己的力道卻有一半分到另一鉤去，萬萬擋不住他這拚死進擊的一刀，大喝一聲，雙鉤交叉起來，擋了他這一刀。鷹飛給震得飛翻開去。戚長征亦手臂痠麻，氣血翻騰，跌向地面。鷹飛落地時，戚長征就地翻滾，到了十多步外，才借腰力彈起。兩人分站城樓兩端，再成對峙之局。剛才毫無花巧的硬拚，使兩人均氣血翻騰，急急調息，希望能儘早回復元氣。一個長刀欲吐，一個雙鉤作勢，兩人間殺氣漫漫，暗勁激盪。巨鼓懸在鼓樓正中處，似在欣賞著兩人的決戰。

鷹飛雙鉤一上一下，遙罩著對方的面門和胸口，哈哈一笑道：「怎樣了！笑不出來吧！」

戚長征嘴角逸出一絲詭秘的笑意，狠狠盯著鷹飛。鷹飛眼光落到他左肩處，只見鮮血不住滲出，恍然道：「鷹某還以為你的右手比左手更行，原來是舊傷未癒，看來柔晶雖或到了天上，卻沒有保佑你的能力。」不由心中暗悔，剛才若非要提防他的左手，說不定已取勝了。

戚長征早料到被孟青青所傷處必會迸裂流血，事實上他亦是故意讓此事發生，假若孟青青在場，必會提醒鷹飛那只是皮肉之傷。這正是戚長征另一個策略。縱是輕傷，但假若他一上場便以左手刀應戰，必因流血過多而失去作戰能力，現在卻只是表面騙人，實際上全無影響。

鷹飛欺他剛才以單刀對他雙鉤，真氣的回復不及他迅快，大喝一聲，雙鉤全力擊出。戚長征刀彈半空，先似毫無意義地往側一揮，然後刀交左手，狂喊道：「柔晶來啊！你索命的時間到了！」刀光倏閃，驚雷掣電的往雙鉤捲去。鷹飛吃了一驚，交手至今，他一直防著對方寶刀改交左手，偏是這刻防備之心盡去，所有招式均針對敵人右手刀而設時，戚長征竟改以左手刀迎戰。心中一亂，「轟！」的一聲巨響，由樓內傳入耳中。原來剛才戚長征刀交左手前的一揮，發出一道刀風，敲響了高懸的大鼓。

鷹飛聽他高呼水柔晶之名，已不太舒服，驀地鼓聲轟入耳際，猝不及防下被轟得魂飛魄散，竟失了方寸。倉卒下運鉤擋格，同時急退。鏘的一聲，右鉤竟吃不住戚長征沉雄的力道，硬生生給擊得脫手飛往樓外。鷹飛更是心神失守，本能地拚命封擋和後退。戚長征顯出他悍勇無倫的本性，暴喝連連，天兵寶刀上下翻騰，步步進逼，到了第七刀時，天兵寶刀盪開敵鉤，搠胸而入。鷹飛發出死前的狂嘶，帶著一蓬鮮血，飛跌下城樓去。戚長征來到台沿處，俯視著伏屍下面廣場的鷹飛，淚流滿面，仰天悲嘯。他從未這麼用心去殺死一個人過。

韓柏、虛夜月無精打采的隨著范良極來到前殿處，韓柏怨道：「死老鬼根本不該答應這絕無可能辦到的事，金陵城這麼大，到那裏去找這樣一份不知道是否存在的名單？」

虛夜月亦怨道：「現在一點都不好玩了，人家又掛著阿爹，還有長征和行烈那兩個傢伙，誰還有興趣去偷東西。唉！眞倒楣，第一次偷東西就碰了一鼻子灰。」

嚴無懼這時聽過朱元璋的指示後，追出來找他們，道：「皇上吩咐，廠衛方面會動員所有力量來協助范兄。」

范良極成竹在胸道：「千萬不要如此，若靠官府的力量本人才可偷得成東西，范某以後還有臉見人嗎？而且你們廠衛裏也不知潛伏了多少單玉如的徒子徒孫、徒婆徒女，還是免了。」

嚴無懼聽得臉色數變，乘機走了。范良極追了上去，在門前截住他，細語一番後，才得意洋洋走了回來，見到兩人毫無信心地乾瞪著他，不悅道：「今晚失了一次手，再不會有第二次的了。」

虛夜月發起小姐脾氣，扠腰嗔道：「你這糊塗大哥，你知道那份名單在哪裏嗎？」

范良極把兩人領到一角，故作神秘地道：「若眞有天命教密藏的宗卷，收藏的地方不出兩處，一是皇宮之內，另一處是田桐今午去密告消息的天命教巢穴。我瞧還是後一處居多，爲的是皇宮雖大，卻不是收藏東西的好地方，而且這些紀錄和查閱只應在皇宮外進行，難道天命教的人買了十斤臘肉，都要到皇宮來登記嗎？」

韓柏道：「那不如通知皇上，叫他派大軍把那裏查封了仔細搜查，不是一了百了嗎？」伸手搭著他肩頭道：「你這麼賣命，都是爲了貪那個盤龍杯吧？這事包在我身上好了，你更不須費唇舌說服我和月兒陪你去送死了，說不定單玉如溜回那裏去了，再加上個展羽又或不老神仙，我們去也是白賠。」虛夜月心念父親安危，連忙附和。

范良極眼珠一轉道：「好吧！先回鬼王府再說。」兩人大喜。

范良極取出面罩，套在韓柏頭上道：「你受了重傷便要重傷到底，我已教嚴小子設法為你掩飾。」

韓柏和虛夜月面面相覷，知道若要令范良極打消偷名單的心意，首先要使太陽改由西方升起來才行。

憐秀秀感到一隻手溫柔地撫著自己的臉頰，那動人的感覺使她心顫神搖，低吟一聲：「噢！翻雲！」

龐斑的聲音在旁響起道：「浪翻雲剛離開了！」

憐秀秀嬌軀劇震，睜眼坐了起來。龐斑坐在床沿處，雙目閃動著奇異的光芒，含笑看著她，還伸手拉被蓋上她只穿單衣的美麗肉體，神情欣悅。

憐秀秀劇烈地呼吸了幾口氣，不能置信地看著這無論氣概風度均比得上浪翻雲的男子，顫聲道：「龐先生……」

龐斑伸出手指，按在她香唇上，柔聲道：「不要說話，龐某多看你兩眼便要走了。」

憐秀秀心頭一陣激動，在這剎那，她忘掉了一切，忘情地任這第一個俘虜了她芳心的超卓男人，飽餐她動人的秀色。然後是浪翻雲浮上她的心田。龐斑微微一笑，收回按在她唇上，使她感到銷魂蝕骨的指頭。龐斑亦如浪翻雲般，全身帶著奇異的力量，不要說身體的接觸，只是靠近他們，整個心神都要搖蕩得難以自持。

龐斑站了起來，往窗台走去。憐秀秀驚呼道：「你要走了！」

龐斑到了窗前，仰望天上明月，低吟道：「拋殘歌舞種愁根。」

憐秀秀身體不受控制地顫抖起來，棉被掉下，露出無限美好的上身，單衣把優雅的線條表露無遺。這句詩文是憐秀秀上京前，留贈給龐斑的，以示自己對他的愛意，不過今天的她心內卻多了個浪翻雲。

龐斑轉過身來，啞然失笑道：「秀秀究竟想龐某勝還是浪翻雲勝？」

憐秀秀眼中射出淒怨之色，嗔怪地道：「先生怎可如此殘忍，偏要問這麼一個問題？」

龐斑眼中精光一閃，點頭道：「答得好！」

憐秀秀有點撒嬌地道：「人家根本沒有答過。」

龐斑含笑搖頭，悠然道：「小姐早答了。」倏地來到床邊，把她按回床內。

憐秀秀心頭一陣模糊，暗忖假若他要佔有自己，怎辦才好呢？自己竟全無半點抗拒心意。

龐斑並沒有進一步的動作，只爲她拉被蓋好，輕輕道：「多麼希望能再聽到秀秀天下無雙的箏技呢！」

憐秀秀忽感有異，睜眼時龐斑早消失不見。就像剛作了場夢一般。心中同時強烈地想著浪翻雲。他還會回來嗎？

不捨望著艙窗外，只見月照之下，碧波粼粼，水光帆影，如詩如畫，極是寧謐恬美。禁不住滌慮忘俗，豁然開朗。本在床上盤膝靜坐的谷凝清走下床，來到他身前，偎入他的懷裏。

不捨笑道：「你還未做完功課呢。」

谷凝清道：「人家掛著行烈和年憐丹的決戰，哪能專心得起來呢？」

不捨低聲問道：「清妹還在怪爲夫嗎？」

谷凝清仰首枕到他肩頭上，搖頭道：「怎會呢？人家最信任你的想法和眼光，你既肯放心行烈去對付這奸賊，必然有道理。」

不捨苦笑道：「假設不讓行烈去面對強敵，他怎能繼厲若海後成爲不世高手？現在的年輕人都很厲害，像韓柏和戚長征就是最好的例子了。」

谷凝清嘆道：「唉！我今晚怎睡得著呢？」

不捨柔聲道：「今晚誰都睡不著。」

谷凝清一震道：「朱元璋眞不肯放我們走嗎？」

不捨搖頭道：「現在朱元璋對燕王態度大改，兼且因怒蛟幫與燕王定下秘密協議，朱元璋再無心亦無暇對付怒蛟幫，問題出在單玉如身上，她部署了這麼多年，好不容易才來了個殲滅怒蛟幫的良機，怎肯放過。」頓了頓再道：「經此京師一鬧，怒蛟幫威名更盛，若單玉如透過允炆得了大明天下，怒蛟幫和燕王便成了她僅餘的兩根眼中釘，任何一方都會成爲禍患，因爲他們都有匯集所有反對勢力的能力和聲望，只要想到這點，可肯定單玉如會不擇手段，令我們回不到洞庭湖了。」

谷凝清色變道：「這五艘船載滿毫無抵抗能力的婦人孺子，怎辦才好呢？」

不捨道：「這就是爲夫肯隨隊離京的理由。」

話猶未已，警告的號角嘟嘟響起，傳透大江。敵人終於來了。

鬼王虛若無卓立金陵市三山街最宏偉的酒樓「石城樓」之頂，俯視著由他一手策建出來的大都會。此樓乃遵朱元璋之命而建的十六座大型酒樓之一，用以接待四方來客，並供功臣、貴戚、官員、文人雅士消遣享樂，以慶昇平，樓內有官妓相陪，絃管歌舞，晝夜不歇。樓高三層，房宇寬敞、雕樑畫棟，壯麗宏偉。面對月照下的金陵，虛若無心生感嘆，前塵舊事，湧上心頭。

說到底，他和朱元璋的嫌隙實因燕王而起，沒有人比他更明白爲何朱元璋捨燕王而取允炆作繼承者的了。原因是燕王有一半是蒙人血統。這是宮廷的大秘密。燕王的生母是被朱元璋俘來的蒙族美女，入宮爲妃，因未足月已生下朱棣，被朱元璋處以「鐵裙」慘刑，殘酷折磨至死。所以朱棣雖立下無數汗馬功勞，朱元璋對他仍是疑忌甚深。朱棣之行刺朱元璋，背後亦有著殺母的恨怨。所以虛若無並沒有因此點怪責燕王。若非爲形勢所逼，朱元璋絕不會傳位燕王。說到底，還是要怪朱元璋好色。想到這裏，忍不住嘆了一口氣。

里赤媚那柔韌得像沒有火氣的悅耳聲音在後方響起道：「虛兄爲何心事重重，長嗟短嘆呢？」

虛若無沒有回頭，欲說還休，再嘆了一口氣後，苦笑道：「人生就像片時春夢，誰也不知道這樣一場夢有甚麼意義，只知隨夢隨緣，至死方休，想虛某與里兄三十年前一戰後，此刻又再碰頭，更增人生自尋煩惱的感覺。」

里赤媚掠到屋脊的另一端，坐了下來，凝望著這明朝的偉大都會，苦笑道：「虛兄之言，令里某亦生感觸。」忽地擊膝歌道：「將軍百戰身名裂，向河梁回頭萬里，故人長絕！易水蕭蕭西風冷，滿座衣冠似雪，正壯士悲歌未徹；啼鳥還知如許恨，料不啼清淚長啼血。誰共我，醉明月？」歌聲荒涼悲壯，充滿著沉鬱難抒的情懷。

虛若無訝道：「三十年了，想不到里兄仍忘懷不了大元逝去了的歲月！難道不知世事遷變，滄海桑田，今日的大明盛世，轉眼間亦會煙消雲散，像昔日的大元般事過境遷，變成清淚泣血，空遺餘恨！」

里赤媚哈哈一笑道：「虛兄見笑了，不過這話若在今早對里某說出來，里某可能仍聽不入耳，但自知單玉如的事後，里某早心淡了。唉！夢隨風萬里，里某的夢醒了，卻是不勝哀戚，因爲醒來才知道只是一場春夢。」

虛若無失聲道：「里兄莫要對我們的決戰亦心灰意冷才好！」

里赤媚哈哈一笑道：「虛兄放心，撇開國仇不談，只是殺師之仇，今晚里某定要與虛兄分出生死。」

虛若無欣然道：「幸好如此，夜長夢多，趁這明月當頭的時刻，來！我們玩他兩手。」閃了閃，在對面一座樓房瓦脊出現。

里赤媚微微一笑，飄身而起，忽然間現身鬼王旁十步許處的屋脊上，右手一拂，再化爪成拳，朝鬼王擊去。

鬼王虛若無仰天一笑道：「幸好里兄大有長進，否則今晚將會非常掃興。」一步跨出，身子稍偏，單掌準確無誤地劈在敵手迅快無倫的一拳上。

「蓬！」的一聲，兩人一齊往後飄退。里赤媚掠往兩丈外的虛空處，忽地凝定了半刻，然後颼的一聲，筆直掠回來，往鬼王逼去。虛若無全身衣服無風自動，衣袂飄飛，緩緩落在另一莊院的小樓之上。

里赤媚正疾掠而來，左後方是秦淮河不夜天閃爍璀璨的燈火。鬼王雙目射出前所未有的精芒，緊盯著里赤媚的來臨。天魅凝陰最厲害的地方在於速度。那並非只是比別人快上一點那麼簡單，而是內藏著玄妙的至理。若換了稍次一級的高手，亦發覺不出里赤媚疾掠過來那身法暗藏著的精義。敵手雖似是筆直掠來，但鬼王卻看出對方其實不但速度忽快忽慢，連方向亦不定，似進若退，像閃往左，又若移往右，教人完全沒法捉摸他的位置。高手對壘，何容判斷失誤。由此可見里赤媚的天魅凝陰厲害至何等程度。

鬼王虛若無一聲讚嘆，平淡無奇的隔空一掌印去。手掌推至一半，一陣龍吟虎嘯似的風聲，隨掌而生，同時勁風狂起，波洶浪湧般往里赤媚捲去。周遭忽地變得灼熱無比。這是鬼王著名的「鬼火十三拍」，每一掌都似把地獄內所有鬼火都引了出來。里赤媚早嚐過鬼火的滋味，連衣服都可被燃著，叫了聲「來得好」，忽陀螺般急旋起來。灼熱的掌風全給他快至身形難辨的急轉帶起的勁旋卸向四周。倏忽間他欺入鬼王懷裏，左肘往鬼王胸口撞去，速度之快，眞的迅若鬼魅。鬼王虛若無微微一笑，側身以肩頭化去了他一肘。接著兩人在電光石火間，手、足、肩、臂、肘、膝、頭交擊了百招以上，全是以快打快，凶險處間不容髮，而他們身體的任何一部分都可作攻防之用。里赤媚忽飄飛往後，落到另一房舍之上，運元調息。這種短兵相接，最耗精神功力，以他深厚的內功，亦不得不爭取調息的機會。虛若無比他好不了多少，里赤媚的速度太快了，逼得他落在守勢。他本以爲鬼火十三拍這遙距攻擊的霸道掌法，在未使完前足可將里赤媚擋在遠處，哪知對方一下奧妙的旋身，竟將鬼火十三拍破去，猝不及防下給對方貼身強攻，剛才只要里赤媚再多堅持一會，他說不定要落敗身亡。

里赤媚已氣息復元，卻不知虛若無情況如何，從容道：「這一下肩撞滋味如何？」原來鬼王中了他一招。

虛若無點頭讚道：「相當不錯，看來虛某今晚若沒有些新款式待客，定難活著回去見我的乖女兒了。」

剛才之失，使他知道里赤媚針對他往日的種種絕技下了一番苦功，想到了破法；所以若他以對方熟知的招式應戰，必敗無疑，故有此語。里赤媚正要答話，鬼王虛若無出現在前方虛空處，緩緩一掌拍來。以里赤媚深沉的城府，亦要吃了一驚，原來這看似平平無奇的一掌，隱含著一種由四面八方壓過來的龐大壓力，並非集中於一點。而那種壓力不但既陰且柔，綿綿不絕，且具有強韌的黏性，如此奇功，里赤媚還是初次遇上。里赤媚的天魅凝陰竟一時施展不開來。倏忽間，兩人老老實實過了十多招。虛若無的掌勁越發凌厲，但速度卻一式比一式緩慢，每一個姿勢都是那麼優美悅目，充滿閒逸的韻致。驀地里赤媚一聲狂喝，沖天而起，閃了一閃，似在空氣中消失不見了。鬼王虛若無閃電後退，越屋過舍，往南掠過里許之遠，才停了下來。里赤媚卓立對屋瓦脊上，抱拳道：「虛兄令小弟眼界大開，剛才是藉飛遁之術療治虛兄那令人魂銷魄蝕的一指，虛兄萬勿誤會小弟意圖逃走。」兩人分別中了對方一肩一指，均負了傷。

語音才落，里赤媚疾掠而來，還繞著虛若無迅速轉動起來。鬼王虛若無閉上眼睛，往側移出一步。這一步大有學問，要知無論里赤媚的身手如何驚人地迅快，終要受屋頂特別的形勢所限，只要鬼王再多移四步，來到瓦面邊緣處，里赤媚這憑藉天魅身法的高速，增強凝陰眞氣，乘隙一招斃敵的策略，勢將無法奏效。鬼王忽向剛才移動的相反方向，連跨兩步。他的步法隱含奧理，每一步均針對敵手移動。現在實質上他只從原位移動了一步的距離。「颼！」的一聲，鬼王鞭由袖口飛出，抽向里赤媚。里赤媚身法半點也沒有慢下來，鬼王鞭似是抽在他身上，但鬼王卻知這一鞭抽空了，但他又多移了半步。鬼王鞭靈蛇般飛出，一時由袖管或腳管鑽出來，又或由襟口飛出，一擊不中，立即縮了回去，教人完全不知道他下一著由何處攻出。名震天下的鬼王鞭，終於出動，令人知道這一戰到了勝敗的關鍵時刻。

里赤媚愈轉愈快，不住迎擊，以身體、肩、手、腳等部分，施出各種奇奧怪招，應付著神出鬼沒的鬼王鞭。鬼王在如此凶險形勢下，仍是那副閒逸瀟灑的模樣，單只用眼去瞧，誰也不知他正抵受著里赤媚不斷收窄收緊的壓力網，幾乎是寸步難移。唯一脫身之法，就是震碎瓦面，落入人家的屋子裏去，不過這等於輸了，因爲里赤媚佔了先機，勢將乘勝追擊，置他於死地方休。里赤媚的速度穩定下來，成功地增至極速，可是他仍未有出手的良機，唯有在兜圈子上出法寶，繞行的方向變化萬千，時近時遠，飄忽不定，只要鬼王稍一失神，他即可瓦解鬼王攻守兼備的鞭勢。里赤媚的步法身法，愈趨奇奧繁複，但又似輕鬆容易，且若遊刃有餘，教人生出無法測度，眼花撩亂，難以抗禦的無奈感覺。就在這千鈞一髮的時刻，虛若無仰天長嘯，立身處爆起萬千點鞭影，再煙花般往四下擴散。原來他竟把外袍和鬼王鞭震碎，往四面八方激射，就像刺蝟把全身尖刺同時射出。同時橫移開去。里赤媚一聲厲叱，硬撞入鞭屑布碎網中，向鬼王發動最猛烈的進擊。

兩道人影乍合倏分。旋又再合攏起來，只見拳風掌影，在空中互相征逐。「蓬蓬蓬！」三聲巨響後，兩人斷線風箏般往後飄退，分別移到遙遙相對的兩處瓦脊之上。鬼王臉上血色褪盡，嘩的噴出一口鮮血，胸口急速起伏。里赤媚亦強不到哪裏去，同一時間吐出鮮血，臉色雖難看，但神情平靜，舉袖拭去嘴角血跡後，哈哈笑道：「眞痛快！」

鬼王神色回復正常，使人一點都不覺得似受了嚴重內傷，微微一笑道：「勝負未分，尙未夠痛快。」

里赤媚臉色亦變回以前的清白，啞然失笑道：「想不到虛兄的好勝心比小弟還強。」

鬼王苦笑道：「我只是裝個樣子，若不想同歸於盡，這就是收手時刻。」

里赤媚抱拳恭敬地道：「確是誰也勝不了誰，卻也都討了點便宜。故此戰大可就此作罷，我倆間恩怨一筆勾消，里某若還有命返回域外，虛兄有閒可來探望小弟，里某必竭誠招待。」倏地退往後方屋瓦上，再微微一笑道：「不知虛兄是否相信，小弟一向視虛兄爲唯一知己，只恨各爲其主，變成死敵。」接著搖頭笑道：「不過現在一切都看開了，成成敗敗，算甚麼一回事？」

虛若無回禮道：「里兄珍重！路途小心。」

里赤媚當然知道這回家之途，絕不好走，哈哈一笑，閃身沒入遠方的暗黑裏去。虛若無滿足地嘆一口氣，亦打道回府去了，只覺無比的輕鬆，甚麼事都再不想管。

谷姿仙、谷倩蓮、小玲瓏和寒碧翠四女齊集鬼王府正門的空地處，苦候愛郎回來，正等得心驚肉跳時，風聲響起。四女既驚又喜，翹首以待。只見來的是范良極、韓柏和虛夜月，失望得差點哭出來。還是谷姿仙冷靜，向韓柏問道：「你不是要與方夜羽決鬥嗎？是否勝負已分？」

韓柏扯掉頭罩，聳肩道：「差點給老賊頭逼死了，哪有時間去打生打死？」

虛夜月與谷倩蓮最是相得，走過去挽起她手臂，正要安慰她兩句，歌聲由山路處傳過來。只聽有人合唱道：「千古興亡多少事？悠悠，不盡長江滾滾流！年少萬兜鍪，坐斷東南戰未休，天下英雄誰敵手，天下英雄誰敵手……」眾人認得是戚長征和風行烈兩人的聲音，歡欣若狂，往山路奔下去。只見朦朧月色下，風行烈和戚長征兩人互摟肩頭，喝醉了酒般左搖右擺踏雪而來，後面跟著那兩匹戰馬。四女搶前而出，分別投入兩人懷裏，既哭且笑，情景感人至極。

戚長征摟著寒碧翠，意態豪雄伸指戳點著韓柏大笑道：「韓小子把方夜羽轟回老家了嗎？」

韓柏尷尬地道：「我沒有去！」

戚長征和風行烈對望一眼，捧腹狂笑起來。

風行烈喘著氣道：「好小子！眞有你的。」

范良極皺眉看著戚長征被鮮血染紅了的左肩，不滿道：「老戚你這小子受了傷嗎？」

戚長征一拍胸口，傲然道：「就憑鷹飛那死鬼？哈……」

寒碧翠嗔道：「還要逞強，快讓人家看看。」

風行烈全身無力，全賴三女攙著，仍不忘笑道：「不用看了，全靠這舊傷，他才宰得了鷹飛。」

谷姿仙這才記得問道：「年老賊死了嗎？」

風行烈正容道：「死了！」

三女立時歡喜得跳了起來，旋又淚流滿面，她們一直把悲憤心化作了對年憐丹的痛恨，現在仇人伏誅，痛恨煙消雲散，只餘無比的惋惜和惆悵。韓柏被他們的又喜又悲弄得頭也大了，這才注意到旁邊的虛夜月低垂著頭，顯是心懸鬼王生死，忙把她摟入懷裏。

范良極打量了風戚兩人一會後，吁出一口氣道：「這就好了，給你兩人一個時辰休息，你們還有任務。」

兩人的嬌妻們同時一呆，正要不依時，人影一閃，鬼王落到眾人中間。韓柏放開虛夜月，讓她衝入乃父懷裏，大喜道：「宰了里赤媚嗎？」他天不怕地不怕，唯一怕的就是里赤媚，當然要問個清楚。

鬼王一陣咳嗽，搖頭道：「沒有！但他受的傷絕不會比你岳丈輕。」虛夜月驚呼一聲，伸手愛憐地摸著鬼王胸口處。

虛若無笑道：「來！回府再說吧！」

范良極不忘提醒風戚兩人，加強語氣道：「記著！一個時辰後出發，由我指揮調度一切。」

韓柏苦笑道：「讓這兩個小子試試你那所謂的指揮和調度也好。」范良極瞪他一眼，領先入府去。

大江之上，戰雲瀰漫。上游半里許處，近五十艘戰艦分前後數排，一字列開，完全攔阻了去路。站在指揮台上的凌戰天、上官鷹和翟雨時均神色平靜，冷冷看著敵艦。除三艘水師船外，唯有他們這艘船除貨物外，全是有作戰能力的人員，其他四艘由不捨、小鬼王和鬼王府高手指揮的船雖亦是戰艦，但因載的都是婦孺，不宜投入戰爭去。縱使加上三艘水師船，表面看去，敵人的實力仍可輕易把他們壓倒。兼且敵人在此相迎，又佔了上游順水之利，還定有厲害佈置，不用短兵相接，或已可把他們全數摧毀。

上官鷹冷哼道：「是黃河幫的船隊。」

這時左邊的水師船塔樓上的傳訊兵向他們打出旗號，表示由他們護後，船隊須立即掉頭逃走。敵人勢大，誰能不心存怯意。敵陣號角響起，數以百計燃燒著柴火的小艇打頭陣，順水往他們直衝過來，敵艦亦開始全速開動，不給他們喘息的機會。火艇順水而來，快似奔馬，這時掉頭走也來不及了。而且又怎比得上火艇的速度呢？

翟雨時失笑道：「我敢打賭岸上佈有伏兵，否則藍天雲不會這麼苦心要把我們逼到岸上去。」眼光掠向兩邊岸旁，只見山嶺起伏，全是荒野難行之地，若藏有弓箭手，只憑箭矢和火攻，即可將他們殺傷殆盡，尤其他們內有這麼多毫無戰鬥力的婦孺。

凌戰天大喝道：「全速前航，水師艦保護其他船隻。」旗號發放出去。

風聲響起，船上多了不捨夫婦，「小鬼王」荊城冷和七夫人于撫雲。這時火艇和他們這艘超前而出的主戰艦，相距不足百丈，距離迅速拉近。

不捨笑道：「讓貧僧看看怒蛟幫天下無雙的水戰之術。」

荊城冷道：「城冷恭聽指示！」

這兩人均曾參加大明取得天下的大小戰爭，尤其不捨更是身經百戰的悍將，雖陷身如此劣勢，仍毫不驚懼。于撫雲仍是那副冷冰冰的模樣，冷淡地注視著火艇的接近。

凌戰天大喝道：「箭手準備！」怒蛟幫和鬼王府在船上的戰士合共二百人，其中一半架箭扳弓，瞄準直衝過來的火艇。凌戰天再喝道：「放箭！」百多支箭沖天而起，落到火艇上。于撫雲不知他們早有布置，秀眉蹙了起來，不明白這些箭對火艇可以發揮出甚麼作用。

「轟隆轟隆！」中箭的火艇紛紛爆炸。原來這些箭都包紮了火藥，遇火即爆，登時把火艇炸沉，沒入水中。不片晌，百多隻火艇全體沉沒，只剩些木片和火油繼續在江面燃燒，但已呈灰飛煙滅之疲態。怒蛟幫橫行水道，對付區區百多艘火艇，確是易如反掌。巨艦破入火海中，朝敵艦逆流衝去。這些船起航前，均加塗防火藥劑，不懼一般火燒。艦頭的四尊巨型神武火炮，進入了可隨時發射的狀態裏。「轟轟轟！」發炮的是敵方戰艦，炮彈紛紛落在前方江面，最近的亦離他們有二十丈之遙。此刻雙方距離仍有一百多丈，尚未進入射程裏。

荊城冷大笑道：「藍天雲膽怯了，讓我們教他們嚐嚐師尊特別設計的神武火炮！」

他們昨天忙了整個下午，最重要就是把四門神武大炮運到船上來，這四尊炮由鬼王親自設計和督製，無論威力射程均遠勝當代一般的火炮。一聲令下，四門火炮火光齊閃，發出四下驚天動地，震耳欲聾的巨響。「轟隆」聲中，四炮有三炮命中目標，對方前排的三艘巨艦木屑飛濺，立即著火焚燒，其中一艦還船桅折斷，立即傾側下沉。

不捨失笑道：「藍天雲眞合作，把船排得這般密密麻麻，不是給我們練靶，還有甚麼作用呢？」眾人言笑晏晏，哪似在兩軍對壘的情況中。

四門巨炮再響。這次全部命中目標。要命的是對方緊擠一團，前排的船艦出事，後方的戰艦順流而來，哪煞得住衝勢，登時撞到前排艦隻左傾右側。火光熊熊的戰艦群，亂成一團，失去了還擊的力量。大火照亮了前方，目標更是明顯。第三輪炮火發射，炮彈射進了敵隊中間的船艦上。這些炮彈內藏鐵片，殺傷力龐大，一般的武林高手亦難以倖免。

此時他們的戰艦進入了敵炮射程之內，怒蛟幫施展出他們運舟絕技，航線不住改變，逐漸增速。後方的船隊由水師船團團護著，停在江心，婦孺船上均有鬼王府的高手保護，又在大江之中，安全上不成問題。「砰！」巨艦硬把一艘橫亙江心，正著火焚燒的敵艦撞得傾倒一側，破入敵陣去。混亂之中，火箭更雨點般射向遠近的敵艦去，在這種情況下，他們反佔了只得一艦的大便宜。盾牌高舉，抵擋敵人來箭。

凌戰天霍地立起，指著前方道：「哈！那不是藍天雲的旗艦？」只見隔了七、八艘敵艦的前方處，一艘特別巨大的樓船級巨艦，在幾艘較小的戰艦掩護下，正掉頭逃走。翟雨時連忙下令，火光閃滅中，四枚炮彈劃過濃煙密布的空際，投往藍天雲的巨艦去。轟然巨響裏，敵方旗艦連中兩炮，冒起熊熊火光。

不捨一聲長笑，拉著谷凝清的玉手，長笑道：「愚夫婦去了！」大鳥般騰空而起，落到前方敵艦的高桅上，借力飛出，再次落到另一戰艦的船頭處，在敵人撲上來前，又早投向另一艦去。于撫雲一言不發，拔出長劍，展開絕世身法，緊追而去。荊城冷怕她有失，慌忙追去。

炮口轉而對付其他船艦。凌戰天長笑道：「這裏就交給你們兩人了，老子要去活動活動筋骨。」大笑聲中，騰身而起。巨艦靈活地穿梭於敵陣之中，有如進入了羊群的猛虎。誰猜得到他們竟能以區區一艦，把龐大的敵人船隊擊得潰不成軍，由此亦可知為何以朱元璋的力量，在建國三十多年後，仍不能收服怒蛟幫了。

熊熊火光裏，年憐丹和鷹飛兩人屍體化作飛灰。西域聯軍所有領袖級高手，全體出席這簡單但隆重的葬禮。戚長征和風行烈沒有割下兩人首級，可說是留有餘地，也使他們好過了點。「花仙」年憐丹的女人紫紗妃、黃紗妃和方夜羽親自舉火，點燃淋了火油的柴枝。濃煙直送往後園的上空。眾人均神情肅穆。這戰果大出眾人意料之外，特別是風行烈，誰想得到他能殺死名震域外的年憐丹。現在里赤媚身負重傷，龐斑又不會出手，紅日法王返回西藏，他們就算有報復之心，力量也嫌單薄了點。更何況他們現在變成了孤軍。失去了藍玉和胡惟庸的照拂支援，能否全體退返西域，都是問題。

龐斑凝視著烈燄，淡然道：「有生必有死，他們兩人於公平決戰中喪命，亦當死而瞑目，這事就至此為止，所有恩怨一筆勾消，任何人均不准存有報復之念。」

里赤媚嘆了一口氣道：「我們屢次欲殺戚長征、風行烈和韓柏三小子不果，最後反造就了三個可怕的高手出來，可說人算不如天算了。」

方夜羽聽到韓柏的名字，冷哼一聲，虎目射出森森殺氣。這小子害他空等了半個時辰，真是想起來都有氣。旁邊的甄夫人悄悄伸手過來，握著了他的手。

龐斑眼神落到他身上，柔聲道：「夜羽你俗務繁忙，不能專志武道，否則以你天分，成就絕不會低於他們三人。韓柏不來也好，又不是要爭甚麼天下第一，若只爲分個高低而戰，與好勇鬥狠之徒有何分別？萬事均以大局爲重，只要你能使大家安返西域，就是完成了此行目的。若爲師所料不錯，大明至少會有好幾年亂局，我們可高枕無憂。」方夜羽爲之汗顏，連忙應是。

龐斑轉向眾人道：「秦夢瑤的成就已超越了當年的言靜庵，成爲中原武林無可爭議的精神領袖，單玉如或可得勢一時，亦終因夢瑤的存在而崩頹，可預見未來百年之內，我們西域諸國仍難以逐鹿中原，只宜休養生息，靜候良機。」這些話出自龐斑之口，誰敢不信。

龐斑續道：「若要離開，今晚將是唯一機會，朱元璋爲了對付單玉如，只好眼睜睜坐看我們離開，否則惹怒了龐某，皇宮雖說高手如雲，恐仍沒有人能阻擋我。」微微一笑道：「看來他也請不動浪翻雲來作他的保鏢吧！」

柳搖枝低聲道：「那解語怎辦呢？」

龐斑嘆了一口氣道：「逝去了的事物，永遠再追不回來，搖枝若不能拋開一切，返回西域，最後必是客死異鄉的收場。」頓了頓續道：「解語應尚未入京，她亦有足夠的能力保護自己，只要她聯絡上韓柏，安全方面將不成問題。」銳利的眼神掃過眾人，沉聲道：「時間無多，我們立即上路。我等既光明正大的來，便光明正大地回去，龐某才不信朱元璋敢不打開城門，恭送我們離去。」拂袖轉身而去。眾人都有鬆了一口氣的感覺，有龐斑同行，還有甚麼可害怕的事呢？

金石藏書堂內，除了韓柏、虛夜月、范良極等人外，鬼王府兩大高手鐵青衣、碧天雁亦到了。還有就是欣聞他們戰勝歸來的忘情師太和雲清、雲素兩女弟子。不知雲素是否因靜修一夜的原因，清秀之氣更是逼人而來，連虛夜月亦露出驚異之色，頻頻對她行注目禮，使韓柏更不敢大膽看她，怕引起這嬌嬌女的醋意。說到底她總是修眞之士，勾引她並不太妥當。但爲何他以前並不太著意此點，是否因如今受了道胎的影響呢？秦夢瑤的離去對韓柏產生了很大的衝擊，使他對分外的美女意興索然，再加上盈散花和秀色的慘劇，更令他心境起了變化，有點不敢再涉足情場，至少暫時是這個情況。

鬼王先多謝了忘情師太的關切，吁出一口氣道：「我要乘夜離開京師，隱居用功療傷，否則恐難活過百天之數。」眾人齊齊一震，這才知道鬼王的傷勢嚴重至極。

虛夜月臉色倏地變得蒼白如死，驚呼道：「爹！」

虛若無望向愛女，眼中射出慈愛之色道：「你乖乖的跟隨丈夫，不要隨便鬧小姐脾氣，將來自有相見之日。」

忘情師太一聲佛號，沉聲道：「現在朱元璋既識破了單玉如陰謀，當有對付之策，虛先生爲何不就地療傷，豈非勝過旅途奔波？」她剛從韓柏處得到最新消息，故有此語。

虛若無露出一絲苦澀的笑容，輕嘆一口氣道：「冥冥中自有主宰，非人力所能改變，這回虛某閉關療傷，絕不能受外界騷擾，京師現在正值多事之際，不是靜養之地，否則虛某豈肯離開我的乖女兒。」

韓柏熱血上沖道：「岳丈，請准許小婿和月兒陪你一道離去。哎喲！」這一聲自然是給范良極踢了一腳。

虛若無看了這對活寶一眼，失笑道：「你們隨我去並沒有實際意義，有青衣、天雁和銀衛護行便成了，虛某雖說受了傷，自保仍無問題。哼！何況還有誰敢來惹我呢？」

眾人知他所言不假，憑他的威望，縱使明知他受了傷，也不會蠢得來惹他的。虛夜月悲叫一聲，不顧一切撲身跪下，抱著他的膝腿放聲悲泣起來。鐵青衣勸道：「月兒不要這樣了，徒令大家難過，府主須立刻起程，船隊在等著呢！」韓柏過去拉起了虛夜月，雲清和雲素也走了過來勸她。

送走了鬼王後，鬼王府頓呈清冷寥落，最高的負責人是四小鬼之一的「惡訟棍」霍欲淚，不過此人足智多謀，一向負責情報方面的工作，鬼王著他留下，使韓柏等能透過他掌握全盤局勢的發展情況。至於明裏暗裏的鬼王府高手留下來雖不足三百人，但都是精銳好手，實力仍不可輕覷。眾人回到月榭，商議大事時，戚長征、風行烈和嬌妻們都到了。經過一個時辰的靜修，兩人神采飛揚，看得范良極心花怒放。有忘情師太和雲清在場，老賊頭規矩多了。

忘情師太忽道：「爲何不見夢瑤小姐？」

虛夜月黯然垂首，本已紅腫的秀目又泛著淚光。雲素露出注意的神色。

韓柏搖頭嘆道：「她逼走紅日法王，又勸動了方夜羽等人離京後，覺得塵緣已了，返回靜齋了。」

虛夜月激動起來，飲泣道：「瑤姐說她永不再離開靜齋呢。」

忘情師太一聲佛號，垂眉不語。眾人聞此消息，無不愕然。

戚長征失聲道：「這就走了，我還未有機會和她親……嘿！和她說話兒。」他本想說親近，但礙於忘情師太等出家人在場，慌忙改口。

范良極不滿道：「她當我這大哥是假的嗎？道別的話都沒有半句。」

雲素甜美的聲音響起道：「夢瑤小姐離去的方式深合劍道之旨，一劍斬下，塵緣盡斷，范先生請勿怪她好嗎？」她說話時神態天眞，卻句句出自眞心，弄得范良極不好意思起來，變成自己毫無風度。雲清狠狠瞪了他一眼。

韓柏、戚長征和風行烈一直不敢對雲素行注目禮，藉此良機，正好飽餐秀色。風行烈乃有禮君子，看了兩眼後收回目光，韓戚兩人則趁忘情師太低目垂眉，對這美若天仙的小尼姑大看特看。雲素在兩人注視下神色自若，還好奇地回望兩人。忘情師太一聲佛號，睜開眼來，嚇得韓戚兩人忙望向別處。

忘情師太柔聲道：「對於那張名單，各位準備如何下手？」

戚風等仍不知此事，范良極解釋一番後，才道：「要在天亮前這兩個時辰內，儘快把這不知放在甚麼地方的名單偷出來，原是沒有可能的事，唯一方法就是明搶加暗奪，各位詐作因韓柏這小子變成廢人的事，發動報復，強攻入單玉如那賊巢裏，到處殺人放火，我和韓柏則乘機搶掠東西，至於能否成功，就要看運氣了。」

戚長征聽到打架立即精神大振，哈哈笑道：「我可順手把瞿秋白煎皮拆骨，以報先幫主的大仇。」

范良極興奮起來，由懷內掏出畫好了的地圖，正要向眾人宣布他擬定的妙策時，霍欲淚進來道：「戚公子！古劍池的薄姑娘來見你。」

戚長征大爲愕然，薄昭如怎會這麼好來找他？正要溜出去，大腿一陣劇痛，原來給醋意大作的寒碧翠狠狠捏了一記，忙改口道：「薄姑娘必是爲公事而來，麻煩霍先生請她到這裏來。」

韓柏對這風韻迷人的美女印象極深，喜道：「快請她來！」霍欲淚領命去了。

戚長征一顆心七上八下，暗忖難道她耐不住芳心寂寞，終於來向他歸降嗎？想到這裏，一顆心不由灼熱起來，哪還記得甚麼安分守己，甚麼做個好丈夫之壯語。

第三章 奪冊之戰

第三章　奪冊之戰

不捨夫婦神仙眷屬般由天而降，從容落到敵方旗艦最高第三層舷尾的甲板上。巨艦被轟開了兩個大洞，分別在船頭和船中間，雖仍冒著煙，但火已給撲滅了，看來雖怵目驚心，卻沒有損及船桅和船體的主要結構，巨艦正朝上游逆流遁去，隨行的還有十多艘戰船，其他的在後方遠處亂作一團，看來凶多吉少了。他們雙劍合璧，把撲上來的敵人殺得人仰馬翻，潮水般退了下去。他們輕鬆撥掉射來的弩箭後，不捨哈哈笑道：「藍幫主來時八面威風，為何現在卻惶惶若喪家之犬，不怕被人恥笑嗎？」

一聲冷哼，藍天雲由指揮艙推門而出，一臉殺氣，身旁一人儒巾長衫，兩手分別提著鋼杖短刀，外形頗為英俊，風度翩翩。另外還有三個蒙著黑頭罩的黑衣人，顯然是不想給人認出他們的身分，其中一人顯然是個娘兒。風聲響起，接著一聲慘叫，守在高桅上瞭望台的傳訊兵口噴鮮血，掉了下來，「蓬！」的一聲摔在敵我間的平台上，當場斃命。眾人抬頭往上望去，只見七夫人手撫雲俏臉寒若冰雪，靜立瞭望台處，冷冷俯視藍天雲等人。他們尚未來得及喝罵，小鬼王荊城冷的聲音在指揮艙頂響起道：「我還以為有甚麼厲害人物，原來只是些藏頭露尾，見不得光的無膽之徒。」三個蒙面人的目光並無變化，顯然都是沉得住氣的人。這時附近敵艦上躍過了十多個人來，都是藍天雲麾下趕來應援的好手，包括了他兒子藍芒、「魚刺」沈浪、「浪裏鯊」余島、「風刀」陳鋌和姿色不惡的「高髻娘」尤春宛，紛紛布在兩側，以鉗形之勢與不捨夫妻對峙著。

藍天雲見自己的艦隊與對方戰艦距離不住拉遠，知道對方只來了這麼四個人，放下心來，獰笑道：「天堂有路你不走，地獄無門卻偏要來，這回教你們四人有命來沒命走。」

谷凝清微微一笑，眼光深情地望向不捨。兩人和好後，谷凝清拋開尊貴的身分，事事均以丈夫為依歸，比任何女子更賢淑聽話。不捨和她相視一笑後，眼光落到那白衣文士身上，冷然一笑道：「假若不捨沒有看錯，這位應是雁蕩派的『杖刀雙絕』麻俊軍兄了。」

雁蕩派在江湖是個神秘的門派，介乎正邪之間，當年曾助朱元璋打天下，後來掌門人季賞因不聽軍令，被大將軍常遇春處死，門人怕受牽連，聞風四遁，逃返雁蕩，由季賞的兒子季尙奇接位，這數年來罕有門人到江湖走動，這麻俊軍武功高強，較為人所熟知。既有此等前因後果，被單玉如招攬自是毫不稀奇。

麻俊軍冷笑道：「許兄為了女色不做和尙也算了，為何竟不顧顏面去作怒蛟幫的走狗呢？」

谷凝清鳳目寒光一閃，嬌叱道：「好膽！」隔空一掌往麻俊軍擊去。掌勁狂捲，凝而不散。麻俊軍早知不捨厲害，卻沒有想到谷凝清隨意一掌，威力亦如此驚人，吃了一驚，右手三尺長的鋼杖劃出一圈護身勁氣，左手短刀閃電刺出。「蓬！」的一聲，麻俊軍全身一震，才勉強接下了這一掌。藍天雲看得直皺眉頭，他沒想到是谷凝清的厲害，只怪這麻俊軍差勁，接一掌都這麼吃力。

一聲清叱，七夫人于撫雲早等得不耐煩，從天而降，幻起千朵劍花，往眾敵罩撒下去。其中一個身形瘦削的蒙面人沖天而起，空手往于撫雲迎去，只看聲勢便知是一流好手。不捨大笑道：「原來是謝峰兄，你不動貧僧還認不出是你來。」那蒙面人全無反應，又準又狠的和于撫雲交換了幾招。于撫雲清叱一聲，蝴蝶般飄了起來，再落到敵我雙方中間處，使出成名絕技「青枝七節」，把擁上來的藍天雲手下全捲入劍光裏。

剛才出手的蒙面人落回艙面上，向另兩個蒙面人打個招呼，一起騰身越過戰作一團的人，撲向不捨夫婦。藍天雲向身旁尚未出手的麻俊軍、兒子藍芒和頭號手下「魚刺」沈浪打個手勢，三人會意躍後，截著正要飛撲下來的小鬼王荊城冷，就把指揮艙頂闢作另一戰場。不捨夫婦見謝峰三人撲來，交換了深情的眼神後，手牽著手，不捨的右手劍和嬌妻的左手劍有若穿花共舞的彩蝶般，一下子將三人捲入劍影裏。被不捨叫破為謝峰的蒙面人仍以雙掌應敵，但另兩人卻露了底細，男的掣出雙斧，女的取出鐵拂。這時誰也知道男的是「十字斧」鴻達才，而女的就是「鐵柔拂」鄭卿嬌了。他們三人本以為蒙著臉便可瞞過怒蛟幫的人，哪知來了個深悉他們的不捨，登時無所遁形。縱使不計較以往少林和長白派的私怨，他們也必須殺人滅口，否則傳了出去，說白道的長白派和惡名昭著的黃河幫合作，長白派勢將受盡唾罵。

那邊的藍天雲細察全場，發覺圍攻于撫雲的人數雖最多，最吃力亦是這些人，忙往戰圈移去，伺機出手。才跨了兩步，一名手下慘叫聲中飛跌向後。中了于撫雲的摧心掌，又沒有韓柏的捱打神功，哪能活命。藍天雲大怒，正要撲前動手，淩戰天的聲音在旁響起道：「藍幫主久違了，為了解決幫主的手下，請恕淩某遲來之罪。」藍天雲聽得魂飛魄散，轉頭望去，只見淩戰天由船沿升了上來，好整以暇地打量著他。更令他膽戰心驚的是巨艦竟停了下來，橫在江心處。剛好看到怒蛟幫那艘戰船正全速趕來。炮聲隆隆中，護航數艦中早有一艘中炮起火，其他己方船艦竟不回頭應戰，往上游拚命逃去。魂魄尚未歸位，淩戰天欺身而來，拳腳齊施。

薄昭如步入月榭內時，見到眾人都目光灼灼打量著她，尤其是戚長征和韓柏貪婪的眼光，更使她有點受不了，俏臉一紅道：「請恕冒昧，這次來找戚兄，是看看有沒有用得著我薄昭如的地方。」

忘情師太招呼她在身旁坐下，低聲問道：「昭如你進來時一臉忿然，是否剛和人有過爭拗呢？」

薄昭如顯然和忘情師太一向情誼良好，如見親人般憤然道：「我已離開了古劍池，這樣也好，我薄昭如立誓不嫁人，就是不想有任何羈絆，現在連門派都沒有了，獨來獨往下不知多麼好！」

眾人心知肚明她定是和古劍叟有過強烈的爭吵。不過除非死了，否則要脫離一個門派並不容易，這事看來還留有尾巴。她雖然不適當地故意提起不嫁人的事，但無人不知她是故意說給戚長征聽，教他死了那條心的。寒碧翠最是明白她，因為自己也曾有過立誓不嫁人之語，知她是怕了戚長征的魅力，才「示弱地」希望戚征放過她。韓柏則和戚長征交換了眼光，大嘆可惜。

范良極瞇起眼道：「若古劍池那批傢伙夠膽來煩擾薄姑娘，我們絕不袖手旁觀。」

薄昭如感激道：「前輩好意心領了，他們終究和昭如有同門之情，有事應由昭如自己解決。」

韓柏笑道：「千萬不要叫他作前輩，叫他作後輩、小輩或鼠輩都沒關係。」

薄昭如嗔怪地瞪了韓柏一眼，令他全身骨頭立即酥軟起來。眾女則「噗哧」笑了起來，連雲素都忍不住抿嘴一笑，暗忖這韓柏真的從不肯正經下來。范良極正要破口大罵，被忘情師太先發制人，藉介紹其他人給薄昭如認識，封了他的口。忘情師太可說是除雲清外范良極絕不敢開罪的人，唯有忍著一肚子氣，看看遲些怎樣整治韓柏。

各人又再商量了分頭行事的細節，才離府而去。韓柏扮作了個普通武士，混在十多個鬼王府高手裏，隨馬隊沿街而行，剛轉出街口，只見前方一隊人馬車隊迎面而來。最前方的范良極定睛一看，暗叫不妙。原來竟是方夜羽率的西域大軍。

凌戰天一拳轟在藍天雲胸膛，骨折聲立時響起。藍天雲口噴鮮血，離地倒飛，重重撞破了船欄，掉進大江去。他武功本和凌戰天有一段頗遠距離，加上心驚膽戰，幾個照面立即了賬。凌戰天搶入與于撫雲交戰的敵人中，更似虎入羊群，那些人見幫主斃命，哪敢戀戰，一聲發喊，分頭逃命。

另外兩個戰場的戰事亦接近尾聲。小鬼王荊城冷連施絕技，先斃藍芒，再重創了沈浪，只剩下庥俊軍苦苦支撐，不過也捱不了多久。謝峰等三人尙無一受傷，但這全因不捨夫妻手下留情，只以劍勢困著三人，他們雖左衝右突，卻總沒法脫出兩人的劍網，森寒的劍氣，緊鎖著三人。謝峰一聲狂喝，奮起餘力，凌空躍起，向剛與不捨交換了位置的谷凝清幻出無數掌影，捨命攻去。他身爲長白派的第二號人物，掌勁自是非常凌厲過人。只要給他衝開一絲空隙，他就有機會遁入江中。谷凝清一聲嬌叱，放開了不捨的手，凌空躍起，臨到切近，長劍閃電疾劈。「蓬！」的一聲，兩人同時倒退回去，落到先前位置上。

「呀！」一聲慘呼，庥俊軍帶著一蓬鮮血，掉進大江裏去，頭頸怪異的扭曲著，竟是硬生生給荊城冷的鬼王鞭抽斷了頸骨。謝峰感到後方敵人逼至，知道再不逃走，將永無逃走的機會，他是天性狠毒自私的人，把心一横，退後半步，兩掌分別按在師弟鴻達才和師妹鄭卿嬌背上，低聲道：「對不起了！」兩人哪想得到謝峰會以這等辣手對付自己人，驚覺時，被謝峰掌力帶起，投向不捨夫妻的劍網裏。不捨夫婦想不到謝峰狼心狗肺至此，幸好他們內力收發由心，忙撤劍拍掌，既消解了兩人前衝之勢，也化去了謝峰加諸他兩人身上的掌勁，縱是如此，兩人仍要口噴鮮血，頹然倒地。謝峰藉此空隙，騰身而起，投向大江，消失不見。眾人為之搖頭嘆息。

鴻達才首先爬了起來，一手扯掉頭罩，再扶起鄭卿嬌。不捨嘆道：「賢師兄妹走吧！」

鴻達才兩眼通紅，咬牙切齒道：「這次的事是我們不對，我們兩人其實一點都不同意掌門和師兄的做法，只是……」

鄭卿嬌扯掉頭罩，尖叫道：「你還喚他們作掌門和師兄？」

鴻達才熱淚湧出，低頭道：「我不想說了，大恩不言謝。」向不捨匆匆一拜，扶著鄭卿嬌投入江水裏去。

眾人都覺惻然。只有于撫雲仍是那副冷冰冰的神情，恐怕只有鬼王和韓柏才可看到她另一副面目。

這時上官鷹的戰艦駛了過來，船身只有幾處損毀，但都不嚴重。誰也想不到這麼容易便破了為虎作倀的黃河幫。凌戰天叫過去道：「兄弟們！讓我們一併把胡節收拾，斷去單玉如伸進大江的魔爪！」那邊船上眾好漢轟然應諾。勝利的氣氛洋溢在大江之上。

一聲輕喝，十多輛馬車和近二百名騎士倏然勒馬止步。戚長征，風行烈等暗叫不妙，硬著頭皮停了下來。暗黑的長街被兩隊對頭的人馬分據了大半。

風行烈看到第五輛馬車的御者赫然是黑白二僕，一顆心提到了喉嚨處，低呼道：「龐斑！」這次連忘情師太亦臉色微變。

蹄聲響起，一人排眾而出，肩寬腰窄，威武非常，精光閃閃的眼睛掠過眾人，微微一笑道：「怎會這麼巧！」接著厲芒一閃道：「韓柏在哪裏？」

虛夜月見他神態不善，怒目嗔道：「你是誰？找我韓郎幹嘛？」

里赤媚的聲音由第一輛馬車內傳出道：「是月兒嗎？來！讓里叔叔看看你。」

虛夜月呆了一呆，垂首道：「里叔叔傷得我爹那麼重，月兒不睬你了。」

里赤媚嘆息道：「你以爲里叔叔的傷輕過你爹嗎？」

虛夜月略一沉吟，策馬往馬車處緩馳而去。眾人想阻止都來不及了。

在隊後的韓柏見到方夜羽的眼睛望來，下意識地垂下了頭，早給方夜羽發覺，冷哼了聲，驅馬而至，喝道：「韓柏！給我滾出來。言而無信，不怕給天下人恥笑嗎？」眾人這才知他是方夜羽。

韓柏暗忖還能怎樣隱藏身分，眼前已給這傢伙全抖了出來，拍馬硬著頭皮離隊來到方夜羽側，尷尬地應聲道：「方兄！小弟眞是不想和你動手。唉！這世上除了打打殺殺，還有很多其他事可做吧？」

方夜羽寒聲道：「夢瑤在哪裏？」

韓柏苦笑道：「回家了！」

方夜羽的氣立時消了一半，看著韓柏愁眉苦臉的樣子，忍不住啞然失笑道：「唉！你這幸福的混賬！」

韓柏喜道：「方兄不介意小弟爽約就好了，嘻！你不是也失約過一次嗎？」方夜羽拿他沒法，只好苦笑搖頭。

韓柏親熱地問道：「你要回家了嗎？」方夜羽望向天上明月，微一點頭。

韓柏伸出手來，誠懇地道：「方兄一路順風。」

方夜羽微一錯愕，凝望了他的手半晌後，才伸手與他用力握著。兩人對望一眼，忽齊聲大笑起來，狀極歡暢，拉緊的氣氛登時鬆弛下來，雙方眾人都泛起奇異難忘的滋味。兩人放開緊握的手，各自歸隊。

這時虛夜月和里赤媚隔窗說完了話，掉頭回來，神情欣悅。方夜羽的車隊繼續開出。范良極等鬆了一口氣，禮貌地避到道旁，讓他們經過。

當黑白二僕駕著龐斑的馬車來到范、戚、風等人旁邊時，一聲叱喝，馬車停下。龐斑的聲音傳來道：「行烈請過來一會。」

風行烈與嬌妻們交換了個眼色，跳下馬來，走到車窗旁，沉聲道：「前輩有何指教！」

當初得知靳冰雲被奪，恩師被殺時，風行烈恨不能與龐斑一決生死，但經過這一段日子的冷卻，愈知道有關其中的事況，愈感難以判別是非，兼且自己又因禍得福，娶得三位眞心愛上自己的如花美眷，厲若海的死則是求仁得仁，報仇的心早淡了，心中反湧起對這一代武學巨匠的敬意，才以前輩稱之。

龐斑的聲音隔簾傳來道：「見到冰雲時，請行烈代傳兩句話！」

風行烈微一錯愕，點頭道：「前輩請說！」

龐斑輕嘆一聲，低吟道：「無可奈何花落去，似曾相識燕歸來。」

馬車開出。後一輛馬車簾幕掀起，露出孟青青宜喜宜嗔的俏臉，欲語還休地白了戚長征一眼。風行烈則像呆子般立在道旁，看著車隊駛馳過去。

當龐斑的馬車經過韓柏身旁時，韓柏耳內響起龐斑的聲音道：「小子！解語回來找你了，給我好好照顧她，否則我絕不放過你。」

韓柏嚇了一跳，只見後兩輛馬車露出殷夫人的俏臉，悽然看了他一眼，說不盡的別緒離情，禁不住湧起肝腸欲斷的感覺。再後一輛馬車則是解下面紗的紫黃二妃，兩人眼中均射出灼熱的神色，凝眸望著他。韓柏一時失魂落魄，差點掉下馬來。直到車隊遠去，眾人才收拾心情，繼續上路。

憐秀秀醒了過來，心中奇怪，自己見過龐斑後怎麼仍可這麼容易入睡？睜眼一看，只見浪翻雲安坐椅內，含笑看著自己，心中有點明白，不顧一切爬起床來，撲入他懷裏去，用盡氣力摟緊他的脖子，像怕失去了他的樣子。浪翻雲想起了紀惜惜，每逢午夜夢迴，總用盡氣力摟著他，不住呼喚他的名字。眼前與憐秀秀的情景，便像與紀惜惜再續未了之緣。當時明月在，曾照彩雲歸。那是惜惜最喜愛的兩句詩詞。憐秀秀最打動他的，不是天生麗質和如花玉容，而是她的箏藝歌聲，才情豐溢，那和紀惜惜是多麼神肖。他再難回復以前與紀惜惜兩情繾綣的情懷，他現在卻是另一番滋味，若水之淡，但亦若水的雋永。生命苦短，為何要令這惹人憐愛的人兒痛苦失望，飽受折磨。只看她眉眼間的淒怨，便知她曾經歷過很多斷腸傷懷的事。她亦有謎樣般的身世。這些他都不想知道。過去了的讓它過去吧。

憐秀秀的身體不住升溫，顯是為他動了春情。浪翻雲在她耳旁輕喝一聲。憐秀秀嬌軀一顫，清醒過來，茫然看著浪翻雲。

浪翻雲微笑道：「明天就是朱元璋大壽，秀秀是否有一台好戲？」

憐秀秀嬌痴地點頭，秀眸射出無比的深情。和龐斑的關係就像告了一段落。以後她可把心神全放在這天下間唯一能與龐斑媲美的偉大人物身上。

浪翻雲淡淡道：「你教花朵兒收拾好東西，演完第一台戲後，我會把你帶離皇宮。」

憐秀秀眼中先射出不敢相信的神色，然後一聲歡呼。

浪翻雲笑道：「好好睡一覺吧！我今晚還要再殺幾個人。」

大江遠處艦蹤再現。水師船是驚弓之鳥，忙發出警報。凌戰天定神一看，只見來的只是一艘中型戰船，還向他們發出燈號。翟雨時笑道：「是自己人！」除了七夫人于撫雲回到她的船上去外，不捨夫婦和莉城冷仍留在這條奪回來的巨艦上。裝有四門神武大炮的戰艦則由上官鷹親自坐鎮。凌戰天吩咐傳訊員通知水師船不用擔心。戰艦轉瞬接近，人影一閃，梁秋末飛身躍了過來。小別重逢，各人均非常欣悅。

簡單的引見後，梁秋末聽得不費吹灰之力殲滅了黃河幫，大喜如狂道：「如此事情簡單得多了，胡節看來立心造反，把所有戰艦全集中到怒蛟島，看來像等候甚麼似的。」

不捨笑道：「他顯然不知道兄長胡惟庸被單玉如出賣了，還在等待這奸相的消息。」

翟雨時道：「這是千載一時對付胡節的機會，他因心中有鬼，必然不敢與附近的地方水師和官府聯絡，而朱元璋亦必已傳令對付胡節，所以若我們乘機攻擊他，他將變成孤立無援。否則若給單玉如成功奪權，她必會先拉攏他，那時要搶回怒蛟島就困難多了。」

上官鷹這時來到船上，聽到這番話，精神大振道：「建造新船的事辦得怎樣了？」

梁秋末道：「新舊船隻加起來，可用的有四十二艘，雖仍少了點，但這次我們的目標是搶回怒蛟島，勉強點也應夠用了。更何況黃河幫已不存在了呢！」

凌戰天道：「就這麼說，我們立即啓程往洞庭，收復怒蛟島。」轉向不捨等道：「護送眷屬的事，就交給大師賢伉儷和七夫人及莉兄了。」

荊城冷笑道：「這麼精采的戰爭，怎可沒有我的分兒。而且一旦單玉如得勢，師父的別院便不再是安身之所，須另找秘處安頓他們才成。」

凌戰天知自己是太過興奮了，思慮有欠周詳，一拍額頭道：「我眞糊塗，一切聽從荊兒主意。」眾人均笑了起來。

上官鷹望著月照下的茫茫大江，心頭一陣激動，心中向父親在天之靈稟告道：「鷹兒雖曾失去了怒蛟島，但很快又可把它奪回來，絕不會弱了怒蛟幫的威名。」

船帆高張中，船隊逆流朝洞庭駛去。到了鄱陽湖，就是將護航水師船撇掉的時刻了。因爲說不定到了那時，天下再不是朱元璋的了。

風行烈扛著丈二紅槍，戚長征則手掣長刀，走上城東北通往富貴山的路上，樹蔭掩映中，不時可見左方遠處的玄武湖，反映著月色而閃閃生光。兩人得報大仇，都心情興奮舒暢，邊走邊談笑，哪像要去與頑強的敵人正面交鋒。

戚長征忽地壓低聲音道：「那薄昭如也算夠味道吧！可惜不肯嫁人。」

風行烈失笑道：「你的心甚麼時候才能滿足下來，小心我們的寒大掌門，打破了醋罈的滋味有得你好受呢。」

戚長征確實有點怕寒碧翠，改變話題道：「假若眼見皇位眞落到炆文手上，你會不會助燕王爭天下？」

風行烈沉吟半晌，輕嘆道：「現在年憐丹已死，無雙國復國有望，只要處理完一些心事後，我會遠赴無雙國，希望將來我們這群好兄弟仍有相見的日子。」

戚長征愕然道：「你不想知道攔江之戰的結果嗎？」

風行烈苦笑道：「我有點不敢面對那現實。」

戚長征無言以對。他當然明白風行烈的心情，說到底，任何人都會認為龐斑的贏面高出一線，只要看看韓柏，就知曉道心種魔大法是如何厲害。

眼前出現一條支路。戚長征伸手按著風行烈的肩頭，推著他轉入支路去，嘆道：「今天只想今天事，明天的事還是省點精神好了，假設待會遇上水月大宗就好了。」

風行烈道：「照我看你浪大叔的堅決神情，絕不會讓他活命到現在的，否則他會來警告我們。」

戚長征笑道：「除了龐斑不說外，現在我老戚甚麼人都不怕，管他水月大宗還是單玉如，一個來殺一個，兩個來殺一雙。」

路盡處出現莊院的大門，高牆往兩旁延展。戚長征大喝道：「單玉如滾出來見我，老子報仇來也。」衝前一腳踢出，大門哪堪勁力，門閂折斷，敞了開來，發出震耳欲聾的一聲巨響。兩人閃電掠進去，只見房舍連綿，他們處身在主宅前的小廣場上。主宅大門「砰」的一聲被推了開來，七名男女擁出了廣場，形成一個半月形，把兩人圍著。四個女的都是衣著性感，百媚千嬌。戚長征看過去沒有一個是認識的，反是風行烈認出了其中一人是魅影劍派的新一代第一高手刁辟情，看他神氣，一直困擾著他的傷勢已完全消失。原來他竟是單玉如的人。這些人均毫無驚惶之色，顯然早從暗哨處得到他們闖上山來的消息。不過刁辟情等人自然不知道他們是故意露出行藏，使他們驚覺。

戚長征大喝道：「天命教妖人妖女，給老戚我報上名來！」

這三個男人，其中一個相貌如狼，一身華服的高大漢子，因形相特別，非常引人注目，凶光閃閃的眼睛仔細打量了戚長征一會後才怪笑一聲道：「你就是那戚長征了，看你乳臭未乾，竟敢來我『夜梟』羊稜面前揚威耀武，敢情是活得不耐煩了。」

刁辟情外，另一男人年約四十，打扮得很斯文，可是臉色蒼白有如死人，教人看得很不舒服，只見他冷冷看著兩人，聲音平板道：「單是害得我要由美女的身體爬起來，你兩人即該受盡活罪而死。」眾妖女嬌笑起來，放浪形骸，非常誘人。

戚長征和風行烈交換了個眼色，均收起了輕敵之心。魔教的來源早不可考，但在唐末開始勢力大盛，千門百派，相沿下來，其中以「血手」厲工爲首的陰癸派最是強大，門下弟子如畢夜驚、烈日炎均曾爲蒙古人出力。他們只講功利，從不理民族大義，更不管甚麼仁義道德，故黑白兩道均對他們深惡痛絕。厲工失蹤後，陰癸派開始式微，反爲該派著名凶人符瑤紅的愛徒單玉如創立的天命教開始茁長壯大，聯絡其他魔教旁支，隱然有與朱元璋爭雄天下之勢。最後引得言靜庵聯同淨念禪主出手對付單玉如，天命教才銷聲匿跡，到現在始發現仍在暗中圖謀。

當年與單玉如並稱於世的魔教高手尙有三人，魔功秘技雖遜於單玉如，但均爲強絕一時的魔門宗主，世稱「玉梟奪魂」。「玉」是「翠袖環」單玉如；「梟」就是眼前這「夜梟」羊稜；「奪」便是「奪魄」解符；「魂」指的是「索魂太歲」都穆。單玉如避世潛隱後，這三人同告失蹤，想不到「夜梟」羊稜竟又現身此處，可知他們當年是爲配合單玉如的陰謀，潛藏了起來而已。另外這人看形相與索魂太歲都穆非常吻合，語氣顯出與羊稜平起平坐的氣派，看來十成有九是這魔教凶人。故這一仗並非想像中的容易。不過既有這兩大凶人坐鎮，此處自然應是天命教的大本營。

刁辟情眼中射出深刻的仇恨，狠狠盯著風行烈道：「讓刁某和風兄玩兩手吧！」話尚未完，鞘中魅劍來到手裏，森森劍寒，循著一條弧線，凶猛絕倫地劃向風行烈扛著紅槍另一邊的頸側處，意圖先發制人。魅影劍派與雙修府仇怨甚深，現在風行烈成了雙修府的快婿，刁辟情自然要不擇手段把他殺死。

刁辟情的劍術無疑相當高明，可是風行烈連西域三大高手之一的「花仙」年憐丹都宰了，已躋身天下頂尖高手之列，僅次於龐斑，浪翻雲兩人，幾可與鬼王、里赤媚等處於同等級數，哪會懼怕區區魅影劍派的後起之秀。他這次和戚長征到這裏來正是要大殺一通，冷喝一聲，稍往後移，丈二紅槍擺出起手式「無定勢」，槍尖虛晃，教人不知攻向何處。刁辟情生出茫然之感，只覺對方紅槍一晃，自己的所有進路全被封死，嚇得改攻為守，在身前幻起一片劍光，守得嚴謹精密。

「夜梟」羊稜見到劍光槍影，惹起了他嗜殺的天性，伸出大舌一舐唇皮，向「索魂太歲」都穆道：「來！我們再不用講甚麼江湖規矩，前輩後輩，一起來把這小子先分了屍，回頭才收拾另外那小子。」

戚長征哈哈一笑，右手天兵寶刀一振，想起若被這等天生邪毒的人奪得政權，確是蒼生有難了，此種人多殺一個，就是為萬民做了無限功德，登時熱血沸騰，殺機大盛，天兵寶刀催發出凌厲之氣，刀雖未發，陣陣刀氣已往兩個魔頭衝去。羊稜和都穆想不到他達到了能隔空發出先天刀氣的境界，他們都是年老成精，不待他蓄滿氣勢，前者掣出一條金光閃閃，長只三尺的鋼鐧，後者由腰背處拔出一對短戟，配合得天衣無縫地向戚長征同施殺手。那四名天命教的蕩女對這種凶險的場面大感刺激，嬌笑著退後，不知應看哪一組的戰事才好。

「鏘鏘鏘！」一連三槍，把刁辟情衝退了五步，任他施盡渾身解數，可是對方平平無奇的一槍，總使他有無可抗禦的感覺，心叫不妙，知道自己心神為對方氣勢所懾時，風行烈一聲暴喝，丈二紅槍第四度激射而來。槍風嗤嗤。刁辟情感到對方槍勁把自己所有進退之路完全封死，縱使不願，亦不得不使出硬拚招式，全力一劍絞擊對方紅槍。風行烈心中暗笑，就在槍劍交觸時，體內三氣迸發，狂風奔浪般分作三波，挾著槍勁送入對手的魅影劍內去。這三氣匯聚全因機緣巧合而成，發乎天然，年憐丹亦因猝不及防下應付不了，才會落敗身死，刁辟情武技雖高，和年憐丹相比卻是差遠了，勉強擋過第一浪的氣勁，當第二浪襲體時，前胸如受雷擊，嘩的一聲鮮血狂噴，到第三波時，被對方精神力量入侵神經，登時頭痛欲烈，慘哼一聲，踉蹌後退。那四個天命教妖女見勢色不妙，掠了過來，意圖施以援手，四女用的一律是軟劍，迎風運勁抖直，在刁辟情前組成一幅劍幕。風行烈乃大行家，一看便知這四女只達普通好手的境界，連鬼王府的銀衛都比不上，看也不看，一式「橫掃千軍」，狂風吹掃枯葉般橫腰掃去。

這邊的戚長征卻沒有他那麼風光，甫交手，他便發覺這兩大凶人確是名不虛傳，不但功力深厚，而且招式專走狠惡毒辣路子，絕不好應付，手中天兵寶刀寒光連閃，帶著凌厲的劈空刀氣，堪堪抵著敵人狂猛的攻勢。轉眼間，都穆一對短戟由不同角度閃電刺出了二十四擊，而羊稜則剛剛相反，每一鐧都沉穩緩慢，但帶起眞勁造成的暗湧，卻使人生出明知其既慢且緩，亦有無法躲避的感覺。這種一快一慢的聯手戰術，戚長征還是初次遇上，感到壓力大得令人害怕，又有種非常不舒暢，像有渾身氣力偏是無法舒洩的無奈感覺。當然並非說他眞的無力反抗，只是感覺如此而已，他乃天性強悍的人，凝聚心力，天兵寶刀開闔縱橫，隱然有君臨天下的霸氣，不住閃移間，仍保持強大的攻勢，絲毫沒因對方龐大的壓力而在氣勢上有任何畏縮之態。但若說要取勝殺敵，卻是妄想了。不過已打得兩大凶人暗暗心驚，更增殺他決心。他們本以爲以兩人聯手之力，三招兩式就可將他收拾，現在才知這只是個夢想。兩魔毫不留手，魔功秘技層出不窮，不斷加強壓力，務求在風行烈收拾四女和刁辟情前，先一步置對手於死地。

那邊廂的風行烈打的亦是同樣主意，見戚長征形勢不妙，立下速戰速決之心。「噹！」的一聲，丈二紅槍先掃上最右方一女的軟劍，妖女立時一聲慘號，軟劍脫手，口噴鮮血，踉蹌跌退。另三女駭得花容失色，哪想得到對方一槍掃來，竟有此千軍難擋的功力和氣勢，慌忙退後。風行烈一聲長嘯，丈二紅槍生出萬千變化，漫天槍影，把刁辟情捲裹其中。刁辟情再次受傷，功力減弱，立時嚇得魂飛魄散，劍光護體，硬要往後疾退。「鏘！」的一聲脆響，紅槍破入劍影裏。刁辟情慘叫一聲，仍是往後疾退，但退到大宅的石階時，胸口鮮血噴灑而出，仰跌斃命。他也不知走了甚麼厄運，甫出道便被浪翻雲所傷，舊傷剛癒又斃命於風行烈槍下，從沒有一展抱負的機會。風行烈眼光落到四女身上時，眾女一聲發喊，掉頭奔回宅內去。

風行烈大笑道：「戚兄！小弟來了。」丈二紅槍幻出滿天攢動的芒影，鋪天蓋地的把羊稜捲了進去。

戚長征壓力一輕，長笑道：「來得及時！」刀勢一放，與都穆比賽誰快一點般以攻對攻，十多招一過，都穆已落在下風。

羊稜則怪叫連連，原來風行烈每一槍均以三氣克敵，羊稜武功雖比都穆更高明，但比之年憐丹仍低了一線，立即吃了大虧。

兩個蒙面黑衣人同時由大宅奔出來，站在長階之頂，冷然看著正在拚鬥的兩對人。戚長征雖在激戰中，猶有餘力，大笑道：「見不得光的人終被逼出來了。」

這正是范良極整個計劃最精采的地方。天命教有個弱點，就是一天未奪得皇權，教中的人和物都是見不得光的。人又分兩類，一類是羊稜、都穆這種核心分子，能不露光當然最好，露光亦是無妨。另一類就是依附天命教的黑白兩道人物，例如長白派、田桐或展羽之流，若在單玉如取得天下前，暴露了身分，立時聲譽掃地，動輒還會招來被自己門派家法處置和滅門滅族的大災難。像不老神仙那麼有名望有地位，門派產業多不勝數，家財豐厚，但若給朱元璋知他附逆謀反，不但長白派要在江湖除名，所有有關人等均會受誅連，故此誰敢在允炆登上皇位前曝光。亦因此在這天命教的大本營裏，敵人雖是實力雄厚，敢出來應戰的人並不多，要就學這兩個蒙面人那樣，將全身包裹起來，還不能以慣用的兵器或武功應敵。風戚兩人故意大張聲勢找上來，就是要教敵人有收拾東西溜走的想法。對天命教的人來說，只要巢穴被偵破，唯一方法就是溜走，絕不會蠢得坐待禁衛廠衛到來圍剿。都穆等人出來攔截他們，只是要讓其他人可從容逃走罷了！豈知刁辟情幾個照面即命喪於風行烈的丈二紅槍下，都穆和羊稜這兩個著名凶人又落在下風，暗中接應的人唯有出來援手。

濃煙忽地沖天而起，一座樓房著火焚燒，起火如此突然和猛烈，明眼人一看便心知肚明天命教的人已收拾好最重要的宗卷冊籍，帶不走的就一把火燒個乾乾淨淨。都穆和羊稜同聲慘哼，分別中招。雖是輕傷，但心理上的打擊卻是最嚴重的，登時氣燄全消，被這兩位年輕高手殺得左支右絀，汗流浹背。兩個蒙面人知道非出手不可，打個招呼，分別撲向場中，援助兩人。

一聲佛號，在牆頭響起。只見忘情師太卓立牆頭，左雲清右雲素，凝視著其中一個人，淡淡道：「這位不是田桐施主嗎？」

那黑衣人想不到忘情師太一眼就把他認了出來，全身一震，一言不發，轉身便逃。雲素一聲清叱，大鳥騰空般身劍合一，一縷輕煙地在長階處趕上田桐，劍光展開，把他纏著不放。

戚長征哈哈一笑道：「師太，這個甚麼被人索命的太歲交給你，我要看藏起了矛鏟的展羽怎樣雙飛？」一刀劈開了都穆，這種凶人哪會講義氣，一聲扯呼，由另一邊圍牆逸去。

羊稜亦一聲狂叫，硬以肩頭捱了一槍，脫出槍影，正要溜走時，風行烈一聲狂喝，丈二紅槍離手激射而出，貫入他的胸口，一代凶人，當場斃命。

戚長征掣起重重刀浪，滾滾不息地向空手應敵的展羽殺去，同時大叫道：「師太、行烈，快去追其他人。」

風行烈一聲領命，取回紅槍，往主宅大門衝去，經過劇鬥的雲素和田桐身旁時，紅槍一閃，田桐立時離地橫飛，倒斃石階之上。

雲素一聲佛號，垂下俏臉道：「多謝施主！」

風行烈灑然一笑道：「小師父定是從未殺過人，所以雖佔盡上風，仍不忍下手，對嗎？」雲素俏臉通紅時，風行烈早旋風般捲入了宅內去。

忘情師太再一聲佛號，沿牆頭往東屋角奔去，兩女忙追隨左右。剩下了展羽在戚長征有若君臨天下之勢的刀下作垂死掙扎。

這天命教的大本營坐北向南，風戚兩人進莊處是正南的大門。正北處是絕嶺高崖，可俯瞰山下景色和遠處的金陵市中心。左方是延綿不絕的密林，右方是一道怪石層出不窮的溪流，由西南方繞莊而來，最後在北面的高崖傾瀉而出，形成一道下飛百丈的長瀑，形成了一道層層流注的大小水潭，直至山腳。此水流接通地底泉水，長年不絕，不受季節雨水所影響。逃走的秘道有三條，兩條是分別通往右方密林處和左方溪流對岸的草叢區。第三條地道的設計卻非常巧妙，通到北面高崖一個岩洞內，再憑預先備好的長索，可輕易滑到山腳去，既安全又快捷。但在范良極這盜王的耳目下，這些設施無一能瞞過他。

虛夜月、谷姿仙、薄昭如、寒碧翠、谷倩蓮和小玲瓏諸女藏伏山腳一塊巨石後，聚精會神注視著前方崖腳的草叢處，敵人若要逃走，這裏就是攀索而下的落足點。飛瀑由左方瀉下，發出嘩啦啦的聲響。驀地十多條飛索由上面放下來，尾端離地丈許，不住晃動著。眾女鬆了一口氣，喜上眉梢，知道范良極這著押對了。以他們的實力，實無法分頭守著三條地道的出口，細經思量後，一致認爲其他兩條地道只是惑人耳目的幌子，只有這條直接逃到山外的暗道才是眞正的逃路。不過另外兩條地道的出口亦非毫無布置，由霍欲淚的人持強弩、火器把守，只要聞得人聲，立時以柴火濃煙封道，教敵人只能由這高崖秘道逃生。忘情師太和兩徒則負責巡逡莊院外圍，隨時可增援風戚或霍欲淚的鬼王府衛。

「颼！颼！」聲中，十多個蒙面人從索上滑下，轉眼間落到地上，足踏實地後，閃了一閃，沒入兩旁密林裏，消失不見，竟是一刻也不肯停留。眾女看得直吐涼氣，這十多人個個武功高強，正面交鋒，憑她們幾個人絕討不了便宜。接著又落下了十多人，這些人武功較次，但逃走的決心同樣的大，急溜溜如喪家之犬。如此逃了五批人，人數超過了六十以上。眾女暗暗心焦，爲何仍不見韓柏和范良極這兩個活寶冤家採取行動？

展羽給戚長征殺得全無還手之力。他吃虧在把成名兵器留在廳內，一身功夫發揮不出平常的七成，哪是戚長征的對手。

硬以掌背引開了戚長征三刀後，展羽大叫道：「是英雄的便讓展某取兵器再戰，展某以信譽擔保，絕不逃走。」

戚長征哈哈一笑道：「首先是你絕無信譽可言，其次老戚更非英雄好漢，要怪便怪自己蠢吧！」天兵寶刀一揮，疾砍展羽頸側，去勢既威猛剛強，又是靈巧無跡。展羽自問就算有兵器在手，要化解這一招亦非常吃力，他終是黑榜高手，怎肯就此認命。一聲狂喝，右手化爪，竟硬往敵刀抓去，另一手掌化爲拳，側身扭腰欺前，一拳轟去，擺明犧牲左手，以搏對方一命。哪知戚長征右肩後縮，刀交左手，一招封寒的左手刀絕技，斜劈向對方拳頭，身法步法，暗含無數變化後著。展羽卻爭取到一線空隙，猛地抽身後退，躍到長階之頂。戚長征的刀勢一直緊鎖著他，氣機感應下，敵退我進，刀芒大盛，化作一道厲芒，人刀合一，朝階台上的展羽捲去。

展羽心中大定，增速退入門內，同時往門側伸手撈去。之前他出來援手時，早擬好策略，把矛鏟放在門旁，才下場助羊稜和都穆，若能殺死風戚兩人自是最好，否則便由此門溜回內院，由秘道離開，到時就可順手取回兵器，哪知都穆兩人見勢色不對，忘義而逃，害得他被戚長征纏著，到此刻才找到取回兵刃的良機。一撈之下，立即臉色劇變。側頭一看，只見隨著自己南征北戰，榮登黑榜寶座的獨門兵刃，已斷成兩截，可恨者仍挨在門處，高度當然矮了半截。此時戚長征天兵寶刀已至，魂飛魄散下，展羽盡展絕藝，苦苦抵擋對方攀上氣勢巔峰的左手刀法。戚長征刀光如滔翻浪捲，勁氣激盪，把展羽完全捲在刀光裏，每劈一刀，展羽均血光濺射。他劈出十八刀，展羽中足了十八刀，竟一刀也避不開。戚長征倏地退後，虎虎作勢，天兵寶刀遙指敵人，陣陣刀氣，仍然狂湧過去，絲毫不肯放鬆。展羽渾身浴血，體無完膚，像喝醉了酒般雙目血紅，左搖右擺。然後傾金山、倒玉柱，「砰！」的一聲掉在地上，雙目死而不瞑。

戚長征吁出一口氣，刀回鞘內，嘆道：「眞痛快！連碧翠爹的仇也報了。」接著大嚷道：「行烈！

是否你這傢伙做的好事，弄斷了展混蛋的矛鏟？」

風行烈的聲音由後院傳過來道：「不是我還有誰呢？快來！我找到了韓清風前輩。」戚長征大喜掠去。

韓柏和范良極躲在崖壁兩塊突出的巨石底下，靜候機會的來臨。

范良極傳音過來道：「正主子快下來了！」

韓柏偷往上望，只見崖洞處又出來了五個黑衣人，看身材都是婀娜豐滿，體態撩人的美女，可惜戴上頭罩，看不到生得如何美貌。她們正在測試繩索的堅韌度，接著就會像先前那幾批人般，攀索而下。

韓柏定睛一看，只見五個人背上都有個黑色布袋，忙傳聲過去道：「哪個背上才是我們要找的東西呢？」

范良極肯定地道：「最重要的東西，自然是由身手和地位皆最高的人負責，你看中間那個妖女，不但身手最靈捷，身材亦最撩人，顯然武功媚術都高人一等，東西不在她背上才怪。」

韓柏心中佩服，口頭卻不讓道：「搶錯了莫要怪我。」

范良極怒道：「你的月兒和其他人是殘廢的嗎？難道不會捉人。噢！來了！」

五人流星般由長索疾落下來。韓柏大覺好玩，閃電般貼壁遊過去，一下子把十多條長索全割斷了，又遊回中間的位置，等候那最動人的妖女投懷送抱。上面顯是有人負責觀察，一個女子的聲音呼叫道：「小心！有鬼！」五人早滑到韓柏頭頂丈許處，聞言大驚往下望來，才發覺繩索不但斷了，還有個像她們般蒙著頭臉的男人在等待著，齊吃一驚，又多滑下了數尺，才放開繩索，一點崖壁，橫移開去，找尋崖壁可供立足的落點。

韓柏哈哈一笑，倏地升起，朝著那個目標妖女斜掠過去。劍光一閃，那妖女單足勾著一株橫生出來的松樹，掣出背後長劍，往他劃來，隱帶風雷之聲，頗有兩下子。韓柏哪會放在心上，隨手一彈，正中對方劍尖，順手一指往對方穴道點去。那妖女輕笑一聲，迴劍一振，千百道劍光像旭日昇離地平線般爆炸開來，森寒劍氣撲面而至。韓柏大叫上當，才醒悟對方第一劍是故意示弱，使自己生出輕敵之心，方露出眞實本領，這時連拔刀都來不及，又勢不能退閃讓對方溜去，低叱一聲，疾若閃電的一口氣劈出五掌，每一次都精準無倫地掃在對方劍體上，同時吹出一道氣箭，直襲對方雙目。

「叮噹！」聲起，改爲攀壁而下的四名妖女全被虛夜月等截著，動起手來。與韓柏動手的妖女見勢色不對，嬌叱一聲往上升起，避過了韓柏的氣箭，同時虛劈一劍，阻止韓柏追來。韓柏趁勢拔出鷹刀，架著對方長劍，沖天而起，和她一齊落到較高處突出來的巨石上。氣勁蓋頭壓下，只見一個蒙面男子頭上腳下，雙掌印來。韓柏抽回鷹刀，往上撇去，先天刀氣激射向從天而降的敵手。左手則一掌拍在對方劍上。妖女一聲清叱，抽劍退後，正欲一個倒翻，忽然背上一輕，背上布帶不知給人使了個甚麼手法，竟整個背包給人拿走了。「蓬！」的一聲，凌空偷襲韓柏的男子和韓柏毫無假借地硬拚了一招後，給撞得橫飛開去，看來受了點內傷。這時失去背包的女子正駭然往後望去，只見范良極這大賊頭捧著背包，大笑道：「得手了！」妖女渾身一震，顯然認得范良極是誰，亦知道難以追上這以輕功著稱當代的盜王。韓柏欺身而來，笑嘻嘻道：「讓小弟陪姑娘多玩兩招，不過你可要脫掉衣服才成。」

范良極也以爲得了手，就在此時，奇異的呼嘯聲在身後響起來。范良極嚇了一跳，煞止後退之勢，扭頭後望。除了傾瀉百丈的飛瀑外，人影都找不到一個。范良極心知不妙，先往下閃去，忽地兩耳貫滿勾魂懾魄的呼嘯聲，似乎敵人的武器攻到了左右耳旁來。他這輩子無論偷東西又或與人動武，八成功夫全在這對天下無雙的靈耳上，現在靈耳被怪聲所擾，功夫登時大打折扣，猶幸他雙耳在這惡劣情勢下，仍然捕捉到韓柏在駭然大叫道：「小心！單玉如在你頭頂！」想也不想，盜命桿往上撩去。只見一個曼妙無比，誘惑得似天魔女下凡的美麗倩影，頭下腳上由上方飄了下來，一對奪魄勾魂的妙目正含情脈脈深深看進他的眼裏去。范良極心中一陣模糊，暗忖這麼聖潔動人的小姑娘，我爲何要與她動手？不但忘了她是單玉如，還看不到她離手分向他兩耳擊來的玉環。呼嘯聲忽地變成了最好聽的仙籟，把飛瀑的轟隆聲都遮蓋了，更遑論是韓柏的呼叫。

韓柏身具魔種，並不受單玉如飛環發出的奇異魔音影響，採取圍魏救趙之法，鷹刀化作激芒，橫掠而來，攔腰向單玉如斬去。他與范良極感情之深，早勝過親兄弟，見他被單玉如魔功所惑，哪還不奮不顧身，全力赴援。先天刀氣直衝而來。范良極倏忽間醒了一醒，怪叫一聲，往後一仰。「叮！」的一聲，兩環在他鼻尖前寸許處交擊在一起。那敲擊聲像平地起了一個焦雷，震得范良極兩耳劇痛，失了勢子，竟往崖下墜落。這時他正虛懸在四十丈的高處，即使以他天下無雙的輕功，這麼高掉下去，也要摔死。單玉如發出比仙樂還好聽的嬌笑，翠袖暴張，一袖往韓柏鷹刀拂去，另一袖拂在范良極左手拿著的黑布袋處。美麗性感的小嘴尚有餘暇道：「小柏啊！見你仍生龍活虎，奴家開心死了。」先是一股大力由黑布袋處傳來，范良極抓著布袋的手鬆了開來，接著胸口如受鎚擊，猛地噴出一口鮮血，斷線風箏般往崖下墜落。韓柏臨危不亂，往下大叫道：「月兒！接住范大哥！」

「蓬！」的一聲，鷹刀劈在單玉如的翠袖上，只覺不但完全用不上力道，發出的刀氣亦若石沉大海，半點都起不了作用。單玉如另一手翠袖一捲，布袋安然飛入她懷裏。韓柏見狀大急，忘了單玉如的厲害，鷹刀一絞，同時飛起一腳，往單玉如面門踢去。單玉如一陣嬌笑，收回翠袖，像給他一腳踢得飛了起來般，以一個動人至極的嬌姿美態，落到上方一棵從崖石橫生而出的小樹盡端處，隨著樹枝上下飄蕩，似乎身體一點重量也沒有，說不出的輕盈寫意。同時手抱布袋，笑意盈盈俯視著斜下方的韓柏。韓柏這時連觀看范良極的餘暇都沒有，亦知不宜分神，正要往上竄去，呼嘯聲貫耳而來，只見兩個玉環，竟由後方擊至。他的魔種正處於巔峰狀態，反手鷹刀往後劈出，改上竄爲橫移，來到了單玉如腳下。「叮叮！」兩聲，鷹刀準確無誤地劈在玉環上。上方的單玉如嬌軀一顫，大吃一驚，想不到韓柏竟能像浪翻雲般不受魔音所擾，伸手凌空一抓，一對玉環回到了右手裏，同時往上騰升而起。驀地上方兩聲暴喝傳來，風行烈的丈二紅槍，戚長征的天兵寶刀，化作槍光刀影，以無可抗禦的君臨天下之勢，直壓而下，封死上方所有進路。任她單玉如怎樣高明，猝不及防下也無法硬擋這兩大年輕高手雷霆萬鈞的合擊，嚇了一跳下，無奈往下落去，一對飛環離手而出，分向兩人迎去。「噹噹！」兩聲，飛環竟在刀光槍影中找到眞主，套往天兵寶刀和丈二紅槍的刀鋒和槍尖去。刀光槍影立時消散。

飛環完成了幾乎不可能的任務後，飛回單玉如手內。她剛接過飛環，動人的肉體剛好落到韓柏側旁五尺許處。韓柏早扯掉再無意義的面罩，哈哈笑道：「姑奶奶！讓老子來伺候你吧。」鷹刀一閃，往她頸側疾斬過去，另一手同時閃電伸前，往布袋抓去。風行烈和戚長征被她那對玉環套在兵器處，不但勁道全消，玉環內暗含的眞勁還由兵器處直擊過來，震得兩人血氣翻騰，分向左右橫移找尋立足點，亦不由暗呼厲害。單玉如更不好受，爲了應付風戚兩人，她被迫耗費眞元，這時仍未恢復過來，韓柏又已殺至，無奈下握環的手袖往上掠，露出美若天上神物的玉臂，玉環一開一闔，竟把鷹刀夾個正著。同時玉容一改，變得眉眼處盡是說不出的淒楚幽怨，任何人只要看上一眼，休想移開目光。嬌軀更配合得天衣無縫地以一個動人至難以形容的姿態落在突崖而出的大石上，檀口微張吐出「韓柏啊！」三個字。韓柏先是心頭一陣迷糊，渾然忘了自己在這裏是爲了幹甚麼來的，只覺眼前美女亟需自己的憐惜和疼愛，心中充滿高尚的情操。旋又驚醒過來，看穿她是在對自己施展媚術。魔種天性不受魔門任何功法影響，若非單玉如特別厲害，連心頭剎那間的受制亦應不會出現。

韓柏心中一動，裝作被她迷了神志，去拿布袋的手，改爲朝她酥胸抓去。單玉如暗罵色鬼。自被言靜庵擊敗後，她醒悟到以肉體媚惑男人，始終落於下乘小道，轉而進修魔門秘傳的「天魔妙法」，以色相配合精神異力，達到言笑間制人心神、殺人於無形的層次。水漲船高，令她魔功大進。故此這二十年來，她不用布施肉體，就把無數高手治得服服帖帖，甘心爲她賣命，楞嚴和展羽就是其中兩個好例子。雖然二十年來從沒有被男人碰過她的身體，但若犧牲一點可以殺死韓柏，她卻是樂而爲之，微挺酥胸，任他摸過來。只要他指尖觸到胸脯，她便可送出催心斷魄的氣勁，取他小命。韓柏的手指立生感應，知道這女魔王身體任何一個部分都可凝聚功力，自己縱是一拳打在她高聳的胸脯上，恐亦傷不了她。人急智生，忽地改抓爲拂，迅疾無倫地掃過她胸前雙丸，同時催發暗含道胎的魔種之氣，輸入她體內。單玉如哪想得到韓柏有此一著，不但送不出眞勁，還給這小子佔了大便宜，大怒下猛施辣手，夾著鷹刀的玉環往後一拉，扯得韓柏前傾過來，下面則曲膝往韓柏下陰頂去。豈知胸脯忽地一陣痠麻，一種前所未嘗但又美妙無倫的感覺，直鑽入心脾裏去，嬌軀一軟，像卸去了一半的力量般，只想倒入韓柏懷裏去，任他盡情放肆。

韓柏嘻嘻一笑道：「滋味好嗎？」「砰！」的一聲，以膝對膝和她硬拼了一記，鷹刀抽了回來，同時左手抓著了布袋。單玉如一下失神後又回復過來，嬌哼一聲，正要痛下殺手，勁氣壓頂，風戚兩人再聯手攻來。她自問不能同時應付這三個各具絕技的年輕高手，一陣嬌笑，抓著布袋往後退去。同時藉布袋向韓柏全力送出摧心裂肺的眞勁。韓柏早猜到她不是那麼好對付的，卻是一點不懼，先前被擒時，他憑著靈銳的魔種，早摸清了她魔功的特點，知道因赤尊信的魔功與她同出一源，故能把她的眞氣據爲己有，忙運起捱打奇功，任由對方眞勁沿手而入。風戚兩人撲了個空時，單玉如早橫移開尋丈之外，卻駭然發覺韓柏仍緊抓布袋不放，正嘻皮笑臉瞧著自己，那就像是自己故意把他扯了過來那樣。韓柏得意地道：「美人兒！讓我們試試誰的力氣大一點！」猛力一拉。單玉如差點布袋脫手，連忙運功扯住，眼角處見到風戚兩人橫掠而至，人急智生，微運勁力，布袋立時寸寸碎裂。十多份宗卷往崖下掉去。單玉如嬌笑道：「小柏兒！你中計了！」玉環飛起，往韓柏攻去，同時一個翻身，頭上腳下往散飛下墜的卷宗追去，伸手抓往其中一份特別搶眼以紅皮釘裝的厚冊子。韓柏大叫上當，卻爲飛環所阻，空嘆奈何。風戚兩人自問輕功及不上單玉如，亦是追之不及。

眼看單玉如要抓著那爭奪了整晚的冊子時，下方一條人影閃電般竄上來，右手一桿疾往單玉如點去，另一手已抓著了冊子，原來是范良極。單玉如氣得一袖拂打在盜命桿上，另一手伸指一戳，一道火光，烈射在冊子上。不知是甚麼妖火那麼厲害，冊皮立即燃燒起來。單玉如同時把頭一搖，竟射出三條秀髮，箭矢般朝范良極面門射去。范良極顧此失彼，哪想得到單玉如有如此出人意表的奇技，不過他也是詭計多端，揚手把紅皮冊往韓柏抛去，大叫道：「救火！」盜命桿回手撥掉了三支髮箭，饒是他輕功了得，仍不得不往下墜去，落到三丈下一叢樹上。

上面的戚長征脫下長袍，飛身躍下，長袍覆到全陷在火燄中的冊子，運勁一把束緊，落到韓柏身側。豈知「蓬」的一聲，連長袍都燒了起來，比之前更要猛烈，嚇得戚長征甩手抛出。單玉如一陣嬌笑，道：「這是三昧眞火，水也救不熄的！」轉移開去，轉瞬不見。一聲佛號，忘情師太從天而降，由秘道出口往下躍來，雙掌往升至最高點，正往下回落焚燒著的冊子虛按一下。森寒掌風呼呼而起，燄火立滅。風行烈伸出紅槍，輕輕一挑，燒得不成樣子的冊子落到手上。這時韓柏才發覺剛才那對妖男妖女，早溜之大吉，影蹤不見。風行烈忙打開殘冊一看，頹然嘆了一口氣。眾人湊過去，原來冊子只燒剩中間幾頁，還是殘破不全，禁不住大爲洩氣，想不到辛苦一晚，只得來這幾頁沒用的破紙。

忘情師太微笑道：「一得一失，自有前定，這趟救回了韓清風施主，是不虛此行了。」

韓柏大喜道：「甚麼？」

崖下忽傳來兵刃交擊聲和虛夜月眾女的叱喝聲。眾人駭然飛撲下去，戰事早結束了。

虛夜月氣鼓鼓地看著地上的兩個布袋，不服道：「好辛苦才生擒了兩個妖女，又給那天殺的單玉如救走了。」

谷姿仙吁出一口涼氣道：「這女魔頭眞厲害哩。」眾人均猶有餘悸。

風行烈擔心韓清風安危，招呼一聲後，登崖去了。忘情師太亦怕單玉如會回頭，忙跟了上去。

韓柏關心范良極，撫著他肩頭道：「又說自己如何高明，給單玉如幾招便殺到屁滾尿流，沒甚麼事吧？」

范良極大失面子，兩眼一翻，不肯理他，逕自去查看那兩個布袋，不半晌道：「原來全是只合韓小子用的東西，不是春藥就是壯陽藥，還有些助興的小玩意。」眾女都聽得俏臉飛紅，又好氣又好笑。

韓柏把戚長征拉到一旁道：「我現在要立刻拿這些破東西去見老朱，把大老爺送回韓府的事，就拜託你了。」

戚長征色變道：「不要搞小弟，讓小烈送他去吧！」

韓柏笑道：「我看二小姐和你只是一場誤會罷了！男子漢大丈夫，就算愛人移情別戀，多見一次又怎樣呢？」

戚長征想了想，苦笑道：「好吧！這次我是給你面子，下不爲例。」

韓柏大喜，暗忖只要你肯去便成了。這時天色漸明，漫長的一夜過去了，朱元璋大壽的日子終於來臨。

第四章

道魔合流

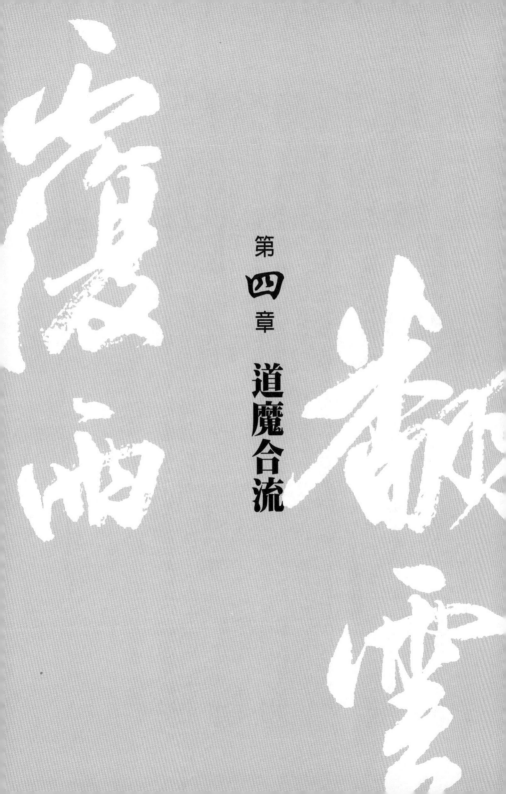

第四章　道魔合流

當單玉如大展魔威時，浪翻雲正在趕來富貴山的途中。第一批蒙著面的天命教徒或與他們勾結的武林人物，正剛由山腳的密林區撤逃往市內去。也是單玉如氣數未盡，浪翻雲一眼認出了其中一個是害死怒蛟幫先幫主上官飛的神醫瞿秋白，對浪翻雲來說，等於遇上了殺父仇人，哪肯放過，一聲厲嘯，轉眼間追至瞿秋白身後。眾蒙面人見來者是浪翻雲，立即分頭狂奔，作鳥獸散，瞿秋白亦露出底子，拚命飛掠，輕功竟還不俗。驀地劍光一閃。瞿秋白駭然止步。他的頭罩裂作兩半，先分左右掉到肩上，才飄到雪地去。這一劍浪翻雲凌空施展，由他後項畫至下頦，差不多是一個不規則的圓形，卻沒有絲毫損及他的頭項、頭髮和膚肌，用劍之準確和巧妙，不是親眼目睹，誰也不會相信。浪翻雲卓立瞿秋白前方，劍回鞘內，拿著酒壺，仰首痛飲，但其氣勢卻緊懾對方，教這奉單玉如之命臥底於怒蛟幫的軍師級人物，指頭都不敢稍動半個。

瞿秋白相貌清癯，雙目藏神，仿似得道之士，只憑慈和的外形，足可把人騙倒。他自知必死，神色出奇地鎮定，嘆了一口氣道：「殺了我吧！冤有頭債有主，上官飛確是瞿某弄死的，不過瞿某亦救活了貴幫很多人。」

浪翻雲猛地伸手，衝著他兩邊面頰，手上微一用力，瞿秋白立時張大了口。膝頭接著輕輕在他腹膈處頂了一記，瞿秋白叫了一聲，吐出一粒藥丸來。

浪翻雲側頭避過，微微一笑道：「大醫師把浪某看成是甚麼人呢？連你把毒丸放進口裏都不知道嗎？」

瞿秋白雙目射出驚恐神色，他所以如此鎮定，全因以爲可以隨時自殺，現在給剝奪了這個憑恃，哪還不魂飛魄散。怒蛟幫有一套對付敵人和叛徒的刑罰，近年來極少使用，其中一種是「削肉」極刑，由全體幫眾執行，在七日之內，每人由被施刑者身上割下一小片肉來，這是對付叛徒最厲害的幫規刑法。只是想到此刑，瞿秋白立時渾身打顫，懼不欲生了。浪翻雲放開了他面頰，手指閃電七次戳在他的要穴上。瞿秋白全身劈啪作響，頹然倒地，就此被廢了武功。

浪翻雲再喝一口酒，俯頭審視著他的表情，沉聲道：「惜惜是否你害死的？」

瞿秋白劇震一下，仰頭望著浪翻雲，露出狠毒無比的眼神，豁了出去地大叫道：「是又怎樣，誰教你蠢得讓她來找本神醫看病，你爲何不爲她傷心得自殺呢？不過你也活不久了，月滿攔江之時，就是你斃命的一刻，誰都知你不是龐斑對手。最好兩個一齊死掉。」

浪翻雲出奇地神色平靜，因爲自他知瞿秋白是天命教的軍師後，早猜到紀惜惜無緣無故的不治之症實是瞿秋白巧施毒手，因而湧起對單玉如前所未有的殺機，可如今證實了，卻不能爲他帶來另一次衝擊。這亦叫人算不如天算。單玉如以爲害死了紀惜惜，將可使他一蹶不振，哪知卻把他往武道的極峰推上了一步。唯能極於情，故能極於劍。

瞿秋白發洩過後，被浪翻雲冷冷凝視，心頭一寒，竟說不下去。浪翻雲搖頭嘆道：「你對單玉如倒是忠心耿耿，浪某一向不贊成對人用刑，可是對你這等狼心狗肺的凶徒，浪某唯有破例一次了。來吧！朋友！怒蛟幫全體上下一心的在歡迎你呢。」一手抓著他腰帶，沖天而起，去和韓柏等人會合。

朱元璋聚精會神翻看殘冊，雙目異光閃閃。陪在兩側的是燕王和韓柏。前者神采飛揚，後者卻是垂頭喪氣。

朱元璋忽地哈哈大笑，一掌拍在龍桌上，興高采烈道：「燒得好，只是剩下來這幾片殘頁，足可使朕知道應採何種對策。」

韓柏半信半疑道：「我們之前也看過，這樣黑炭似的東西，字劃都給燻得模糊不清，還可以看出甚麼內容來呢？」

朱元璋微笑道：「問題是你們並不熟悉朝廷的事，由這冊子內記錄的聯絡手法，金銀寶物的交易，冊子原本的厚度，朕可大約猜出這些人的職級和人數。例如這裏注著寒露後三日，黃金二千兩，夜光杯一對，朕就知此人應是兵部侍郎齊泰，因爲那天正是他的生辰，允炆賀壽時曾送了一對夜光杯給他。」

燕王一呆道：「齊泰竟是天命教的人嗎？」

朱元璋淡淡道：「當然不是那麼簡單，否則單玉如亦毋需除掉胡惟庸，主因就是他被識破了與天命教的關係。朕可以預言，除非允炆眞的王權固若金湯，否則天命教會永遠藏在暗處。正因事事均須允炆出頭，又由天命教暗中支持，才會有這樣厚厚一本名冊。允炆還會藉口要對付胡惟庸這人人深惡痛絕的人，加上暗示有朕在後面支持，試問京內的大臣誰不投靠於他，遵他之命行事。」

韓柏皺眉道：「允炆手上既有如此實力，又得單玉如在背後策劃，怎樣才能對付他呢？」

朱元璋沉吟半晌後道：「家醜不可外傳，允炆的事只可用特別手法處理，教所有人不敢口出半句怨言。」

韓柏和燕王對望一眼，均想不到朱元璋有何妙法處理這麼煩難的家醜。朝臣中如齊泰者，乃位高權重的人，現在他的命運已和允炆掛上了鉤，若朱元璋廢允炆立燕王，他不立即造反才怪哩。

朱元璋岔開話題道：「朕派人研究過盤龍杯內的藥性，基本上雖不是毒藥，但遇上酒精，卻會化爲烈毒，試飲的太監先是身體不適，產生暈眩等症狀，然後心臟發大，其間一句話也說不出來，半個時辰後窒息死亡，非常厲害。」

韓柏心中不忍，朱元璋竟殘忍得找活人來試驗毒性，人命眞的是那麼螻蟻不如嗎？

燕王絲毫不以爲意，只奇道：「爲何他們不用較慢性的毒藥，那豈非誰也不會懷疑是那杯酒有問題嗎？」

朱元璋淡然自若道：「道理很簡單，他們是要親眼目睹朕著了道兒，於是就可立即發動陰謀，控制一切。」

韓柏愕然道：「如此說來，不是等於朝內有很多人和允炆一起謀反嗎？」

朱元璋微笑道：「這兩天皇兒一直留在朕身旁，早引起了各方的猜疑，允炆便可以此向擁護他的人證實朕有改立燕王的打算，在這情況下，誰也要站在允炆那邊押上一注。唉！只恨這名冊燒得殘破不存，否則朕一夜間便可將這些人全部清除，幸好朕仍另有手段。」

燕王默言不語，沒有人比他更明白哪些人要造反了，因爲假若他眞的登上帝位，首先就會拿這些人開刀，再換上自己的班底，這是連他自己也不會改變的事。

韓柏愈來愈發覺朱元璋的厲害，忍不住問道：「皇上有何妙策？」

朱元璋啞然失笑道：「除若無兒外，只有你這小子才夠膽用這種語氣和朕說話。」忽地沉吟起來，淡淡道：「若無兄是否受了重傷？」韓柏知瞞他不過，點了點頭。

朱元璋雙目射出傷感的神色，低回道：「朕知道若無兄再不會見朕的了。」接著轉向燕王棣道：「小棣之有今日，全拜若無兄所賜，切莫忘記。」

燕王也弄不清楚他說這些話是來自真情還是假意，唯唯諾諾答應了事。

朱元璋忽又失笑道：「龐斑的派頭眞大，竟要朕大開城門送他離城，不過離城容易回國難，希望他們一路順風順水吧！」嘴角飄出一絲陰惻惻的笑意。韓柏和燕王再交換一個眼色，都看出對方眼中的寒意。

朱元璋深深瞧著韓柏道：「假設你是單玉如，現在應怎麼辦呢？」

韓柏嘆了一口氣道：「假設小子是那女魔頭，自然知道奸謀敗露，允炆和恭夫人都露了光，所以一是立即逃走，一是繼續發動奸謀，同時設計出種種應變之法，假設盤龍杯下毒一事不成，立即施展其他手段……」

朱元璋含笑截斷他道：「朕忘了告訴你一件事，就是盤龍杯底的藥物非常特別，可蝕進杯底去，不但肉眼察覺不到，連清水或乾布都洗拭不掉，所以若朕拿起盤龍杯喝祭酒，他們定會深信不移朕中了毒，你說那時單玉如又會怎樣施為呢？」

燕王和韓柏同時愕然，開始有點明白朱元璋所說的另外的手段了。

朱元璋向燕王道：「還是皇兒來說較接近和眞實一點。」

燕王棣老臉一紅，有點尷尬地道：「假設我是允炆，必須設法控制了禁衛或廠衛任何一方的勢力，那時就可立即掌握了全局，正式登上帝位，同時把我和所有與鬼王有關的勢力剷除，然後才對付其他像葉素冬等忠於父王的人。那時就算有人知道問題出在那杯酒上，也沒有人敢說半句話了。」

朱元璋雙目寒光一閃道：「朕敢斷言，他們的第一步行動便是殺死葉素冬和嚴無懼，廠衛方面不用說，楞嚴和他的親信可以輕易控制大局，葉素冬方面那幾個副將亦必有人有問題，只要幹掉素冬無懼，朕最親近的兩股勢力都會落到允炆手上，加上群臣的附和，那時你們逃遲一點，都要沒命呢。」再沉聲道：「何況他們仍不知韓柏的魔種能解去皇兒身上的媚蠱，以爲你的生死全操在他們手上。所以單玉如怎肯如此輕易放棄，她無論如何也要看看朕會不會拿起那個盤龍杯來喝酒的。」

燕王完全明白了乃父的反陰謀，低聲道：「帥念祖和直破天會不會有問題？假若他們都是允炆的人，配合他們手上的高手，驀然發難，會是很難應付的局面。」

朱元璋嘆了一口氣，看著殘冊道：「朕要得到這名冊最主要的原因，就是想看看上面有沒有他們的名字，他們一直都支持允炆，但有沒有那種勾結的關係，卻難說得很。」

韓柏暗忖朱元璋確是作繭自縛，這也可說是朱元璋自己在對付自己了。事實上，葉素冬、嚴無懼等誰不是一直在支持允炆，奉他爲未來主人，朱元璋要一夜間扭轉這局勢，以他的力量仍難以辦到。所以若朱元璋眞的死了，知道內情的葉素冬或會站在燕王這邊，但嚴無懼卻不敢保證了。更大的難題是朱元璋極要面子，當日明知燕王行刺他，都要爲他隱瞞，把責任推到水月大宗身上。現在怎能把葉素冬等招到座前來，告訴他們允炆是單玉如的孫子，何況其中還牽涉到他與恭夫人見不得光的私情。

朱元璋斷然道：「只要朕尚有一口氣在，誰都不敢公然造反，即使和允炆合謀的人，也要看朕有沒有喝那杯毒酒才敢行動，所以只要我們布置得宜，便可把允炆和所有奸黨全引了出來，我們就可藉口允炆謀反，一舉盡殲所有人。在這情況下，朕最可以信任的人，除老公公他們外，就是韓柏和他的好友們，以及皇兒你那方面的高手了。」

韓柏恍然大悟，朱元璋忽然對自己這麼推心置腹，言無不盡，原來全因他下面的人都有點靠不住，於是他韓柏的利用價値立時大增，只不知將來會不會有狡兔死走狗烹的一天呢？想到這裏，心裏苦笑起來。表面當然是義無反顧，大聲應諾。

韓清風雖身體虛弱，精神卻還很好，也沒有被囚禁他的人損傷了肢體，事實上他被囚於此後，除了有三餐供應外，便像個被人遺忘了的人。開始時，他還清楚是馬任名逼他說出有關鷹刀的秘密，到後來，連他也弄不清爲何會長途跋涉地把他運到了京師囚禁在天命教的總舵裏，只隱隱感到長白派脫不了關係。風行烈和戚長征等均大惑不解。谷姿仙等諸女閒著無事，趕去酒鋪準備開張營業事宜；忘情師太感到事態嚴重，到西寧道場找莊節商量，雲清雲素當然隨師父去了，薄昭如亦跟了去。范良極則和浪翻雲返回鬼王府，好安排立即運走瞿秋白。最後剩下風行烈和戚長征以馬車將韓清風送回韓家剛遷進去位於西街的新宅。

韓清風無恙歸來，自然驚動了韓家上下諸人。韓天德抱著乃兒，老淚縱橫，卻是歡喜遠勝於感觸。韓慧芷出來見到戚長征，又驚又喜，旋又黯然垂首，神態淒楚，並沒有韓柏預期的「誤會冰釋」，與韓清風道過離情後，默默坐在一旁，秋波兒都吝嗇得沒送一個過來。戚長征大感沒趣，暗忖是你移情別戀，難道還要老子來求你不成，又想起她與宋家公子那種似能心靈相通的情意綿綿，心情更淡了。不過他爲人灑脫，表面仍若無其事，不住吃喝著韓夫人親自奉上的香茗果點，心中盤算怎樣脫身離去。五小姐寧芷沒有出現，兩人都不以爲意，風行烈固是以爲她沒有隨父親來京，戚長征卻是另有心事。

這時韓清風聽到被囚後原來發生了這麼多事，連八派聯盟都給解散了，不勝感觸，顯得無可奈何。

韓天德咳聲嘆氣道：「昨晚京師像變了人間地獄，滿街都是被捕的人，嚇得我們一步都不敢走出去，見到這種情形，當官還有啥意思。」

戚長征不明朝廷之事，奇道：「老爺子既不想當官，大可拒絕任命，不是不用終日提心吊膽了嗎？」

韓慧芷聽到戚長征說話，抬頭偷看他一眼後又垂了下來，神色更是淒楚，又有點無奈，教人難明她芳心所想何事。韓天德一句「戚兄你有所不知」後，解釋了不當官也不行的慘情。

風行烈心中一動，提議道：「韓柏現在皇上跟前很有點分量，不如由他向皇上婉轉解釋，說不定今天老爺子便可返回武昌了。」

韓天德高興得霍地站了起來，嚷道：「小柏在哪裏？」

風行烈笑道：「這事交給在下，包管老爺子心想事成。」

忽地前門處人聲傳來，原來是莊節等人聞訊，與忘情師太等同來賀韓清風安然脫險。大廳內擠滿了八派的人，除離京的人外其他全來了，混亂至極，風行烈和戚長征兩人乘機告辭，韓天德想他們快點見上韓柏，不敢挽留，直把他們送出門外，才回頭去招呼其他人。兩人步出街上，都有逃出生天的感覺。風行烈是怕人多熱鬧，戚長征卻是受不了韓慧芷的無情。

「戚長征！」兩人停步回頭，只見韓慧芷追了上來，一臉淒怨。

風行烈推了戚長征一把，低聲道：「小弟在酒鋪等你。」逕自去了。

戚長征冷冷看著韓慧芷，淡然道：「韓小姐有何貴幹？」

韓慧芷秀眸一紅，在他身前停步垂首低聲道：「長征！找個地方說幾句話可以嗎？」

戚長征直覺到她並非要和自己修好，心中一陣煩厭，他這人最怕拖泥帶水，糾纏不清，但仍保持風度，嘆了一口氣道：「對不起！有很多事等著我去做呢。」

韓慧芷猛地伸手過來抓著他的衣袖，扯得他跟她橫過大道，來到對面的小巷處。

戚長征心中一軟，點頭道：「好吧！隨我來！」領著她到了附近一家麵館裏，找了個較靜的角落坐下。韓慧芷只要了一壺清茶，他卻叫了兩碗金陵最著名的板鴨麵，埋頭大嚼起來。

韓慧芷忍不住怨道：「究竟你是來吃東西還是聽人家說話的？」

戚長征故作驚奇道：「兩件事不可以一起做嗎？」索性左手拿起板鴨，就那麼送到嘴邊撕咬，吃得津津有味。

韓慧芷見他吃相雖粗魯不文，卻另有一股獷野浪蕩的魅力和不羈，這點宋玉眞是拍馬難及，當然宋玉在文學上的修養是另一種吸引力，但得不到的東西總是最誘人的，心中一酸，幽幽道：「長征！慧芷對不起你。」

戚長征啞口笑道：「傻孩子！爲何要那麼想呢？只要你幸福，我老戚便開心了。乖乖的回去吧！我吃光這兩碗麵也要走了。」

韓慧芷呆了一呆，想不到戚長征如此看得開，還表現出廣闊的胸襟，本應解開了的心結，怎知想到的卻是眼前這男子再不把自己放在心上了，不禁「哇！」的一聲哭了出來，情淚滿面。幸好這時店內十多張桌子，只有三桌坐了人，見到戚長征背負長刀，身材健碩，都不敢張望。戚長征大感尷尬，又找不到東西給她拭淚，幸好韓二小姐自備手帕，掏了出來抹拭了一會，哭聲漸止，只是香肩仍不時來一下抽搐。

韓慧芷抬起淚眼，看著他悽然道：「人家知你未死，已決定了和宋玉斷絕來往，哪知……哪知……」又哭了起來。

這次她很快停了抽泣，卻是垂頭不語，似有難言之隱。輪到戚長征好奇心大起，問道：「哪知甚麼呢？」

韓慧芷悽然道：「我告訴了你後，你可以打我罵我，甚麼也可以，因爲是我不好。」

戚長征一呆道：「你是否和他發生了夫妻關係？」

韓慧芷爲之愕然，倏地伏到檯上，悲泣起來。戚長征知道自己猜對了，卻是心中奇怪，韓府家風這麼嚴謹，韓慧芷又那麼端莊正經，怎可能發生這種事情，沉聲道：「是否被他用了甚麼卑鄙手段，果眞如此，讓老子一刀把他宰了。」

韓慧芷吃了一驚，抬起淚跡斑斑的俏臉惶恐叫道：「不！」

戚長征再沒有吃東西的胃口，把吃剩半邊的板鴨拋回碗裏，頹然挨到椅背上，苦笑道：「那麼說是你心甘情願了！還來找老子幹嘛？」

韓慧芷飲泣著道：「昨晚京城大肆搜捕與藍玉和胡惟庸有牽連的人，很多人都嚇得躲了起來……」

戚長征恍然道：「那宋玉就躲到你的閨房去。」

韓慧芷點頭應是，道：「換了任何情況，人家都可以不理他，但怎忍心他被人捉去殺頭呢？我覺得他很悽慘，很可憐，很想安慰他，噢！長征！不如你一刀把我殺了吧！芷兒不想活了。」

戚長征哈哈一笑道：「這就叫緣分。」接著發覺聲音太大了，惹得人人望來，忙壓低聲音道：「假若那晚我老戚在船上佔有了芷兒，今天定會是另一個局面。罷了！你不用再哭哭啼啼，回去安心作你的宋家媳婦吧！韓柏那小子曾在老朱處打點過宋家，他們不會有事的，你的爹娘也不會反對這頭門當戶對的親事吧！」

韓慧芷悲戚呼道：「長征！」

戚長征取出兩弔錢，放在檯上，長身而起，瀟灑地一拍背上天兵寶刀，微笑道：「以後若有任何用得著老戚的地方，只要通知一聲，老戚赴湯蹈火，在所不辭。」離檯前又正容道：「若有可能，今天最好離開京師，設法帶你那宋公子一起上路吧！否則說不定有飛來橫禍。記住了！」

在韓慧芷的淚眼相送下，這軒昂偉岸的男兒漢，雄姿赳赳的大步去了。兩人間的一段情，至此告一段落。就像作了一場夢。

韓柏踏出殿門，精神大振。此時天色微明，東方天際紅光初泛，看樣子會是風和日麗的一天。月兒黯淡的光影，仍隱現高空之上，使他記起了昨夜的驚險刺激。看著皇城內重重殿宇，高閣樓台，韓柏大有春夢一場的感覺。想著自己由一個卑微的小廝，幾番遇合後變成了名動天下的人物，今天又能在皇城橫衝直撞，確是自己到此刻仍難以相信是眞實的異數。由在韓府接觸鷹刀開始，到現在把鷹刀背在背上，其間變化的巧妙，實非夢想可及。就是這把奇異的鷹刀，改變了他的命運。看著謹身殿、華蓋殿、奉天殿、武樓、文樓，一座座巍峨殿堂依著皇城的中軸線整齊地排列開去，直至奉天門和更遠的午門。內皇城外則是外皇城，太廟和社稷台左右矗立，然後是端門、承天門和附在外皇城羅列兩旁的官署。太廟前的廣場隱隱傳來鼓樂之聲，提醒了韓柏待會可在那裏臨時架起的大戲棚中，欣賞到天下第一才女憐秀秀的戲曲，心頭立即灼熱起來。白芳華已這麼動人了，憐秀秀又是怎樣醉人的光景呢？

殿門兩旁的禁衛目不斜視，舉起長戈向他致敬。韓柏心滿意足地嘆了一口氣，步下台階時，聶慶童在一群禁衛護翼下，迎了上來，親切地道：「忠勤伯早安，本監已替大人在午門外備好車馬。」

韓柏看到他如沐春風的樣子，知他已得到朱元璋改立燕王的消息，心中著實代他籌碼下得正確而高興。兩人閒聊著朝午門走去。

韓柏知他最清楚朱元璋的動靜，順口問道：「今天不用早朝嗎？爲何公公這麼優閒？」

聶慶童道：「這三天大壽期內，都不設早會，京師的人也大都休假，今晚秦淮河還有個燈會呢！」

韓柏喜道：「原來聖上壽誕這麼好玩的！」想起可攜美遊賞燈會，立時飄飄然輕鬆起來。

聶慶童壓低聲音道：「皇上昨晚乘夜遣人在京師各處張貼通告，羅列胡惟庸和藍玉兩人伏誅的罪狀，可算是皇上大壽送給萬民的最佳禮物了。」

韓柏暗呼厲害。胡惟庸乃著名奸相，人人痛恨。如此一來，朱元璋便可把所有罪名責任，全推在胡的身上，而事實上胡惟庸卻是他一手捧出來的奸臣。這種手段，恐怕也只有朱元璋才能運用得如此妙至毫巔。對純樸的百姓來說，殺奸相的自是好皇帝了。至於藍玉，惡名遠及不上胡惟庸，但名字與胡惟庸並列一起，予人的印象便也是同流合污之輩。這眞是大快人心的禮物，更能點綴大明的盛世清平和朱元璋至高無上的威權。沒有人比朱元璋更懂控制駕馭人心了。自己不也是被他擺弄得暈頭轉向嗎？

聶慶童又輕輕道：「午後祭典時，皇上會廢掉宰相之位，提升六部，並改組大都督府，以後皇上的江山，當可穩若泰山。」

韓柏對政治絲毫不感興趣，胡亂應酬了兩句，登上馬車。前後十二名禁衛簇擁中，馬車朝端門駛去。過端門，出承天門，御道右旁是中、左、右、前、後五大都督府和儀禮司、通政司、錦衣衛、欽天監等官署，左方是宗人府、六部、詹事府、兵馬司等官衛。韓柏想起了陳令方，隔簾往吏部望去，只見除了守門的禁衛外，靜悄無人，暗忖可能因時間尚早，這時忽覺一道凌厲的眼光落在自己身上。韓柏心中一懍，朝眼光來處看去，只見兵部衙署正門前卓立著一位身穿武官服飾英俊軒昂的大漢，正冷冷注視著他，垂下的竹簾似一點遮擋的作用也沒有。那武官旁還有十多名近衛，全是太陽穴高高鼓起的內家高手，但顯然沒有那武官透視簾內暗處的功力。馬車緩緩過了兵部。韓柏心中激盪，人說大內高手如雲，確非虛語，只是此人，論武功氣度，已足可躋身一流高手之列，甚至可與他韓柏一爭短長。只不知此人是誰？

馬車忽然停了下來，外面響起莊青霜的嬌呼道：「韓郎！」

韓柏忙拉開車門，尚未有機會走出車外，莊青霜一陣香風般衝入車廂，撲入他懷裏。連忙軟玉溫香抱個滿懷，倒回座位裏。

葉素冬策馬出現車窗旁，隔簾俯首低聲道：「到哪裏去？」同時伸腳為他們踢上車門，以免春光外洩。

韓柏摟著嬌喘連連的莊青霜，傳音出去道：「去召集人手和單玉如決一死戰！」

葉素冬愕了一愕，以傳音道：「皇上知道允炆的事了嗎？」

韓柏道：「知道了！不過師叔最好暫時裝作甚麼都不知道，由皇上自己告訴你好了。只要我們能保著皇上，這一仗就贏定了。」

葉素冬傲然道：「若連這點都辦不到，我也應該退休。」

韓柏嘆道：「可是師叔怎知手下中有多少是單玉如的人？」葉素冬啞口無言。

韓柏想起剛才那人，詢問葉素冬。葉素冬聽了他對那人的描述後，肯定地道：「此人定是兵部侍郎齊泰，他的武功與黃子澄齊名，都是朝廷第二代臣子裏出類拔萃之輩，與允炆的關係非常密切。哼！」接著再道：「皇上是否準備改立燕王？」

韓柏知他心事，安慰道：「燕王現在京師孤立無援，只要我們肯站在他那一方，他哪還會計較以前的恩怨呢？」

葉素冬不是沒有想過此點，只是能再由全京師最吃得開的韓柏口中說出來，格外令他安心，聞言點了點頭，笑道：「霜兒交給你了，師兄吩咐，你到哪裏都要把她帶在身旁。」

韓柏哈哈一笑，大聲應是。葉素冬下令馬車起行，自己則率著近衛親隨，入宮去了。

韓柏把莊青霜放到腿上，先來個熱吻，然後毛手毛腳道：「昨晚你到哪裏去了？」

莊青霜被他一對怪手弄得面紅耳赤，嬌喘著道：「人家要幫爹安排婦孺……噢！」

韓柏暫停雙手的活動，莊青霜才能接下去道：「爹是很小心的人，聽到你的警告後，立即召來葉師叔，把武功低微的門人和眷屬送離京師，免得有起事來，逃走都來不及呢！」言罷白了他一眼，怪他無禮輕薄。

韓柏心都癢了起來，笑道：「別忘記你爹吩咐要你緊隨著我，連洗澡都不可例外。」

莊青霜由少女變成少婦後，初嚐禁果，更是風情萬種，拋了他一個媚眼道：「和你這風流夫君在一起時，有哪次洗澡沒你的分兒呢？」

韓柏的手忍不住撫上她得天獨厚，顫顫巍巍的酥胸，同時湊到她粉頸處亂嗅一通道：「好霜兒是否剛洗過澡來？」

莊青霜呼吸急促起來，又感到韓柏的手滑入了衣服內，求饒道：「韓郎啊！街上全是人呢！」

韓柏笑道：「霜兒喜歡的事，爲夫怎可讓你失望！是了，你仍未答我的問題呢。」

莊青霜含羞點頭。韓柏讚嘆道：「難怪香上加香了，你是否用媚藥摻水來沐浴的，否則爲何我現在只想和你立即歡好，履行夫君的天職？」莊青霜暗叫一聲：「完了！」

「砰砰嘭嘭！」韓柏嚇了一跳，從莊青霜的小肚兜把手抽出來，望著窗外，原來是幾個穿上新衣的小孩在清晨的街頭燃點爆竹爲樂。這時才有暇看到家家張燈結綵，充滿著節日歡樂的氣氛。莊青霜乘機坐直嬌軀，整理敞開了的襟頭，春情難禁的眼光嗔怨地盯著他。

韓柏注意到她的神情動作，奇道：「不是出嫁從夫麼，誰准你扣上衣服的。」

莊青霜又羞又恨惱，卻眞不敢扣回襟鈕，嬌吟一聲，撲入他懷裏，火燒般的俏臉埋入他的頸項間。韓柏愛撫著她充滿彈性的粉背，慾火熊熊燃起，心中奇怪，爲何魔種竟有蠢蠢欲動之勢，自得到夢瑤的道胎後，已很久沒有這種情況了。嘿！難道是另一次走火入魔的先兆。想到這裏，不敢放肆，只緊摟著懷中玉人。前方傳來嘈雜的人聲，鬧烘烘一片。韓柏大奇，探頭望去。

戚長征比韓柏早到一步，由另一端進入左家老巷，一見下亦看呆了眼。只見老巷人潮洶湧，驟眼看去，怕不有幾千人之眾，聲勢浩大。人人爭相捧著各類盛酒器皿，在過百官差的維持下，排隊輪候，隊頭自是直延到遠在老巷中間的酒鋪去。其他行人馬車，一概不准進入。凡通往老巷的橫街小巷，全被封鎖。隊伍卻停滯不動，顯然尚未開鋪賣酒，卻不斷有人加入排隊的行列。男女老幼，好不熱鬧，有代爹娘來的，有代主人來的，很多人仍是睡眼惺忪，尙未清醒的樣子。戚長征心中嘀咕，難道這些人以爲喝了清溪流泉會長生不老嗎？還是趁興頭來湊熱鬧呢？

正要步入老巷，給兩個官差攔著。他們尙算客氣，輕喝道：「朋友！買酒須去排隊，不是買酒的到別處去吧！」

戚長征待要報上身分，兩個錦衣衛由道旁走了過來，其中一人喝道：「征爺你們也不認識嗎？還不施禮陪罪？」另一錦衣衛忙依江湖禮節向戚長征施禮，恭敬道：「征爺請隨小人來！」那些官差噤若寒蟬，連忙躬身道歉。戚長征這時才領教到錦衣衛在京城的威勢，伸手拍拍那兩名官差，表示友好，才隨錦衣衛沿著人龍旁邊朝酒鋪走去。

兩條人龍在酒鋪門旁由左右延伸開去，數也數不清有多少人。向著酒鋪的街心處搭起了兩個高出鋪頂達五丈的竹棚，垂下兩串長達七丈，紮著大小鞭炮的長條子。鋪子的招牌仍被紅紙密封著。虛夜月、谷姿仙、谷倩蓮、小玲瓏和他的寒大掌門，全捲高衣袖，手持酒勺，在鋪內的酒桶陣前整裝以待。范豹等人則不住把酒由窖藏處運來。范良極最是優閒，躺在一堆高高疊起的酒桶上呑雲吐霧，對四周混亂的情境似視而不見、聽而不聞。東廠副指揮使陳成和一個身穿便服的老者，在官差頭子陪同下，正研究著如何疏導買酒後的群眾。

風行烈不知由哪裏鑽了出來，抓著他肩頭道：「姻緣天定，長征不用介懷。」

戚長征知他由自己的神色看出與韓慧芷的結局，苦笑道：「我想不信命運都不成呢！」皺眉道：「這麼多人在等著，還不開鋪大吉？」

風行烈道：「還不是在等韓柏那傢伙！」

戚長征愕然道：「這麼尊重他幹嘛？」

風行烈嘆道：「這是詩姊的意思，必須由她的韓郎揭招牌，我們只能負責點燃鞭炮。看！最心焦的人不是來買酒的，而是我們的虛大小姐和小蓮。」

看著兩女扠腰持勺的焦急神情，戚長征也覺好笑，道：「酒是絕世佳釀，人是天下絕色，這盤生意想不大賺都不行。」

這時陳成和陳令方已與官差的代表商量完畢，走了過來。陳令方和戚長征是初次見面，經介紹後，戚長征想起韓天德不想當官一事，連忙告知這新上任的吏部尚書。

陳令方笑道：「這個包在我身上，待會著四弟在皇上跟前提上一句便行了。」

陳成拍馬屁道：「有陳公一句話，征爺可以放心了。」

風行烈奇道：「爲何叫他征爺呢？」

陳成呆了一呆，道：「不知爲何，我們錦衣衛對征爺都分外尊敬。」

戚長征一副受之無愧的樣子，叫道：「看！是哪位大官來了。」眾人循他眼光望去，只見在官差禁衛開路下，一輛馬車徐徐駛至。

車尚未停定，莊青霜急急忙忙跳了下來，脫離魔掌般興高采烈往虛夜月等奔去，嬌呼道：「我也要來湊趣！」眾人看得直搖頭。

韓柏在萬眾期望下走了出來，大笑道：「你們還等甚麼呢？有錢都不會賺嗎？」

范良極由鋪內飛身而出，盜命桿在韓柏的大頭敲了一記，怪叫道：「成千上萬人在等著你這小子，還要說風涼話。」

酒鋪內諸女一起嬌呼道：「韓柏小子，快揭招牌！」來買酒的人一起起鬨，情況熱鬧混亂。

韓柏神情比任何人都雀躍興奮，顧不得被范良極敲了一記，來到眾人間，抬頭看著紅紙封著的大橫匾，手足無措道：「這麼大幅紅紙怎樣揭開它？梯子在哪裏？」

戚長征向風行烈使個眼色，分別抓著他左右膀子，猛一運勁，把他擲了上去。韓柏怪叫一聲，故意凌空手舞足蹈，眼看要撞在招牌，才在眾人嘩然聲中，雙掌輕按在招牌上。紅封紙片片碎裂，露出「清溪流泉」四個大字的金漆招牌。下款是「大明天子御題」六個小字。全街歡聲雷動。「砰砰嘭嘭！」火光閃跳裏，兩大串鞭炮近地的一端晃動不休，發出電芒般的炮火，震耳欲聾的爆響，由緩而快，漸趨激烈，震盪長街。硝煙的氣味和煙霧瀰漫全場。數以千計的酒徒齊齊鼓掌歡叫，那種熱烈的情景，不親眼目睹亦難相信。

韓柏返回地面時，虛夜月大聲疾呼道：「買酒的上來啦！」

谷倩蓮俏臉閃亮，接口嬌呼道：「酒瓶自備，每人限買兩勺！」

兩邊龍頭的人，不待吩咐，一哄而上，擠滿了鋪前的空間，高舉各式盛器。諸女美麗白皙的小臂在肉光致致中，勺起勺落，一道道酒箭傾注進酒器裏，人美動作也美。

韓柏想起一事，色變道：「不妥！」撲了過去。在隆隆鞭炮響聲、諸女的賣酒聲、酒徒的叫嚷裏振臂高呼道：「這是收錢的，每勺一吊錢，先銀後貨。」

眾人又好氣又好笑，寒碧翠忙裏偷空罵道：「死韓柏快滾蛋，誰還有空收錢！」

話猶未已，韓柏早給推了出來，苦著臉回到風行烈等人處，氣鼓鼓道：「以爲可撈點油水，誰知是盤必賠的冤大頭生意。」眾人笑罵聲中，陳令方和陳成向韓柏道賀。

戚長征摟著韓柏肩頭笑道：「做生意誰不是先蝕後賺，你這小子討了個女酒仙作嬌妻，這下半輩子都不用愁了，這才是眞正必賺的生意。」眾人爲之莞爾，洋溢著歡樂的氣氛。

鞭炮這時燒至棚頂，驀地加劇，發出幾聲震天巨響，把所有聲音全蓋過了，才沉寂下來。漫天紙屑飄飛街裏，街上歡呼再起。范良極興奮鼓掌，不住怪叫，一副唯恐天下不亂的樣子。「買」了酒的人立即被趕走，可是兩邊人龍仍不住有人加入。有些人嚐了一小口後，像發了狂的又趕去排隊買第二次。

陳成看勢色不對，道：「我要去封街才行，遲來的再沒酒可賣。」看著陳成匆匆而去，韓柏道：「莫要把送入宮賀壽的酒都賣掉。」

范良極冷哼道：「只有你才想到這麼蠢的問題，賀壽的酒早送抵皇城。」

韓柏奇道：「一早就見你比鞭炮的火藥味還重，小弟又有甚麼地方開罪了你老賊頭？」

范良極忿然道：「忘記了我和你的約定嗎？這麼快放走了瑤妹？」

韓柏一拍額頭，摟著范良極肩頭道：「怎會忘記，將來你和我到靜齋探小夢瑤時，我央她讓你吻吻臉蛋好了！」

風戚陳三人一起失聲道：「甚麼？」

范良極想不到韓柏當眾揭他對秦夢瑤的不軌圖謀，大感尷尬，老臉一紅道：「不和你說了，我們到鋪內喝參湯吧！」

韓柏和戚長征奇道：「參湯？」

范良極瞪了兩人一眼，道：「參湯就是用高句麗萬年參熬出來的超級大補湯，今天是大日子，沒有些好東西賀賀怎成。快來！手快有手慢沒有。」施出身法撲上瓦面，翻向鋪心的大天井去。

陳令方望「洋」興嘆，苦著臉道：「我怎樣去喝參湯呢？」風行烈和戚長征相視一笑，左右夾著他，躍空而起，追著范良極去了。

韓柏心想自己爲這些萬年參吃盡苦頭，怎可讓他們佔了便宜，正要跟去，耳中響起熟悉性感的女聲道：「韓柏！」韓柏一震停步，目光向被官差攔在數丈外行人道上看熱鬧的群眾中搜索過去。

朱元璋在書齋的龍桌處，閉目養神，身後站著老公公和其他七名影子太監。燕王棣、嚴無懼分立兩旁，不敢打擾，到葉素冬入齋叩見，他才張開龍目，淡淡道：「葉卿平身！」

葉素冬站了起來，立在嚴無懼下手處。後者奉命低聲說了允炆母子的事。待他言罷，朱元璋從容一笑，長身而起，在桌旁踱起方步來，悠然道：「單玉如有甚麼動靜？」現在齋內這些人全是知悉單玉如暗藏宮內的親信，只有與這些人才可放心密謀對策。即使對朱元璋來說，禁宮內亦是草木皆兵。

葉素冬道：「表面看來全無異樣，更沒有人敢斗膽瞞著皇上調動兵馬，不過齊泰和黃子澄這兩人的動靜較平時緊張，應是心懷鬼胎。黃子澄最疼愛的幼子和愛妾由昨天起便沒有在府內露臉，看來應是被秘密送出了京師。」

嚴無懼接著道：「下臣已奉皇上之命，諭令這次爲藍玉和胡惟庸之事而來的各地兵將，在日出前撤離京師，只准在離城三十里外駐軍，下臣會繼續監視所有人的動靜。」

朱元璋雙目神光一閃道：「只要葉卿和嚴卿能牢牢控制著禁衛和錦衣衛兩大系統，京師內休想有人敢對朕稍存不軌，藍玉和胡惟庸的事足可使他們引以爲戒。」

燕王恭敬道：「皇兒的手下已到了皇宮，交由葉統領調配。」

朱元璋微微一笑道：「好！允炆和恭夫人那邊又如何了？」

嚴無懼和葉素冬乃群臣裏最爲知情的兩個人，對望一眼後，由嚴無懼道：「我們藉保護爲名，把他們軟禁在坤寧宮內，隔絕與任何人的接觸，他們母子都相當不滿，但卻不敢要求覲見皇上。」

朱元璋嘴角逸出一絲令人心寒的笑意，緩緩點頭，冷哼道：「待韓柏等眾來後，就把帥念祖、直破天和他們麾下的五百死士調守外皇城，這樣內皇城就全是我們的人了，朕倒想看看單玉如還有甚麼伎倆。」

眾人都知朱元璋動了殺機，這大壽的第一天將會是京城最血腥的一天。

朱元璋續道：「這次行動最要緊是狠、準和快，不予敵人任何喘息之機。讓朕猜估一下稍後的情況。」

眾人都生出一種奇怪的感覺，就是朱元璋似是非常享受這與敵人爭雄的滋味。燕王等當年曾隨他出生入死的人，更感到他回復了以往統率三軍，睥睨縱橫的霸氣。

朱元璋優閒地負手踱步，仰首望著承塵，雙目閃著森冷的寒芒，聲音卻無比的溫柔，一字一字緩緩吐出來道：「午時朕會聯合文武大臣，同赴南郊，登壇祭奠。當朕喝了假杯內的酒時，便詐作不支，要立即返回皇宮休息，假設你們是單玉如，會作出甚麼反應呢？」眾人都默然不語，不敢答話。

朱元璋啞然失笑，轉過身來，龍目掃過眾人，落到燕王棣身上，道：「小棣你來說！」

燕王棣暗嘆自己在父王眼中，定變成了謀反的專家，此事大大不妙，不過亦別無選擇，硬著頭皮說道：「若此事沒有皇兒牽涉在內，單玉如只須袖手旁觀，讓允炆坐收其利便成，但現在單玉如將必須立即催動孩兒身上蠱毒，讓孩兒同時暴斃，他們才可安心接收大明的江山。」

朱元璋搖頭道：「你把單玉如想得太簡單了，先不說他們是否肯定有把握將你弄死，他們最擔心的是朕留下了遺詔，將皇位改傳與你，那雖然你被害死了，但皇位仍應由你的長子繼承，允炆再無緣問鼎寶座。」接著微微一笑道：「所以昨晚朕把太師、太傅、太保那三個老傢伙召入宮內，當面告訴他們若朕發生了甚麼事，必須由他們聯同打開聖庫，還把開啓的三條寶匙交與三人分別保管，又把庫門匙孔以紅條和蜜蠟封了，好能依遺詔處理皇位的問題，此事自瞞不過單玉如的耳目，朕才不信她不爲此事大絞腦汁。」

眾人都心中懍然，暗嘆朱元璋的手段厲害。事實上這張遺詔當然是不存在的。

朱元璋微微一笑道：「最理想是單玉如趁我們到南郊後便來偷遺詔，那這女魔頭就要掉進陷阱。」

眾人無不點頭。

朱元璋悠然道：「現在形勢相當微妙，允炆母子全落在我們手上，動彈不得，所以單玉如若要在朕喝了毒酒後控制大局，勢須儘速聯絡與天命教有直接關係的反賊，那朕就可將他們辨別出來，一網打盡了。」

眾人不禁拍掌叫絕，連老公公的白眉亦往上掀高了點。要知目前最令朱元璋頭痛的事，就是誰是直接勾結天命教？誰只是因視允炆爲少主而追隨聽命？前者當然是謀反之罪，後者只是依從朱元璋的指引，實在無可厚非。但朱元璋這一記妙著，就可使與天命教直接勾結者像被引蛇出洞般令他們無所遁形。換了任何人是單玉如，亦必採雙管齊下之策，一方面派人來搶遺詔，另一方面則派人密切注意朱元璋的動靜。若朱元璋喝下毒酒，自有人立即催發燕王的蠱毒。假設燕王安然無恙，那時單玉如的人唯一求勝之法就是調動手下軍馬，保著允炆，發兵控制京城。由於京城無人不擁允炆，朱元璋一死，允炆肯定可坐上皇位。所以朱元璋這引蛇出洞之計，必可成功。且在單玉如方面而言，只要朱元璋一死，那時就算搶不到遺詔，也沒有甚麼關係了。因爲一切都操縱在允炆母子手上，也就是單玉如贏了。改遺詔是輕而易舉的事。朝中也沒有人會反對，因爲誰都不願燕王登上帝位。若非知道允炆背後有單玉如和天命教，葉素冬和嚴無懼這兩個分屬西寧和少林兩派的人，亦只望允炆能登帝位。現在卻是正邪不兩立，勢成水火，所以他們才這樣得到朱元璋的信任。

朱元璋忽地搖頭失笑道：「唉！韓柏這可愛的傢伙！朕眞的愈來愈喜歡他！」眾人不禁莞爾。

朱元璋深吸了一口氣後道：「憐秀秀那台戲甚麼時候開鑼？」

葉素冬稟上道：「還有兩個時辰！」

朱元璋精神一振道：「趁還有點時間，朕想到宮外走走，看看人們對藍玉和胡惟庸伏誅的反應，找韓柏那小子來陪我吧！」

眾皆愕然，想不到朱元璋此時仍有如此閒情逸致。

韓柏湧起無以名狀的美妙感覺，魔種生出強烈的感應，轉眼間越過官差百姓混成的人牆，一把拖起其中作小廝打扮的人的玉手，拖著她回到鋪旁，低頭細語道：「原來是我的心肝寶貝解語大姊，自聽到你溜來找小弟，我都不知想得你多苦哩！」

花解語雖作男裝打扮，但美目流轉處，仍是那副風情萬種迷死人的模樣，橫他一眼，歡喜地道：「還是那麼會哄人，人家才眞想得你苦呢！」言罷眼眶濕了起來。

韓柏不知爲何，只是拉著她的玉手，已感慾火焚身，比剛才在車廂內與莊青霜廝磨胡鬧還要衝動。

他今時不同往日，細心一想，已明其故。他魔種的初成由花解語而來，所以對身具奼女秘術的花解語特別敏感，皺眉一想道：「剛才你是否一直跟著我？」

花解語愕然點頭，道：「你的魔功果然大有長進，自你離開皇宮後人家便一直悄悄跟著你，想不到仍被你發覺。」

韓柏這才明白爲何魔種會蠢蠢欲動，那時還以爲快要走火入魔，現在始知道是花解語與他之間那玄妙的聯繫所影響。

花解語見他沉吟不語，緊捏著他的手，垂頭赧然道：「找處人少點的地方好嗎？」她一生縱橫慾海，視男女間事若遊戲，哪知羞恥爲何物。可是自對韓柏動了眞情後，竟回復了少女的心態，這刻既緊張又害羞，似乎四周所有人的眼光全在窺看著她。

韓柏笑道：「這個容易得很。」扯著她躍上酒鋪瓦背，翻落天井後，進了後宅，掩入不知原本是左詩、朝霞還是柔柔其中一人的房間內。他哪還客氣，坐到床沿，把花解語摟坐腿上，吻上她嬌豔欲滴的紅唇。

與韓柏有親密關係的諸女裏，除秀色外就只有花解語是魔門翹楚，分外抵受不了韓柏的魔種。以前如此，現在韓柏魔功大進，花解語更是不濟，熱情如火地反應著，說不盡的纏綿悱惻。韓柏則是另一番光景。他感到魔種不斷膨脹，把花解語完全包容在內，而內中所含那點道胎，則愈是凝固清明。而花解語則活似燃點火引的烈燄，不住催動他的魔種，箇中情景，非言語所能描述萬一。就像上次合體般，花解語體內眞陰中那點元陽，由唇舌交接處，度入他體內；而他眞陽內的元陰，則輸往她處。互相間流轉不息，互爲補益。無論魔種或奼女大法，均同屬魔門秘法，來自同一的精神和源頭，加上兩人間不但有海棠深情，且元陰眞陽間早因上次合體產生了奇妙的聯繫，故此一接觸便如水乳交融，難分彼我。

韓柏緩緩離開她的朱唇，深情地看著她道：「上次的是假種，這回保證是貨眞價實的種子，心肝寶貝你要嗎？嘿！現在我慾火焚身，你想不要也不行。」

花解語臉泛桃紅，嗔怪地白他一眼道：「人家爲你連魔師他老人家的警告都不管了，還要說這些話。韓郎啊！人家苦透了，原來愛上一個人是這麼辛苦的。」

韓柏伸手爲她解開襟頭的扣子，笑道：「乖寶貝不要怨我，我只是說來和你玩笑吧！看你現在春心大動的媚樣兒，誰都知你正期待著韓某人的種子。」

花解語柔情萬縷地吻了他一口，嬌吟道：「韓郎啊！解語這次不顧一切來找你，除了想爲你懷孩子外，還有一個至關緊要的目的。」

韓柏這時剛脫下了她的上衣，聞言一呆道：「甚麼目的？」

花解語伸手愛憐地撫著他臉頰，柔聲道：「昔日傳鷹因白蓮珏悟通了天道，生下了鷹緣活佛。解語今日再會韓郎，一方面爲續未了之緣，同時更望能藉姹女心法，使韓郎的魔種臻達大圓滿境界，重歷先賢由人道而天道的境界，以表解語對韓郎的心意。」

韓柏笑道：「你怕我給人宰了嗎？」

花解語悽然道：「我不知道，但總感到你是在極可怕的險境裏。苦思多時後，人家終悟通了助你大功告成之法。」

韓柏呆了起來。現在一切順風順水，爲何花解語會對自己有這樣感應？其中必有點玄妙的道理。

花解語一對光滑的粉臂水蛇般纏上他頸項，湊到他耳旁低聲道：「韓郎啊！時間無多，還不脫下人家的衣服？」

韓柏撫著她赤裸的玉背，柔聲道：「為何時間無多呢？」

花解語道：「我找到了魔師留下來的一封信，清楚了解到你的危險來自單玉如那女魔頭。你切勿輕狂自大，她無論媚功魔法均達到了獨步中原魔門的地步，縱使魔師或浪翻雲，要殺死她也不容易。你身具能對抗她的魔種，已成了她的眼中釘，可恨你仍像個沒事人似的，真教解語擔心死了。」

這番警告由深悉魔門媚術的花解語說出來，分量自然大是不同，韓柏沉吟半晌道：「我真的有點輕敵，嘻！是否和你合體交歡後，我的種魔大法便可立即大功告成？嘿！屆時不知會是怎麼樣的光景呢？」

花解語解釋道：「魔種變幻莫測，道胎專一不移。變幻莫測的短處在於不穩定，除非你能像魔師般由魔入道，否則終只會時強時弱，難以真正駕馭魔種。」

韓柏心中大訝，這番話若由秦夢瑤說出來，他會覺得理所當然。花解語雖是魔門裏出類拔萃的高手，對魔種有認識不奇怪，但為何對道胎亦這麼在行呢？心頭一動問道：「這些事是否龐斑告訴你的？」

花解語嬌軀一震，伏貼他身上，輕柔地道：「對不起！人家本想瞞你。事實上解語並沒有智慧悟通助你魔種大成的方法，這些都是魔師留下給人家的那封信內詳細說明了的。解語怕你不肯接受，才假稱是自己想出來的。」

韓柏呆了一呆，暗忖龐斑為何會如此便宜我呢？這分明是要藉我的手，去對付單玉如，以龐斑的胸襟氣魄，自然不會下作得藉此來害我吧！

花解語還以爲他不肯接受龐斑的恩惠，悽然喚道：「韓郎！」

豈知韓柏已動手爲她脫下最後障礙，興奮地道：「若是來自老龐，這功法定錯不了。哈！我要給單玉如一個意外驚喜。」

花解語大喜，忙伺候韓柏寬衣解帶。情深慾烈下，登時一室皆春。被浪翻騰中，這對男女再次合成一體。依花解語的指示，韓柏施出由秦夢瑤指點而領略來的挑情手法，深入地引發出花解語的情慾，使她全無保留地獻出了積五十多年功力的姹女元陰，讓那點眞元在他經脈裏流轉不停。在花解語陷於瘋狂的歡樂裏，韓柏駕輕就熟地進入了有情無慾的道境。魔種被花解語的姹女元陰全面誘發。問題是藏於核心處的道胎，因對魔門的姹女元陰路子不同，魔道不容，產生出天然抗拒，始終不肯同流合運。而這亦正是韓柏魔種未能大成的唯一障礙。當日秦夢瑤亦遇上同一問題，幸好經過她禪定靜修後，把魔種融入了道胎裏，才能智退紅日法王。韓柏於極度苦惱間，靈光一閃，想起傳鷹既可憑戰神圖錄由白蓮珏領悟出天道之秘，自己當亦可依樣葫蘆，至不濟怕也可破入道胎內吧！想到這裏，戰神圖錄自然而然地在心靈裏紛至沓來，奇異玄奧的思想狂湧心頭，比之前任何一次更要清楚強烈。到最後他的腦海內只餘下八個字兩句話，就是「物窮則反，道窮則變」。

韓柏一聲歡嘯，把擴展至頂峰的魔種，帶著那點道胎，藉著他答應了花解語的眞種子，激射進花解語動人的肉體內去。花解語發出一聲狂嘶，肉體興奮得痙攣起來，四肢用盡所有氣力八爪魚般纏上韓柏，歡樂的淚珠由眼角不受控制的傾瀉下來。韓柏頹然倒在她身上，全身虛脫無力，半點眞氣都沒有剩餘下來，若花解語現在要殺他，只須動個指頭便可成功。物窮則反，道窮則變。韓柏正處於窮極虛極的絕處，假若他的想法錯了，轉眼就要氣絕而亡，比之任何走火入魔爲害更烈。「轟！」腦際轟然劇震。

送入了花解語體內的道胎，受不了花解語體內魔門姹女心功的壓迫，又因對韓柏那澄明通透的道心依戀，在花解語經脈內運轉了一周天後，率先倒流而回。當「它」進入韓柏的經脈後，因沒有了魔種的存在，倏地擴展，塡滿了韓柏全身奇經八脈，融入了他的神經中，保著了主人那危如累卵的小命。接著魔種狂潮般倒捲而回，與道胎渾融一體，再無分彼我，但又明顯地互有分別。成就了古往今來，首次出現的「道魔合流」。秦夢瑤雖含魔種，卻是以道胎把「它」化掉了，變成了更進一步的道胎；他卻是使道魔同流合運，既統一又分離。如此結果，怕連龐斑亦始料不及。韓柏一聲長嘯，撐起了身體，深情地看著正劇烈喘息的花解語。體內道魔二氣，就似一陰一陽，一正一反，循環往復，無邊無際，形成了一個圓滿的太極。

花解語受不了肉體分離之苦，渾身香汗的肢體再纏了上來，嬌吟著道：「韓郎啊！我們成功了。」

韓柏痛吻著她香唇，感激地道：「你不但是我的好嬌妻，還是大恩人，以後不要再分離了。」

花解語熱烈地回吻著他，喘著氣道：「有你這句話便夠了，這次人家清楚感覺到眞的懷了你的骨肉，已心滿意足了。」

韓柏愕然道：「你還是要走嗎？」

花解語點頭道：「這是我和魔師的默契，他大方不追究人家回來尋你之罪，又指導解語助你魔功大成之法，人家唯一可報答他的方法就是乖乖的回到域外，好好養大我們的孩子。」

韓柏尚要說話，耳內傳來范良極的怪聲道：「好小子！害得我們一邊喝參湯一邊要聽你們的叫床聲，還不滾出來，朱元璋派人來找你，清溪流泉也賣個一滴不剩了。」

第五章 美好年代

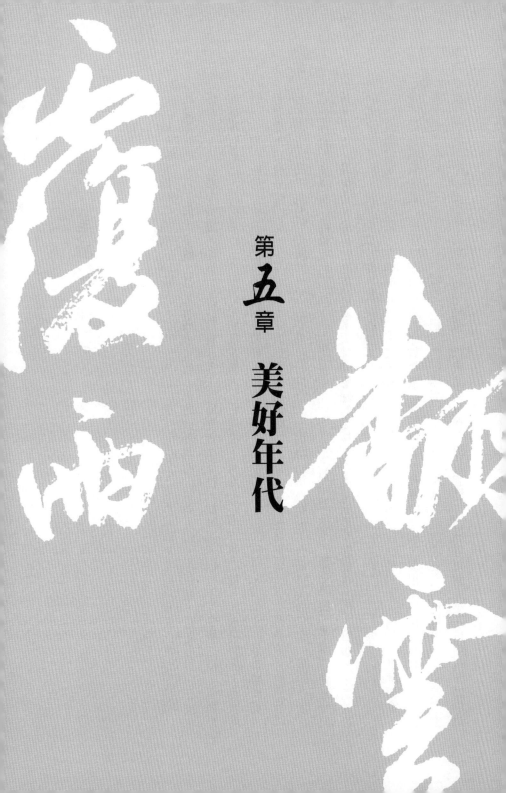

第五章　美好年代

位於落花橋旁不遠處一座衙門外的告示板前，聚了百多人，有些是剛走來看列舉藍玉和胡惟庸兩人伏誅罪狀的公告，但大多數人都是看罷公告後，仍興致勃勃地討論兩人的大小罪名，話題多集中在胡惟庸身上。人人額手稱慶，卻沒有人計較若非有朱元璋在背後支持，胡惟庸不但坐不上宰相之位，更難以如此橫行霸道，誣陷功臣。浪翻雲來到落花橋上，俯視橋下流水。心中百感交集。此水幾時休，此恨何時已？現在終於弄清楚紀惜惜的早逝是被奸人所害，去了長期橫亙心頭的疑惑，但傷痛卻是有增無減。若非瞿秋白身具魔門秘術，又從單玉如處學悉詭秘難防的混毒之術，絕難把他瞞過。可是敵人的詭計終究成功了，兵不血刃地先後害死了上官飛和紀惜惜，一切均已錯恨難返！自劍道大成已來，他的仇恨之心已淡薄至近乎無，昨晚又給勾起了心事。單玉如便像在空氣中消失了，無影無蹤，密藏在他靈覺之外。這女人眞厲害，必有一套能躲避敵人精神感應的秘術，否則早給他浪翻雲找上門去算賬。不過她終不能不出手。只要她再次出擊，便是以血還血的時刻了。

浪翻雲嘆了一口氣，在橋欄處坐了下來，神思飛回到與紀惜惜離京那一晚的動人情景。紅顏薄命，上天對她爲何如此不公平？紀惜惜遣散了婢僕後，與浪翻雲乘夜離開京師，混出城門後，浪翻雲買了匹馬，載美而回。天上下著茫茫飄雪。紀惜惜倦極而眠，乖乖的蜷伏在浪翻雲安全的懷抱裏。那時浪翻雲雖已名動中原，因從未與黑榜高手交戰，仍未名列黑榜。爆竹聲響。浪翻雲驚醒過來，目睹四周鬧烘烘的歡樂氣氛，想起前塵往事，更是不勝欷歔！搖了搖頭，從懷裏掏出剛由酒鋪取來的清溪流泉，一口氣喝掉了半壺。仰天長吁口氣，走下落花橋，朝皇城的方向走去，心中苦想著紀惜惜，傷痛塡滿胸臆。龐斑終於走了。他們間似有著某種默契。就是在月滿攔江前避而不見。讓一切留待到那無比動人的一刻！

韓柏鑽入馬車內，獨坐廂內的朱元璋向他招手道：「小柏！坐到朕身旁來！」

鼓樂聲響，前後數百禁衛開道下，大明天子正式出巡。葉素冬、嚴無懼、帥念祖、直破天和以老公公爲首的影子太監，策騎護在馬車兩旁，聲勢浩大、陣容鼎盛地開出皇城，由洪武門右轉，進入京城最長最闊的長安大街。

朱元璋望著窗外，看著瞻仰他出巡的子民百姓紛紛叩首伏地，輕輕一嘆道：「靜庵死了！」

韓柏微微一愕，恍然朱元璋爲何會邀他同行，因爲在這大喜的日子，特別多感觸，而他卻是唯一可傾訴的對象。不由湧起一陣感慨。做了皇帝又怎樣？還不是一樣不快樂嗎？

朱元璋仍呆看著窗外，嘴角牽出一絲苦澀的笑容，沉聲道：「沒有靜庵來分享朕爲她做的一切，這些事還有甚麼意義？」

韓柏還未有機會答話，他又道：「是否眞如若無兄之言，所有事都是注定的呢？朕今天又少了三條黑頭髮，這是否早寫在命運的天書上？每條頭髮均給命運之手編定了號碼？」韓柏剛才是不夠他出口快，現在卻是啞口無言。

朱元璋再嘆了一口氣，緩緩道：「朕曾給靜庵寫了一封很長的信，以最大的勇氣告訴她，朕甘願爲她捨棄一切，只求能得她深情的一瞥。夢瑤那晚提及靜庵有東西交朕，定是那封信無疑！」

韓柏「哦！」的應了一聲，本想問他言靜庵有沒有回信，不過想來還是「沒有」的可能性較大，忙把話吞回肚子去。

朱元璋凝望窗外，卻對街道上紛紛搶著下跪的群眾視若無睹，悲愴無限地道：「朕等待她的回音，一等便是二十年，最後只等到這一句話，總算知她一直把那封信保存著，把它記著，最終亦沒有擲還給朕。」韓柏欲語無言，陪著他感受到那蒼涼淒怨的情緒。

這時出巡車隊剛經過了夫子廟的巍峨建築群，來到廟東的江南貢院外，再左折朝京師氣勢最雄渾的聚寶門緩緩開去。一群不知天高地厚的孩子，嘻嘻哈哈的，但又是戰戰兢兢地追在車隊之後。遠處傳來一陣陣爆竹之聲，充滿太平盛世的歡娛和繁盛。更襯托出朱元璋空虛的心境。

朱元璋沉吟片晌，續道：「朕在攻下金陵前，陳友諒稱漢於江楚，張士誠稱周於東吳，明玉珍稱夏於巴蜀，而蒙人最傑出的軍事天才擴廓則挾大軍虎視於河洛。朕以區區之地，一旅之師，介於其間，處境最是不利。雖有李善長、劉基、宋廉參贊於內，若無兄、徐達、常遇春、湯和等攻城略地於外，形勢仍是岌岌可危。可是靜庵偏選上了朕這最弱小的一支反蒙隊伍，你說朕怎能忘記她的青睞有加？」言罷欷歔不已。韓柏見他只是呆望窗外，並沒有回頭看他，更不敢答話。

朱元璋又搖頭苦笑道：「陳友諒自定都采石稱帝後，勢力大增，遠非朕所能及。卻仍不肯放過朕，約同張士誠來攻朕的應天府，幸好當時張士誠怕陳友諒得勢遠多過怕朕，沒有答應，否則今天就不是這局面了，這不是命運是甚麼呢？」他一對龍目閃亮起來，臉上泛起睥睨天下的豪氣，奮然道：「就在那爭得喘一口氣的機會，朕用了若無兄之計，以假內應引得陳友諒大意東來，再用伏兵四面八方起而圍擊，此後陳友諒連戰皆北，那時朕已有信心盡收天下，再沒有人能阻擋朕的運勢。」

對於明朝開國諸役，明室子民無不耳熟能詳，朱元璋與陳友諒鄱陽湖康郎山之戰，更成了說書先生必講的首本故事，不過由朱元璋親口說出來，自是另有一番無人能替代的味道和豪氣。這時車隊來到長街南端的聚寶門，南臨長干橋，內依鎮淮橋，外秦淮河在前方滔滔流去，內秦淮河在身後涓涓流過。秦淮河兩岸聚居著的盡是官吏富民、公侯將帥的巍峨豪宅，這些王府大院林立河岸，氣象萬千，尤使韓柏感到身旁這天下至尊建立大明那叱咤風雲的氣魄。車隊折往秦淮大街，向青樓雲集的河岸區馳去。韓柏這時才注意到燕王棣的馬車緊隨其後，不由馳想著燕王棣正視察著不久後會變成他臣土的京師那興奮的心情。

朱元璋搖頭笑道：「陳友諒發動六十萬大軍，浮江而東來攻打朕的南昌，只樓船便達百艘，軍容鼎盛，豈知若無兄的一把火，便燒掉了他做皇帝的美夢。可知命運要影響人，必先影響他的心，否則當時朕已自問必敗，他卻蠢得聯巨舟爲陣，當然還得感謝老天爺賜朕那陣黃昏吹來的東北風。管他舟陣延綿十餘里，旌旗樓櫓，望之如山，仍抵不住一把烈火。唉！往者已矣！當年朕爲了忍受思念靜庵之苦，又爲希望得她歡心，不顧生死南征北討，只有在兩軍對陣的時刻，朕才可暫時將她忘了。可是朕得了天下後，七次派人請她來京，她都以潛心修道推掉朕的邀請。朕痛苦莫名下，才忍不住寫了那封信，盡傾肺腑之言。現在靜庵死了，朕忽然感到生命失去了一切意義，在這大壽之期，只希望天下仍能長享太平，那朕便心滿意足。」

韓柏怎想到朱元璋對言靜庵用情深刻如此，更說不出話來。他自問對秦夢瑤的思念，就遠及不上朱元璋對言靜庵。

朱元璋忽地一震道：「那是誰？」

韓柏隨他目光往窗外望去，只見跪滿長街的民眾裏，有一人悠然漫步，與車隊相錯而過。赫然是浪翻雲。浪翻雲這時剛別過頭來，似醉還醒的雙目精芒亮起，眼光利矢般透簾望進來，與朱元璋的銳目交擊在一起。外面的嚴無懼不待皇命，喝止了禁衛們要趨前干涉浪翻雲沒有下跪叩首的行動。

朱元璋臉上色魂迷惘的表情一掃而盡，回復了一代霸主梟雄的冷然沉著，低喝道：「停車！」車隊倏然而止。

浪翻雲改變方向，往朱元璋的御輦漫步走來。葉素冬等紛列御輦兩側，嚴陣以待。

朱元璋脊背挺直，下令道：「不要阻他！」伸手揭起車簾。兩人目光緊鎖在一起。

浪翻雲轉瞬來至窗旁，微微一笑道：「皇上安好！」目光轉至韓柏臉上，頷首道：「小弟功力大進，可喜可賀！」

韓柏想說話，卻給朱元璋和浪翻雲間的奇異氣氛和張力，感染得說不出話來。事實上他也找不到適合的話。

朱元璋欣然道：「翻雲卿家！我們終於見面！」

浪翻雲瀟灑一笑，從懷裏掏出半瓶清溪流泉，遞給朱元璋，淡淡道：「爲萬民喝一杯吧！怒蛟幫和浪某與皇上所有恩恩怨怨就此一筆勾銷。」

朱元璋一把接過酒壺，仰天一飲而盡，哈哈大笑道：「酒是好酒，人是眞英雄，還何來甚麼恩恩怨怨。」接著眼中逸出笑意，柔聲道：「翻雲兄是否準備再由朕身旁把秀秀接走呢？」

浪翻雲啞然失笑道：「這也瞞皇上不過！」

朱元璋苦笑道：「這叫作前車之鑑。」再微微一笑道：「朕已非當年的朱元璋了，好強爭奪之心大不如前，現在只望皇位能安然過渡，不致出現亂局就好了。」言罷向浪翻雲遞出了他的龍手。

韓柏心叫厲害，朱元璋爲了他的明室江山，眞的甚麼都可擺到一旁。只不知危機過後，他是否仍是那麼好相與而已？

浪翻雲伸手和他緊握著，眼神直透進朱元璋的龍目裏，低聲道：「小心了！」從龍掌裏抽手出來，在懷中掏出另一壺酒，痛飲著舉步去了，再沒有回過頭來。

朱元璋吩咐車馬起駕，在車廂裏，低頭細看手中的酒瓶，沉聲道：「你那方面的人怎樣了？」

韓柏知他放懷沉湎於傷痛後，終回復平常的冷靜沉穩，深藏不露，小心答道：「他們應到了皇城，由陳成副指揮爲他們安排部署。」

朱元璋向他扼要地說了假遺詔的事，冷然道：「單玉如若要搶遺詔，就只有趁朕到了南郊時進行。那時朕若喝了毒酒，就沒有時間另立遺詔了。此事交由你全權處理，切勿輕敵，單玉如不來則已，否則定是傾全力而來，兼之她們深悉宮內形勢，絕不易應付。」

韓柏魔功大成，功力倍增，慨然道：「這事包在小子身上好了。」

兩人又商量了一些細節，韓柏乘機向他說了韓天德要退出仕途的心意，朱元璋自是一口答應。車隊繞了一個圈，回到皇城。

朱元璋的龍駕停在奉天殿前的大廣場處。久違了的允炆身穿龍紋禮服在禁衛內侍簇擁中，來到車前跪下，恭敬叫道：「允炆向太皇帝請安！」

朱元璋揭開竹簾，現出一臉慈祥神色，柔聲道：「炆兒昨夜睡得好嗎？沒有給那些小賊驚擾到吧！」

看著朱元璋那令任何人都要相信他誠意的表情和聲音，韓柏只感一陣心寒。換了是他，打死也裝不出朱元璋那種口蜜腹劍的神態。

朱元璋回頭對韓柏微笑道：「朕現在和炆兒去看戲，忠勤伯莫要錯失一睹憐秀秀無雙色藝的良機。」伸手一拍他肩頭，先行下車去。

隨著嚴無懼步入承天門和洪武門間的錦衣衛所時，虛夜月和莊青霜兩女迎了上來，興奮地扯著他道：「詩姊的酒眞好賣，一個時辰便賣個一乾二淨，開酒鋪原來這麼好玩。」

兩女均易釵而弁，穿上男服，虛夜月的男兒樣早給看慣了，莊青霜卻教他眼前一亮，尤其她腿長身高，確有男兒英氣，但纏著他的俏模樣卻是嗲得完全背叛了那身赳赳官服。風行烈、戚長征和眾女全來了，兩人都換上錦衣衛的服飾，一同坐在大堂裏喝茶等他，眾女亦全換上男裝。

韓柏迎上去笑道：「諸位嫂子原來扮起男人來仍能這麼撩動男人，眞是怪事。」

谷倩蓮嗔道：「再亂嚼舌頭，我們就把你扮成女人。」

韓柏一聽不妙，轉口道：「范賊頭哪裏去了？」

寒碧翠答道：「范大哥去找忘情師太她們哩！」

韓柏心道：怕是找雲清才是眞的。想起離朱元璋到南郊還有幾個時辰，興奮道：「不如我們一同去看憐秀秀的戲吧！」眾女首先叫好。

嚴無懼笑道：「我已打點過皇城內所有禁衛單位，各位可安心去欣賞戲曲。」

戚長征亦是愛鬧之人，長身而起道：「事不宜遲，最要緊霸得個好位置。」

鬧烘烘中，眾人興高采烈離開了錦衣衛所，哪有半點兵凶戰危的味道。

太廟外的大廣場處，搭起了個可容千人以上的大戲棚，鼓樂聲喧，爲皇城森嚴肅穆的氣氛，平添了熱鬧歡樂的感覺。韓柏等在陳成帶領下，結伴來到戲棚外的空地處，只見人潮擠擁，文武百官，大多攜同府眷，喜氣洋洋地來皇宮參與首個賀壽節目。廣場上還有雜耍等表演，使這裏熱鬧得宛如趕集墟市般，瀰漫著歡笑和喧叫聲。文官武將，固是衣著光鮮，不過最吸引韓柏和戚長征的，還是那些平時躲在王府官宅內的高貴婦女們，粉白黛綠，教人眼花撩亂。

風行烈湊到韓柏和戚長征兩人間道：「你們說這些美女貴婦中，究竟有多少是天命教的妖女呢？」兩人一時沒有想到這點，聞言都心中懍然。他們在看人，別人也在看他們。尤其韓、風、戚三人站在一起，加上扮作男裝的諸女，誰不向他們投來艷羨和傾注的目光。虛夜月和莊青霜都是京城聞名的人物，哪個不識。虛夜月才抵達，便給一群公子擁著問好；莊青霜則發現乃父莊節正和一班王公大臣在棚外閒聊，忙趕了過去。

韓柏正要去打個招呼，身後傳來甜美熟悉的聲音道：「韓柏！」

韓柏等齊感愕然，轉頭望去，不是白芳華還有誰？她神情如昔，俏臉似嗔似怨，一身湖水綠的貴婦華服，髮簪高髻，綴著珠玉閃閃的飾物，盈盈俏立，確是我見猶憐。眾人想不到她仍有膽量現身，神情都不自然起來。看她全無侵略性的嬌柔模樣，總不能立即對她動粗吧！

白芳華見到眾人冷硬的表情，垂頭悽然道：「芳華只想向韓郎說幾句話，若怕人家害你，便先制著芳華的穴道吧！」她這麼一說，眾人均明白她知道自己天命教的身分被揭破了。

戚長征怕韓柏心軟中計，冷笑道：「請問白小姐是天命教的哪一位護教仙子？」

白芳華幽幽的白他一眼，微嗔道：「白芳華就是白芳華，還有甚麼哪一位的哩！」

眾人忽又糊塗起來。韓柏早領教慣她把事情弄得撲朔迷離的手段，笑道：「各位兄嫂自行玩樂，待小弟聽聽白姑娘還有甚麼賜教。」

眾人知他平時看來糊裏糊塗，其實比任何人都要狡猾厲害，亦不阻他。

戚長征忍不住湊到韓柏耳旁道：「快點完事！月兒霜兒處自有你兄弟我給你頂著。」韓柏罵了聲「去你的」，和白芳華並肩走到一旁。

白芳華輕輕道：「韓郎！找個僻靜些的地方好嗎？」

耳內響起葉素冬的傳音道：「有沒有問題？」

韓柏搖頭示意，暗忖這裏確是人多眼雜，輕扯著白芳華的羅袖笑道：「白姑娘愛在室內還是室外？」一邊朝內皇城方向走去。

白芳華幽幽應道：「只要沒有外人在旁就可以了。」

韓柏暗忖只要小心點，就算單玉如來也可脫身，何況單玉如絕不會在朱元璋喝毒酒前急著露臉。既是如此，大可放心佔點便宜，否則給她騙了這麼久，豈非十分不值。拉著她繞過內皇城的外牆，由東華門進入內皇城去。門衛都向他致敬施禮。

兩人片刻後來到文華殿外幽靜御花園的密林處，察聽過左右無人後，韓柏一把將她摟個滿懷，親了她左右臉頰，嘻嘻笑道：「究竟有甚麼心事兒要和小弟說呢？」

白芳華玉手纏上他的頸項，動人的肉體緊擠著他，橫了他千嬌百媚的一眼，嘆道：「韓柏啊！你是怎樣發覺芳華的眞正身分呢？」

韓柏心中暗笑，其間的曲折離奇，任單玉如智慧通天，亦包管想不破，微微一笑道：「芳華你雖是魔功高強，但卻有個很大的破綻，所以遇上眞正高手，立即要無所遁形，而你的韓郎我正是這麼一位特級高手。」

白芳華花枝亂顫笑了起來，伏在他頸項處喘著氣道：「韓郎啊！不要吹牛皮了，人家的魔門絕技名爲『密藏心法』，千百年來經歷代祖師不斷改良，連鬼王也給瞞過，怎會有你所說的破綻。事後人家回想起來，韓郎應是在決戰鷹飛前，才識破芳華的身分，否則爲何一直要架人到床上去，到人家和你上床，反又推三阻四呢？」

韓柏臉也不紅地嘆道：「白姑娘眞厲害，好了！小弟還要去看戲，快……」

白芳華重重在他背肌扭了一把，大嗔道：「你這無情無義的人，枉人家一直抗拒教主的嚴令，不肯害你，只換來你這般對待。」

韓柏給扭得苦著臉，一隻手滑到她的隆臀上，肆無忌憚地撫捏著，讚嘆道：「眞夠彈性迷人！」

白芳華領教慣他的不正經，任他輕薄，悽然道：「韓郎啊！你知芳華多麼矛盾，一個是對芳華恩重如山的教主，一個是芳華傾心熱戀的愛郎，你教人家應怎樣選擇才對。」

韓柏愕然道：「今天你眞不是爲害我才來的嗎？就算我肯放過你，朱元璋和燕王怎肯讓你安然離開呢？」

白芳華把他推得撞上背後的大樹處，多情地吻了他嘴唇，無限溫柔地道：「你這人總是那麼粗心，教主既派得芳華出來對付燕王和鬼王，芳華怎會是任人宰殺的無能之輩呢？」

韓柏愛撫她隆臀的手停了下來，駭然地瞪視著她，道：「爲何白姑娘像對小弟的挑逗一副無動於衷的樣子呢？」

白芳華嫵媚地橫了他一眼，淺笑道：「魔門雖百派千系，枝葉繁多，但大別之仍只是陽剛陰柔之分。陰柔方面，當今之世當然以單教主爲代表人物，她的媚術已達隨心所欲的境界，芳華得她眞傳，怎會怕韓郎那氣候仍差了一大截的種魔大法？」

韓柏心中好笑，知她仍未能察破自己道魔合流的境界，笑嘻嘻道：「這麼說，芳華就是單玉如的嫡傳弟子了，只不知你的眞正功力比之她又是如何呢？昨晚她給小弟拂中胸前雙丸時，亦要難過了好一陣子哩！」

白芳華的俏臉赤紅了起來，狠狠瞪他一眼，啐道：「眞是無賴惡行，竟敢對單師那般無禮，今日芳華來找你，就是奉單師之命來殺你，至多你死後，芳華賠你一條命吧！」

韓柏早知她不安好心，至於死後她會不會把自己的命賠給他，卻是未知之數，奇道：「你這樣明著要來殺我，我難道仍伸長脖頸任你宰殺嗎？」

白芳華星眸半開半閉，瞟了他一眼，輕輕道：「你捨得推開芳華，芳華便和韓郎動手吧！」

韓柏深深看著她的秀目，柔聲道：「是否我永遠不推開你，芳華就永不與小弟爲敵哩！」

白芳華悽然一笑，淚珠珍珠斷線般由左右眼角急瀉而下，垂首嘆道：「但願如此，只恨命運最愛捉弄世人。」輕輕一推，離開了他的懷抱。

韓柏差點魂飛魄散。原來自摟著她開始，他便一直藉身體的接觸，以魔功緊鎖著她的奇經八脈，可說把她置於絕對的控制下。豈知她剛才體內各穴忽然生出強大抗力，將他的內勁反撞而回，脫出了他的控制。這有點像當日單玉如自以為制著了他，事實上魔種卻不受束縛。白芳華難道真正的功力已青出於藍，比乃師單玉如更厲害嗎？心叫不妥時，白芳華的雙掌按實他胸口，兩股椎心裂肺、至陰至柔的掌勁，透胸直入。這掌勁飄忽難測，極難化解，換了以前，在這麼近的距離，又是欺他猝不及防，即使有捱打功亦難免重傷。幸好他魔功大成，又達到道魔合流這前無古人的境界，氣隨意動，道魔二氣正反循環，在對方掌勁進入心脈的剎那間，已運轉了十八次，把白芳華刻意取他小命的掌勁化掉十之八九，到眞勁及於心肺時，韓柏再藉噴出一口血箭，將對方椎心裂肺的狂勁，藉鮮血送出體外。表面上他慘哼一聲，背脊狂撞在後面的樹身上。粗若兒臂的樹幹立時斷折，韓柏斷線風箏般往後倒飛，「蓬！」一聲掉在一叢矮樹去。

白芳華閃電般追至，落到他身旁，淚珠不住流下，俯首看著韓柏，悽然道：「韓郎啊！你太大意也太輕敵了，人家明知你會制著芳華的穴道，怎肯讓你得逞呢？」

韓柏心中好笑，勉力撐起上身，顫聲道：「你對我眞的如此絕情？」

白芳華跪了下來，把他摟得挨在大腿處，淚如雨下，低聲道：「對不起，芳華是別無選擇。」左手托著他頸項的手催送眞氣，制著他經脈，另一手衣袖揚起，已多了把藍芒閃閃的淬毒匕首，閃電往他心窩狂插下去。

如此毒辣的美女，韓柏還是首次遇上，一方面是對自己情深款款、悽然淚下，但手腳上卻絲毫不給自己喘息的機會，只是這點，怕白芳華眞的已青出於藍了。韓柏這時斷定了白芳華乃天命教裏比得上單玉如的厲害人物，哪敢怠慢，先化去了她制著經穴的眞勁，融為己有，再在對方匕首及胸前，一指戳在她椒乳下最脆弱的乳根穴處。這回輪到白芳華魂飛魄散，但卻沒有如韓柏所想像般應指倒地。當韓柏指尖戳中她乳根穴時，她體內生出抗力，把他的眞勁反撞回去。韓柏固是虎軀撼搖，白芳華則一聲慘叫，匕首甩手飛出，嬌軀滾了開去。韓柏這時已深悉她厲害，彈了起來，凌空飛起，拔出鷹刀，朝正在地上翻滾的白芳華一刀劈下。他被白芳華的淚裏藏刀、狠辣無情激起魔性，下手也是絕不容情。更重要是他這時才恍然大悟，白芳華實在是天命教內單玉如下最出類拔萃的魔門妖女，無論魔功媚術，均達到了出神入化的境界。

當日他初次發現白芳華的身分時，便曾以爲她就是單玉如，否則怎能騙過了所有人，包括鬼王和燕王在內。只是她那能夠深藏不露的本領，便可揣知她的可怕處。只恨一直受她多情柔弱的「媚態」所惑，始終不把她當作是個厲害角色。到今天她露出眞面目，韓柏才醒悟過來。言靜庵既能培養出一個秦夢瑤來，以單玉如通天的智慧和本領，自然亦可調教出白芳華這樣超卓的魔教傳人。天命教最厲害的地方就是深藏不露，如此推之，教內或尙有些像白芳華般卻尙未現形的厲害人物。這種人每殺一個，便可削弱天命教一分力量。兩軍對壘，再沒有人情容讓之處。眼看鷹刀要劈在白芳華動人的嬌體上，這超級妖女的外袍突然脫體而起，捲在刀身處，接著「蓬！」的一聲，袍服化作靛藍色的烈燄，照頭蓋臉由下而上朝韓柏捲來。韓柏嚇了一跳，抽刀躍起，凌空倒翻，在要落到後方林木一條橫枝上時，勁風響起，三粒圓彈子品字形朝他面門激射而至，使他根本無暇去看對手的動靜。他不知這些圓彈子有何玄虛，不敢揮刀擋格，硬在空中橫移開去。「波波波！」在他身旁三尺許處，圓彈子像有靈性般互相交撞，化作一團白霧，倏地擴大，把他及四周方圓三丈的林木，完全籠罩在內。魔門心法講究變幻莫測，白芳華這魔教的超卓傳人，正把這特性發揮盡致，立時扳回主動之勢。

韓柏身具魔種，不怕任何毒氣和障眼法，棋逢敵手下，大感有趣。哈哈笑道：「好芳華！我們不能在床上交鋒，在戰場上玩玩也是精采。來！快陪爲夫玩他媽的兩手！」

白芳華的嬌笑聲在左方濃霧裏響起道：「韓郎啊！你這人哩！誰不肯陪你上床呢？」

聲音雖由左方傳來，韓柏近乎秦夢瑤劍心通明的靈覺卻清晰無誤地感到白芳華正在後方疾欺襲來。領教過單玉如雙環擾敵的魔音後，他當然不以爲異，腦海內幻起戰神圖錄，反手一刀往後揮去。「叮！」的一聲，不知劈中了甚麼東西，只覺狂猛無比的一刀，被對方至陰至柔的力道化去，就像空有滿身神力，卻絲毫用不上來的樣子，難過得幾乎要吐出血來。幸好白芳華也不好受，驚叫一聲，踉蹌後退，連掩蔽形跡都辦不到。韓柏凌空一個倒翻，來到白芳華頭上，鷹刀長江大河般往下狂攻。白芳華以玄奧精妙的手法，陰柔飄忽的內勁，連擋他七刀後，韓柏才發覺她的武器原來是橫插在她高髻處那枝銀光閃閃的長簪。韓柏恨她無情，一刀比一刀厲害。白芳華亦毫不遜色，近尺長的銀簪變化無窮，著著封死韓柏進退之路。韓柏愈打愈驚，難怪她竟敢在皇城內對他行凶，原來是自恃武功高明，打不過也逃得掉。一聲悶喝，心與神守，刀與意合，迅雷激電般一刀攻下去。刀未至，先天刀氣蓋頭而下。白芳華施出壓箱底本領，在敵人幻變無窮中以銀簪點中刀身，借力飄飛開去。

韓柏如影隨形，直追出濃霧外，才停步愕然望著白芳華。這美女正好整以暇，把髮簪插回髮髻內，嬌喘著道：「累死人了，妾身不打哩！」

韓柏剛佔了點上風，聞言失聲道：「不打？」

白芳華一聳肩膊，若無其事地道：「人家殺不了你，可以回去向單師交代了，還有甚麼好打的？」

韓柏刀回鞘內，苦笑道：「白姑娘太厲害了，心又夠黑，若小弟放你回去，往後不知有多少人會給你害死，這樣吧！小弟大叫一聲，讓園外的禁衛大哥們活動一下手腳吧！」

白芳華幽怨地橫了他一眼，楚楚可憐地道：「你就不狠不黑心嗎？刀刀都要奪人家的命，芳華要作抵擋也不行嗎？好了！放盡喉嚨叫吧！你當我不知道嚴無懼和他東廠的手下在四周布下了天羅地網嗎？」

韓柏一呆道：「有這麼一回事？爲何你會曉得呢？」

白芳華跺腳嗔道：「人家爲何要告訴你這狠心人，來捉芳華吧！大不了芳華一死了之。」

韓柏給她弄得糊塗起來，不過她的本領與單玉如如出一轍，談笑間暗出刀子，教人防不勝防。揮手道：「好了！他們要來拿你是因爲你好事多爲，關我韓某人的屁事！」接著大嚷道：「嚴指揮大哥！」

嚴無懼的聲音立即由林外傳來道：「忠勤伯可放心回去看戲，這妖女交給我們東廠好了！」

白芳華忽地花枝亂顫般笑了起來，好像遇上這世上最可笑的事那樣。韓柏大感不妥，愕然瞧著她。出道以來，他首次感到對一個女人毫無辦法。

戲棚廣闊如奉天大殿。前方是戲台，後方是高低有次的十多個廂座，正中一個自是供朱元璋之用，其他則是像燕王棣等有身分的王侯和妃嬪的座位。至於棚內除前排的十列座位早編定了給有爵位的大臣將領與六部的高官外，其他近千座位都是給各大臣及家眷自由入座。這時離開鑼只有小半個時辰，眾官誰不知朱元璋心性，提早入座，否則待朱元璋龍駕到了才入場，日後可能要後悔莫及。反而其他官職較低者和一眾眷屬，尤其那些平時愛鬧的年輕皇族和公子哥兒們，趁著這千載難逢的良機，仍聚在場外，與那些平日難得一見的閨女眉目傳情，甚或言笑不禁，鬧成一片。

陳令方與戚、風等人閒聊兩句後，先行進入棚裏。這時虛夜月好不辛苦才擺脫了那群愛慕者的痴纏，回頭來尋找他們，見不到韓柏，俏臉色變道：「韓郎呢？」

戚長征等人正在擔心韓柏，聞言支吾以對道：「他有事走開了一會，快回來了！」

虛夜月見不到隨父進了戲棚的莊青霜，還以爲韓柏惱她去陪那些金陵闊少們，帶著霜兒溜了，幾乎哭出來道：「快告訴我，他和霜兒到哪裏去了？」

谷倩蓮最了解她，知她誤會了，拉著她到一旁說話。

戚長征皺眉道：「韓柏那小子難道眞的和那妖女去了……嘿！」見到谷姿仙、小玲瓏和寒碧翠都瞪著他，連忙噤聲。

風行烈是正人君子，笑道：「他雖玩世不恭，但遇上正事時會懂得分寸。不用理他了，我們先入場如何？」眼角瞥處，推了戚長征一把。戚長征循他眼光望去，只見韓天德父子由場內匆匆趕出來，一臉歡容，見到他們，迎了過來。

韓天德感激地道：「剛才撞上陳公，得他通知，皇上已恩准了我罷官回家，這次眞的多謝兩位。」看他無官一身輕的寫意樣子，風戚等人都爲他高興。

戚長征介紹了諸女給他父子認識後，順口問道：「老爺子準備何時返回武昌？」

韓天德道：「家兄身體仍虛弱，需要多休息一兩天，還有就是小女和宋家的婚事也得籌辦，可能要多留十天半月，才可以回去。」

戚長征雖知韓慧芷要嫁入宋家已是鐵般的現實，聽來仍是一陣不舒服，更奇怪韓慧芷爲何不聽他勸告，立即離京，好避開了京師的腥風血雨。皺眉道：「老爺子莫要問理由，最好能立即離京，可免去了很多麻煩。」

韓天德臉現難色。風行烈點頭道：「韓柏也希望你們能立即離開，最好韓二小姐能和令婿一同離去，回武昌後始成親，看過京師沒有問題才回來。」

戚長征大是感激，風行烈眞知他心意，代他說了不好意思說的話。韓希文見他們神情凝重，想到宋家全賴韓柏保著才暫時無事，只抓起了宋鯤一人。現在他們既有此說，自不可輕忽視之，插口道：「兩位的忠告，我們怎會不聽，現在我們立即回去收拾上路。他日各位路過武昌，定要前來我家，讓我們可一盡地主之誼。」言罷千恩萬謝去了。戚長征看得苦笑搖頭。

寒碧翠輕扯他衣角，道：「戚郎！入場看戲吧！」

風行烈向谷倩蓮和虛夜月喚道：「兩位小姐，入場了！」

虛夜月一臉埋怨之色走回來不依道：「你們怎可讓他隨那妖女去，我要等他回來。」

谷倩蓮道：「你們先入場吧！我和月兒在這裏等那好色的壞傢伙好了。」這時莊青霜亦回來了，知情後也堅持要等韓柏。

風行烈笑道：「橫豎尙未開戲，就算開鑼了也有好一陣子才輪到憐秀秀登場，我們等韓柏來才進去吧！」

風聲響起，無數東廠高手由四周迅速接近。白芳華旋轉起來，衣袂飄飛，煞是好看。韓柏大叫道：「小心！」無數圓彈子由她手上飛出，準確地穿過枝葉間的空隙，往眾廠衛投去，其中兩枚照著韓柏面門射來。韓柏暗忖白芳華你對韓某眞是體貼極了。知她詭計多端，發出兩縷指風，往圓彈子點去。「波波！」兩聲，圓彈子應指爆開，先送出一團黑霧，然後點點細如牛毛的碎片往四方激射。韓柏暗叫好險，若讓這些不知是否淬了劇毒鐵屑似的東西射入眼裏，那對招子不立即給廢了才怪。

至此韓柏對白芳華完全死了心。妖女就是妖女，絕不會有任何良心一類的東西。拂袖發出一陣勁風，驅去射來的暗器，黑霧卻應風擴散開去。四周驚呼傳來，顯是有人吃了虧，一時黑霧漫林。眾人都怕她在這不知是否有毒的濃霧中再發暗器，紛紛退出林外。

韓柏一直以靈覺留意著她的動靜，忽然間感覺消失，不由驚叫道：「妖女溜了！」

嚴無懼落到他身旁，臉色凝重道：「想不到白芳華竟然如此厲害，難怪膽敢現身了。」

韓柏猶有餘悸道：「天命教除了單玉如外，恐怕要數她最厲害了。」心想若非自己魔道合流成功，早死在她手下了。

鑼鼓笙簫喧天響起，聚在戲棚外的人紛紛進場。虛夜月等正等得心焦如焚時，韓柏和嚴無懼連袂而回。他們看到兩人表情，均感不妙。

谷姿仙蹙起黛眉道：「是否給她溜了？」

韓柏苦笑道：「妖女厲害！」

眾人均吃了一驚。事實上眾人一直以爲白芳華雖狡媚過人，心計深沉，但應是武功有限之輩，怎想得到韓柏和嚴無懼亦拿她不著。

嚴無懼道：「諸位先進場再說，我還要留在外面打點。」

虛夜月和莊青霜見韓柏回來便心滿意足，哪還計較溜了個白芳華，歡天喜地扯著他快步進場。

虛夜月湊到韓柏耳旁道：「是否韓郎故意把她放走？」

韓柏嘆道：「唉！你差點就做了最美麗可愛的小寡婦，還這麼來說我。」

莊青霜惶然嗔道：「以後都不准你提這個嚇壞人的形容。」

韓柏心中一甜，忙陪笑應諾。眾人加入了熱鬧的人群，同往場內走去。

戚長征擁著寒碧翠跟在韓柏等身後，耳語道：「寒大掌門，為夫幫你宰了仇人，你還未說要怎樣報答我。」

寒碧翠喜嗔道：「你既自稱為夫，自然有責任為碧翠報仇雪恨，還要人家怎麼謝你，若臉皮夠厚，儘管厚顏提出來吧！」

戚長征笑道：「我的臉皮一向最厚，要求也不過分，只願大掌門以後合作點便成，大掌門諒也不會拒絕這合乎天地人三道的要求吧！」

寒碧翠想不到他會在這公眾場所說這種羞人的事。她一向正經臉嫩，立時霞燒玉頰，在他背上狠狠扭了一把。她這動作當然瞞不過身後的風行烈和他三位嬌妻，三女亦看得俏臉微紅，知道戚長征定然不會有正經話兒。

谷倩蓮最是愛鬧，扯著寒碧翠衣角道：「大掌門，老戚和你說了些甚麼俏皮話，可否公開來讓我們評評？」

寒碧翠更是羞不可仰，瞪了她一眼，尚未有機會反擊，戚長征回頭笑道：「我只是提出了每個男人對嬌妻的合理要求和願望罷了！」

小玲瓏天眞地道：「噢！原來是生孩子。」說完才知害羞，躲到了谷姿仙背後。

韓柏聞言笑道：「我們三兄弟要努力了，看到月兒霜兒和幾位嫂子全大著肚子的樣子不是挺有趣嗎？」眾女又羞又喜，一齊笑罵。

談笑間，眾人隨著人潮，擠進戲棚裏。戚長征看著滿座的觀眾，想起了以前在怒蛟島上擠著看戲的情景，笑道：「這裏看戲的人守規矩多了，以前我和秋末每逢此類場面，總要找最標致的大姑娘和美貌少婦去擠，弄得她們釵橫鬢亂，嬌嗔不絕，不知多麼有趣呢。」

寒碧翠醋意大發，狠狠踩了他腳尖，嗔道：「沒有人揍你們嗎？」

虛夜月道：「若你敢擠月兒，定要賞你耳光。」

戚長征嘻皮笑臉道：「她們給我們擠擠推推時，不知多麼樂意和開心哩！」

虛夜月忽地一聲嬌呼，低罵了一聲「死韓柏」，當然是給這小子「擠」了。

這時一名錦衣衛迎了上來，恭敬道：「嚴大統領在靠前排處給忠勤伯和諸位大爺夫人安排了座位，請隨小人來。」韓柏大有面子，欣然領著眾人隨那錦衣衛往近台處的座位走去。

場內坐滿了人，萬頭攢動，十分熱鬧。四面八方均掛著綵燈，營造出色彩繽紛的喜慶氣氛。通風的設計亦非常完善，近二千人濟濟一堂，仍不覺氣悶。戲台上鼓樂喧天，但只是些跑龍套的閒角出來翻翻觔斗，所以台下的人一點都不在意，仍是談笑歡喧。後台的廂座坐滿了皇族的人，只有朱元璋、燕王和允炆的廂座仍然空著。

韓柏等在前排坐好，谷倩蓮立即遞來備好的大包零食，笑道：「看戲不吃瓜子乾果，哪算看戲！」眾人欣然接了。

虛夜月看著台上，小嘴一噘道：「開鑼戲最是沉悶，憐秀秀還不滾出來？」

韓柏見無人注意，分別伸手出去，摸上她和莊青霜大腿，笑道：「怎會悶呢？讓爲夫先給點開鑼節目你們享受一下吧。」

戚長征等的眼光立時集中到他兩隻怪手處。兩女大窘，硬著心腸撥開了他的手。

戚長征最愛調笑虛夜月，道：「月兒給人又擠又摸卻沒有賞人耳光，所以你剛才的話只是看擠你的人是誰罷了！現在只是韓柏擠早了點。」

前排有人別過頭來，笑道：「眞巧！你們都坐在我後面。」原來是陳令方。他身旁的大臣將領全轉過身來，爭著與韓柏這大紅人打招呼。擾攘一番後，才回復前狀。

風行烈記起范良極，向隔著小玲瓏、谷倩蓮和寒碧翠的戚長征和更遠處的韓柏道：「范大哥去找師太他們，爲何仍未來呢？」

戚長征記掛著薄昭如，聞言回頭後望，但視線受阻，索性站起身來，往入場處瞧去，只見仍不斷有人進場，空位子已所餘無幾。忽感有異，留神一看，原來後面十多排內的貴婦美女們，目光全集中到他身上。戚長征大感快意，咧齒一笑，露出他陽光般的笑容和炫人眼目雪白整齊的牙齒，顯示出強大懾人的男性陽剛魅力。眾女何曾見過此等人物，都看呆了眼。

戚長征微笑點頭，坐了回去，搖頭道：「仍不見老賊頭。」

寒碧翠醋意大發道：「你在看女人才眞。」韓柏忍不住捧腹笑了起來。

戲棚內的位子分爲四組，每組二十多排，每排十五個位子。他們的一排是正中的第五排，還有幾個座位，預留給未到的范良極等人，這個位置望向戲台，舒適清楚。虛夜月和莊青霜有韓柏伴著看戲，都大感興奮，不住把剝好的瓜子肉送入韓柏嘴裏，情意纏綿，樂也融融。韓柏舒服得挨在椅裏，享受著兩女對他體貼多情的伺候，一邊用心地聽著戲台上的鼓樂演唱。可惜他並不懂欣賞，無聊間，不由偷聽著四周人們的說話。就像平常般，四周本來只是嗡嗡之音，立時變得清晰可聞。韓柏嚼著瓜子肉，暗忖閒著無事，不如試試功力大進後的耳力如何。心到意動，忙功聚雙耳，驀地喧嘩和鼓樂聲在耳腔內轟天動地的響了起來。韓柏嚇了一跳，忙斂去功力，耳朵才安靜下來，不過耳膜已隱隱作痛了。他心中大喜，想不到耳力比以前好了這麼多，玩出癮來。小心翼翼提聚功力，把注意力只集中到戚長征和寒碧翠處。周圍的喧吵聲低沉下來，只剩下戚寒兩人的低聲談笑。

只聽戚長征道：「碧翠準備爲我老戚養多少個孩子呢？」

寒碧翠含羞在他耳旁道：「兩個好嗎？太多孩子我身形會走樣的。」

韓柏大感有趣，亦不好意思再竊聽下去，目標轉到前數排的高官大臣去，談的不是有關胡惟庸和藍玉，就是軍方和六部改組的事，竟無一人對台上的開鑼戲感興趣。韓柏更覺好玩，轉移對象，往隔了一條通道，鄰組的貴賓座位搜探過去，心中洋洋得意，暗忖以後怕也可和范良極比拚耳力了。

就在此時，他隱隱聽到有人提他的名字。韓柏暗笑竟找到人在說我的是非，忙運足耳力，憑著一點模糊的印象，往聲音來處竊聽。剛好捕捉到一個熟悉的男人聲音蓄意壓低聲音道：「少主一直被留在老頭子旁，沒法聯絡上。」韓柏一震，坐直身體，忘了運功偷聽。這不是那與媚娘鬼混、天命教的軍師廉先生嗎？爲何竟在這裏出現呢？

虛夜月和莊青霜見他神態有異，愕然望著他。韓柏往那方向望去，剛好見到鄰組前方第三排那曾有一面之緣的兵部侍郎齊泰，正和另一名身穿官服的英俊男子交頭接耳。齊泰果然高明，韓柏的眼光才落到他背上，他便生出警覺，回頭望來，嚇得韓柏忙縮回椅裏。

虛夜月的小嘴湊到他耳旁問道：「發現了甚麼？」

韓柏作了個噤聲的手勢，闔目繼續偷聽，齊泰的聲音立時在耳內響起道：「老嚴的人一直在監視著我，唉！不論你用任何辦法，最要緊通知少主離開片刻。」

那廉先生答道：「早安排好了！」接著湊熱鬧般到了後數排處又和其他人傾談起來。

韓柏冷汗直冒，知道天命教正進行著一個對付朱元璋的陰謀。忽然有人高唱道：「大明天子駕到！」戲棚立時靜至落針可聞。

朱元璋領著允炆、恭夫人、燕王棣和一眾妃嬪，由特別通道來到廂座的入口前，一眾影子太監伴隨左右。

朱元璋微笑道：「炆兒和朕坐在一起，其餘的各自入座吧！」

恭夫人和燕王棣當然知他心意，只要牢牢把允炆控制在身旁，天命教就算有通天手段，亦難以用在他身上，允炆反成了他的擋箭牌。恭夫人雖不情願，但焉敢反對，乖乖的進入右旁廂座。燕王棣和朱元璋交換了個眼色，領著家臣進入左旁的廂座。因盈散花的事，小燕王早給他遣回順天府，故而沒有隨行。允炆垂著頭隨朱元璋進入廂座，手抓成拳，剛才一個手下趁扶他下車時在他手心印了一下，禁不住心中嘀咕，不知爲了何事要如此冒險。

朱元璋來到座前，只見全場近二千人全離座跪下，轟然高呼道：「願我皇萬歲，壽比南山！」

朱元璋呵呵一笑道：「諸位請起，今天是朕的大喜日子，不用行君臣之禮，隨意看戲吧！」眾人歡聲應諾，但直至朱元璋坐下，才有人敢站起來坐回椅裏。

戲台上鼓樂震天響起，比之此前任何一次都要熱烈。允炆戰戰兢兢在朱元璋旁坐下，趁剛才剎那間，已看到掌心留下的印記，現在雖給他抹掉了，心內仍是波濤起伏。幸好他自幼就修習天命教的「密藏心法」，否則只是心跳脈搏的加速，便瞞不過身後那些影子太監了。那是「獨離」兩個字。難道連母親恭夫人都不理了嗎？

朱元璋慈和得令他心寒的聲音在旁響起道：「炆兒！你在想甚麼呢？」

允炆心中一驚，輕輕答道：「孫兒在想著憐秀秀的色藝呢！」

朱元璋沒再說話，眼光投向戲台上去。有允炆在旁，他應可放心欣賞憐秀秀的好戲了。禁不住又想起了當年名動京城的紀惜惜。沒有了言靜庵和紀惜惜，又失去了陳貴妃，長命萬歲又如何呢？

第六章

破敵詭謀

第六章　破敵詭謀

韓柏正要與戚長征和風行烈商量，戚長征已站了起來，向著入口處揮手。此時既是好戲即來的時刻，又有朱元璋龍駕在此，眾人都停止了交談，全神貫注到戲台上去，所以戚長征這麼起立動作，立時吸引了全場目光。

廂座上的朱元璋往入口處瞧去，原來是范良極陪著一位武士裝束，身段修長優美的美女一同進場，微笑道：「那站起來的定是戚長征了，不知這美人兒是誰？」

身後的葉素冬湊上來低聲道：「那是古劍池的著名高手『慧劍』薄昭如。」

朱元璋頷首表示聽過。葉素冬乘機道：「陳貴妃來了，正在廂座外等候皇上指示。」

朱元璋雙目閃過複雜的神色，輕嘆一口氣道：「著她進來！」

葉素冬打出手勢，片刻後天姿國色的陳玉眞盈盈拜伏在朱元璋座下，柔聲道：「玉眞祝萬歲福壽無疆，龍體安康！」

朱元璋柔聲道：「抬起頭來，讓朕好好看你！」

陳玉眞仰起俏臉，但微紅的俏目卻垂了下來，長而高翹的睫毛抖顫著，眞是誰能不心生憐意。

朱元璋再嘆一口氣道：「來！坐在朕旁陪朕看戲吧！」

此時范良極和薄昭如剛走到坐在最外檔處的谷姿仙旁，進入座位行列裏。韓柏正著急不知找何人商議，見到老賊頭如見救星，讓出座位給薄昭如，又向范良極招手著他過去一起坐在另一端的空位子去。薄昭如由站起來的戚長征旁擠過去時，一陣淡淡的幽香，送入他鼻裏，使他魂爲之銷。有意無意間，他的胸口挨碰了薄昭如的香肩。薄昭如嬌軀一震，幽幽地瞅了他一眼。坐定後，鼓樂一變，好戲開始。第一場是純爲祝賀朱元璋而演的「八仙賀壽」。看著鐵枴李、藍采和等各人以他們獨有的演出功力逐一出場，韓柏迅速向范良極報告了剛才無意中偷聽到齊泰與廉先生的對話。戲棚裏又逐漸回復先前喧鬧的氣氛。

這些能到御前獻藝的戲子，雖及不上憐秀秀的吸引力，但都是來自各地的頂尖角色，登時贏來陣陣采聲。當韓湘子橫笛一曲既罷，樂聲倏止，扮演何仙姑的憐秀秀挽著採花的籃子，載歌載舞，以無以比擬的動人姿態，走上台上，其他七仙忙退往一旁，由她作壓軸表演。她甫一亮相，立時若艷陽東起，震懾全場，人人屏息靜氣，既被她美絕當代的風華所吸引，更爲她不須任何樂器助陣，便可顛倒眾生的唱腔迷醉不已。她的歌聲甜美細緻，咬字清晰至近乎奇蹟的地步，急快時仍沒有絲毫高亢紊亂，宛若珠落玉盤，最難得是帶著一種難以形容的動人韻味，高低音交轉處，舉重若輕，呼吸間功力盡顯，扣人心弦。韓柏和范良極這兩人正商量著十萬火急的事，竟亦忘情地投入了她的表情功夫和唱腔去，渾然忘了正事。上自朱元璋，下至允炆這類未成年的小孩，無不看得如癡如醉。到憐秀秀一曲唱罷，鼓樂再起，其他七仙加入唱和，齊向最後方廂座的朱元璋賀壽，眾人才懂轟然叫好，掌聲如雷。范良極和韓柏更是怪叫連連，興奮得甚麼都忘了。戚長征振臂高呼道：「憐秀秀再來一曲！」只可惜他的叫聲全被其他人的喝采聲蓋過了。直到八仙魚貫回到後台，場內觀眾才得鬆下一口氣來。范良極和韓柏同時一震彈了起來。

風行烈驚覺道：「甚麼事？」

范良極把韓柏按回椅內，傳音道：「你向他們解釋，我去找老嚴，切勿打草驚蛇。」逕自去了。

風行烈和戚長征兩人移身過來，後者又碰到了薄昭如的秀足。韓柏只小片刻工夫就解釋了整件事。

風行烈道：「那廉先生現在哪裏？」

韓柏引領一看，只見場內情況混亂，眾人都趁兩台戲之間的空隙，活動筋骨，又或乘機作應酬活動，年輕男女更是打情罵俏，整個戲棚鬧烘烘的，那廉先生早蹤影杳然。驀地背脊一痛，回過頭來，原來是莊青霜拿手指來戳他。

莊青霜一臉無辜的表情道：「是她們要我來問你們，這樣緊緊張張究竟爲了甚麼事？」

韓柏望過去，由薄昭如開始，跟著是虛夜月以至乎最遠的谷姿仙，七張如花俏臉正瞪大眼睛等待答案。嘆了一口氣道：「老賊頭有令不可打草驚蛇，你們乖乖在這裏看戲，我們去活動一下筋骨立即回來。」向風戚兩人打個招呼，一齊擠入了向出口走去的人潮中。後台的厢座這時全垂下了簾幕，教人心理上好過一點，否則恐怕沒有人敢面對那個方向。

朱元璋手肘枕在扶手處，托著低垂的額頭，陷入沉思裏，又似是因疲倦需要這麼小息片晌。允炆想借辭出去透透氣好離開一會，不過他懾於朱元璋的積威，儘管暗自著急，卻不敢驚擾他。往陳玉眞望去，只見她秀美的輪廓靜若止水，眼尾都不望向他。影子太監和葉素冬的眼光都集中在他身上，更教他如坐針氈，苦無脫身良策。嘆了一口氣，唯有再等待更適當的時機了。

韓柏等三人在人叢中往外擠去。由於下齣戲是由憐秀秀擔任主角，換戲服和化粧均需一段時間。所以很多人都想到棚外透透氣或方便。群眾就是那樣，見到有人擁去做某件事，其他人也會跟著效法，好湊熱鬧。戚長征最慣這種場面，一馬當先，見到是漢子便利用肩臂肘等發出力道，把人輕輕推開，好加速前進。若是標致的大姑娘或美貌少婦，就鬧著玩的擠擠碰碰，討點便宜，好不快樂。韓柏見狀大覺有趣，連忙效法，看得旁邊的風行烈直搖頭。果然那些娘兒似乎大多都很樂意給兩人擠挨，被佔了便宜只是佯嗔嬌呼，沒有賞他們耳光。這時他們只望不要這麼快走出棚外了。

戚長征鑽入了一叢十多個華服貴婦少女堆中，四周鶯聲燕語，嬌笑連連，戚長征偎紅挨翠，不亦樂乎時，其中一名美麗少婦腳步不穩，往他懷裏倒過來。戚長征哈哈一笑，伸手扶著她香肩，低呼道：「夫人小心！」少婦嬌吟一聲，身體似若無力地挨向他，仰臉朝他望來。戚長征剛低頭望去，只見此女俏麗至極，尤其一對翦水雙瞳，艷光四射，心頭一陣迷糊時，對方手肘疾往他胸口撞來。此時韓柏和風行烈被與那少婦同行的其他女子擠入兩人和戚長征之間，封擋了去路，再看不到戚長征情況。韓柏魔種何等靈銳，立知不妙，冷哼一聲，硬撞入其中兩女之間。

戚長征迷失了剎那的光景，立即清醒過來，此時對方肘子離開胸口只有寸許的距離，更使他駭然是旁邊兩女亦同時橫撞過來，羅袖揮打，襲往他左右脅下要穴。背後也是寒風襲體，使他陷於四面受敵的惡劣形勢中。在電光石火的迅快間，他判斷出數女中以前方挨入他懷裏的女子武功最是高強，可列入一流高手之列。抓著她香肩的手忙用力一捏，要捏碎她肘骨時，對方香肩生出古怪力道，泥鰍般滑溜溜地使他施不出勁力。心知不妙，胸腹一縮，再往前挺，迎上對方手肘。哪知尚未與對方手肘碰上時，猛感對方肘部有一點森寒之氣。戚長征年紀雖輕，但實戰經驗卻是豐富至極，立即省悟此女肘上定是綁著尖刺一類的兵器，說不定還淬了劇毒，哪敢硬碰，兩手化抓為掌，全力把她往橫撥去。自己則橫撞往由左旁向他施襲的另一女子，好避過右方和後方敵人的辣手。前方的女子武功確是高明，並沒有如他想像般應手橫跌，竟微一矮身，滑了下去，改肘撞為反打，羅袖暗藏的匕首猛插向他空門大露的胸口處。而其他三方的敵人亦如斯響應，移位進襲，使他仍陷身險境裏。剎那間，他明白到自己正身處魔教一種厲害的陣法裏。

韓柏眼看要撞在兩女粉背上，人影一閃，兩女移了開去，使他由空處衝進了這美人堆內，勁風四起，三條衣帶從前方和左右二女處飛纏過來，分別捲向他雙足和拂向他面門。那先前沒有撞著的兩女則一齊發出指風，襲往正警覺飆前的風行烈。一時間，三人被分隔開來，落入對方的圍攻裏。敵我雙方雖在生死相拚，但由於都是在人叢那狹小的空間中移動，動作不大，兼之戲棚內喧鬧震天，掩蓋了所有聲音，只像三人在美女叢中亂擠一通，縱使分布場內的禁衛廠衛們，也沒有發現他們出了事。這批妖女都是武功高強，一對一雖沒有一個是他們任何一人的敵手，但當連結成這種能在近身搏鬥發揮最可怕威力的陣法時，卻能對他們生出最大威脅。更吃虧的是他們空有兵器而不能用，不但沒有時間取出來，亦不適合在這種身體靠貼的情況下施展。天命教最厲害的地方，就是你根本不知誰是敵人，驟然出現時，立時佔盡令人猝不及防的便宜。

戚長征此時右掌切在左旁那人的袍袖處，同時飛起一腳往右方妖女的小腿疾踢過去，左手則一拳往前方武功最強的妖女那狂插而來的匕首迎去，同時背上運起護身真氣，準備硬捱後方襲來的利器。

「蓬！」左方妖女嬌哼一聲，袍袖漲起，硬擋了他那切下來的一掌，雖說戚長征分出了大部分勁力去應付其他三女，這妖女仍是禁受不起，被戚長征震得橫移一步，不過她絕不示弱，另一手朝他一拂，三點寒芒，品字形由袖內激射往戚長征腰腿處。這時要躍高亦來不及，前方妖女的匕首已來到鼻端之前，夾帶著奇異的香氣。「砰！」右方妖女和他硬拚了一腳，慘哼一聲跌退開去，撞入一群以爲飛來艷福的年輕小子裏。雖逼退了兩個妖女，但他卻陷入了更大的危機中。戚長征此時已肯定自己只能避開及化解左後兩面的攻勢，前方的匕首是必須抵擋的致命殺著，可是究竟應硬捱左側或後方的攻擊，卻是一個困難的選擇。

韓柏卻決定了硬捱所有攻擊，他靈銳的觸覺使他迅速把握了整體的形勢，知道敵方的主力集中在戚長征身上，一聲大喝，滾落地面，車輪般往戚長征的方向滾過去，纏著他身上的衣帶硬被震開，事實上亦是有力難使。如此招式，怕只有韓柏這從不顧身分面子的人才做得出來。妖女們齊聲驚叫。擋在韓柏前方的妖女驚惶間橫避開去，韓柏哈哈一笑，兩腳由下飛起，疾踢兩方攻來的妖女，同時兩手後伸，抓往由後方攻擊戚長征那妖女的一對小腿。

風行烈這時亦與擋路的兩妖女交換了兩掌，兩女雖是天命教內的高手，但與他仍有一段距離，更想不到對方有三氣匯聚的奇功，擋了他第一波的眞氣，已是血氣翻騰，到第二波勁浪湧入體內時，慘哼跌退，撞在身後正在追擊滾地前移的韓柏那兩名妖女處，害得她們差點要撲入這小子懷裏。到第三波眞氣抵達時，兩女更口噴鮮血，踉蹌退往一旁，再無還手之力。戚長征背後的攻勢消去，精神大振，指撮成刀，掃在對方匕首刀身處，另一手隔空一拳往左方妖女擊去，身體同時迅速晃動了一下，左方電射過來的暗器被他移回來的手掌掃跌地上。前方妖女見勢不妙，揮袖硬擋了戚長征的隔空掌，嘬唇尖嘯。眾妖女暗器齊施，往三人射去，同時擠入人流裏。韓柏此時已彈了起來，怕暗器傷了旁人，發出指風，射下暗器。戚風兩人亦有同樣顧忌，擋過了暗器後，眾妖女早混進人叢裏，追之不及。這幾下交手迅若激雷奔電，雖引起了一場小混亂，旁人還以爲是男女嬉戲，大多都不在意，若無其事地繼續他們的談笑和活動。

戚長征苦笑道：「妖女眞會選地方。」

韓柏摟著他肩頭笑道：「單玉如發狂了！」

兩人聽得怵然大懍。韓柏說得沒錯，單玉如自知成敗全在今日之內，決意不擇手段對付朱元璋。所以這些平日潛藏在王侯大臣府內的妖女們，才不顧暴露身分，出手想清除他們這些障礙。

風行烈皺眉道：「爲何單玉如不親來對付我們？」

戚長征一震道：「她定是親手去對付老朱！」

這時三人剛擠出場外，只見范良極正和嚴無懼、陳成和十多個錦衣衛的頭領在埋頭密斟，忙趕了過去。

嚴無懼和三人打了個招呼，皺眉道：「廂房下的台底，已搜索過幾次，都沒有發現問題，現在又有人密切監視著，絕沒有人可潛到台底下去。」

范良極一把由懷內掏出詳列皇城下所有通道和下水道那張詳圖來，攤開查看道：「戲棚下有沒有甚麼通道一類的東西呢？」嚴無懼等一眾東廠的人全看傻了眼，這麼一張秘圖落到這盜王手裏，皇城還有安全可言嗎？

陽光普照下，周圍一片熱鬧喜慶，獨有他們這堆人眉頭深鎖，憂思重重。韓柏不耐煩看秘圖，道：「不若由我去把皇上勸走，不是一了百了嗎？」

范良極罵道：「小子多點耐性，只要不讓允炆那小子離開，這可能是抓起單玉如來打屁股的最好機會。」

嚴無懼向陳成道：「你找葉素冬說出情況，由皇上定奪此事該如何處理！」陳成應命去了。

風行烈暗忖這嚴無懼眞懂爲官之道，把這重責推回朱元璋處，否則將來朱元璋追究起來，怪責他們拿他的龍命去冒險，他便要吃不完兜著走了。豈知他仍是低估了嚴無懼。此君待陳成去遠後，命令其他兩人道：「你們跟在陳副指揮後面，看他有沒有與其他人接觸，是否直接向葉統領說話，同時核對他說了些甚麼。」

眾人同時一愕，知他是藉此機會測試陳成的忠誠。同時亦可知杯弓蛇影下，嚴無懼連副手都不敢輕信。

范良極失望道：「爲何沒有通過台下的秘道呢？」

嚴無懼道：「這答案還不簡單，我們專責皇上的保安，哪會把戲棚建在有危險的地方呢？」

范良極迅快把圖則收回懷裏，一副不能讓你沒收去的戒備樣子，看得眾人忍俊不禁。

嚴無懼精光閃閃的眸子望向韓柏道：「忠勤伯可否把聽到消息的過程，詳細點說出來？」

韓柏忙把廉先生和齊泰的事說了出來。嚴無懼精神大振，向旁邊的手下打了個手勢。那人立即由懷內掏出一份報告，翻到詳列著齊泰今天活動細節的一章上道：「在憐秀秀開戲前，齊泰坐在靠近路旁前排的座位裏，共有二十五個人和他作過簡短的交談。」

韓柏喜道：「我要的是皇上進來前那些紀錄。」

嚴無懼劈手拿了那份報告，俯頭細看，一邊道：「那廉先生大概是怎樣子的，例如高矮肥瘦，有沒有甚麼特徵？」

韓柏道：「比我矮了少許吧，有點儒生的味道，樣子還相當好看。」

嚴無懼色變道：「那定是工部侍郎張昺。」

戚長征愕然道：「他很厲害嗎？爲何你要如此震驚？」

嚴無懼透出一口涼氣道：「他武功如何我不知道，但這座戲棚卻是由他督工搭建的。」這次輪到其他所有人變了臉色。

朱元璋從沉思中醒了過來，目光先落在陳玉眞俏麗的臉龐處，微微一笑道：「玉眞！戲好看嗎？」

陳貴妃垂下螓首，平靜地道：「憐秀秀無論做手關目、唱功，均臻登峰造極的境界，配上她絕世姿容，難怪能把人迷倒，玉眞今日眞的大開眼界了。」接著輕輕道：「皇上是否累了？」

朱元璋心中不由佩服起她來。自己把她軟禁多天，她不但毫無怨色，還像以前般那麼溫柔體貼，逆來順受。唉！可是卻不得不硬起心腸把她處死！他有點不忍瞧她，轉往另一邊的允炆看去，只見他臉孔脹紅，似是很辛苦的樣子。

朱元璋奇道：「炆兒是否不舒服？」

允炆深慶得計，摸著肚子道：「孫兒急著要拉肚子，但又不想錯過下一齣戲，所以……噢！」

朱元璋失笑道：「現在離憐秀秀下一次出場尚有少許時間，你……」忽地默然下來，好半晌後長身而起，微笑道：「炆兒坐在這裏不要動，朕回來後再和你說話。」言罷往廂房外走去。

憐秀秀換過了新戲服，在後台獨立的更衣房裏，坐在鏡前由花朵兒梳理秀髮，老僕歧伯爲她補粉添妝。

花朵兒興奮地道：「小姐今天的演出眞是超乎水準，你不信可問歧伯。」歧伯顯是不愛說話的人，只是不住點頭。

憐秀秀暗謂人家知道浪翻雲必會在一旁欣賞，自然要戮力以赴哩！待會那齣「才子戲佳人」，才是我憐秀秀的首本戲，只要把那才子當作是浪翻雲，自己不忘情投入那個角色才怪。想到這裏，打由心底甜了出來，看著鏡中的自己展露出鮮花盛放般的笑容。

敲門聲響。歧伯皺眉咕噥道：「早說過任何人也不可來騷擾小姐的了！」

憐秀秀想起再演一台戲後，便可與浪翻雲遠走高飛，爲他生兒育女，心情大佳，道：「花朵兒看看是甚麼事？」

花朵兒滿不願意地把門打開，守門的八名東廠高手其中之一道：「曹國公李景隆偕夫人求見小姐。」接著又低聲道：「讓小人給小姐回絕吧！」

花朵兒喜道：「原來是李大人，他是小姐的熟朋友哩！」轉頭向憐秀秀喚道：「小姐！是李景隆大人來探你啊！」

憐秀秀聽得秀眉蹙了起來。這李景隆與黃州府小花溪的後台大老闆蔡知勤頗有點交情，所以憐秀秀數次來京，都得他招呼照顧。李景隆這人才高八斗，很有風度，憐秀秀對他的印象相當不錯，他到後台來看她也是理所當然的事，若予拒絕，反不近人情了。嘆了一口氣後，憐秀秀道：「請他進來吧！」

韓柏，風行烈、戚長征、嚴無懼、范良極被召到朱元璋廂房後的小廳時，朱元璋正端坐龍椅裏，從容自若地一口口呷著一盅熱茶，老公公和葉素冬侍立兩旁。

韓柏等待要下跪，朱元璋柔聲道：「免了！」接著向風行烈和戚長征微微一笑，溫和地道：「行烈和長征可坐下，不用執君臣之禮。」風戚兩人雖明知因自己有利用價値，所以才得朱元璋如此禮遇，但仍禁不住爲他的氣度心折。

眾人分坐兩旁時，燕王亦奉召由另一邊廂房走了過來，後面還跟著三名手下。他們便沒有受到優待了，朱元璋待他們跪地叩頭後，才欽准他們平身。燕王坐了下來，他兩男一女三個手下，垂手站在燕王身後。不過這已算格外開恩了，在一般情況下，無論多麼高官職的大臣，在朱元璋面前只能跪著說話。鼓樂聲於此時響了起來，不過聽到外面仍是喧嘩吵耳，便知憐秀秀尚未出場。而這間小廳的隔音設備顯然非常好，樂鼓聲和人聲都只是隱約可聞，與外間比對起來分外寧靜。

韓柏眼睛一直盯著隨燕王來的那美女，不但因爲她身段極佳，容顏既有性格又俏麗，更因爲認得她是那天在西寧街藉飛輪來行刺他的高手。她的膚色白皙至極，秀髮帶點棕黃，眼睛藍得像會發光的寶石，一看便知不是中原女子。戚長征亦好奇的打量著她，不似風行烈看兩眼後便收回目光。美女給兩人看著仍若無其事，還不時偷眼看看兩人，眼內充滿對他們的好奇心。

燕王棣微微一笑道：「父皇！這三個乃皇兒最得力的家臣，武功均可列入一流高手之林，皇兒想把他們安排在父皇身旁。」

朱元璋早注意到韓柏眼也不眨的異樣神情，自然猜到這美女是曾行刺韓柏的高手，微微一笑道：「給朕報上名來！」三人立時跪了下去。

那美女首先稟告道：「小女子雁翎娜，乃塞外呼兒族女子。」

跪在她左側的魁梧男子年在四十許間，滿臉麻皮，初看時只覺其極醜，但看久了又愈來愈順眼，恭聲道：「小將張玉，參見皇上。」

燕王插入道：「張玉精通兵法，是孩兒的得力臂助。」

這時眾人眼光均集中到最後那人身上。此人身形頎長，相格清奇，若穿上道袍，必像極了奇氣逼人的修眞之士。年紀看來只有三十許，但看他那雙帶著風霜和深思的銳利眼神，便知三人中以此人武功最高，已達先天養氣歸眞，不受年長身衰的限制。

他尙未說話，朱元璋已笑著道：「這位定是小棣你手下第一謀臣僧道衍了。」

僧道衍平靜答道：「正是小民！但卻不敢當皇上誇獎。」

朱元璋哈哈一笑道：「請起！」三人這才起立。

韓柏一邊盯著那異族美人兒雁翎娜，問道：「爲何見不到謝三哥呢？」

燕王棣乾咳一聲：「廷石和高熾前天返順天去了。」

范良極咕噥道：「還說甚麼結拜兄弟，回去也不向老子這大哥稟告一聲。」

朱元璋啞然失笑，天下間恐怕只有范良極敢在他面前自稱老子，反大感有趣。燕王卻是尷尬萬分，他之所以秘密遣走兩人，就是當有起事來時，兩人可遙遙呼應。現在給范良極當面質問，自是有口難言。再乾咳一聲，改變話題道：「父皇召孩兒來此，是否發生了甚麼事呢？唉！憐秀秀無論聲色藝，均到了傲視前人的境界了。」眾人無不點頭表示有同感。

朱元璋平和地道：「小棣你無緣看下一台戲了！」

燕王愕然道：「甚麼？」

朱元璋向嚴無懼打了個手勢，後者立即以最迅快扼要的方式，把整件事交代出來，當說到那廉先生就是工部侍郎張昺時，朱元璋兩眼寒芒一閃，冷哼了一聲。

燕王吁出一口涼氣道：「好險！父皇是否要立即取消跟著的那台戲？」

朱元璋淡然道：「不入虎穴，焉得虎子，不冒點險，怎樣進行引蛇出洞的計劃？由敵人的動靜來判斷，可知單玉如已失去了信心，不敢肯定毒酒的陰謀是否能奏效，才改以其他毒辣的手法對付朕和孩兒你，甚至連恭夫人和陳貴妃都可用來作陪葬。」

愈在這等惡劣危險莫名的形勢下，愈可看出朱元璋泰山崩於前色不變的膽識。韓柏等不由馳想當年他征戰天下，縱使身陷絕地，仍勇狠地與敵周旋，直至反敗為勝的氣概。

葉素冬皺眉道：「這個戲台裏裏外外，全經微臣徹底監視，應該沒有問題的。」

朱元璋銳目掃過眾人，最後落到僧道衍臉上，微笑道：「僧卿家可有想到甚麼？儘管大膽說出來，說錯了朕亦不會怪你。」

僧道衍暗呼厲害，他的確猜到了一些可能性，只不過在這小廳裏，全部是朱元璋的親信，如老公公、葉素冬和嚴無懼，又或身分超然若韓柏、范良極、風行烈與戚長征。燕王是他兒子，更不用說了。所以若非到所有人均發了言，哪輪得到他表示意見。而朱元璋顯是看穿他有話藏在心內，才著他發言。

僧道衍忙跪下叩頭道：「小人是由張昺的身分得到線索，他既掌工部實權，若再配合同黨，自可神不知鬼不覺做出些一般大臣沒有可能做到的事……」

說到這裏，燕王、葉素冬和嚴無懼一起動容，露出震駭的表情，顯是猜到了僧道衍的想法。反而韓柏等因不清楚六部的組織和管轄的範圍和事工，一副茫然地看著僧道衍，又瞧瞧朱元璋。這天下至尊臉上掛著一絲令人心寒的笑意，似是胸有成竹。

燕王大力一拍扶手嘆道：「紫金山上架大炮，炮炮擊中紫禁城。」

韓柏駭然一震，失聲道：「甚麼？那我們還不趕快逃命！」

朱元璋欣然道：「只要小棣藉故離開，轟死了其他所有人都沒有用。」向僧道衍道：「僧卿請起，賜坐！」僧道衍受寵若驚，坐到燕王之側。

范良極哈哈一笑道：「單玉如眞是膽大包天，不過只是她能想到可在京師內最高的鍾山架設大炮，便不得不佩服她。若我猜得不錯，這些廂房的夾層內必定塗滿了易燃的藥物，一旦火起，除非是武林高手，否則必逃不出去。」

戚長征深吸一口氣，駭然道：「照我看即使是一流高手，亦未必有安全脫身之望，因爲這些易燃藥物燃燒時，必會釋放出魔門特製的厲害毒氣，那後果的可怕，可以想見。」

嚴無懼怒道：「讓臣下立即派人到鍾山把大炮拆掉，擒下齊泰和張昺。」

朱元璋笑道：「擒下一兩個人怎解決得了問題，只要朕把允炆留在身旁，小棣又不在戲棚內，大概朕都可安然欣賞憐秀秀稱絕天下的精采表演了。」接著以強調的語氣沉聲道：「切勿打草驚蛇，那杯假毒酒朕定要喝掉它。」

風行烈皺眉道：「風某對大炮認識不多，可是鍾山離這裏那麼遠，準繩上不會出問題嗎？」

燕王道：「這是因爲風兄並不知張昺乃我朝臣裏製造大炮的專家，不時在城郊試炮，沒有人比他更有資格進行這陰謀。兼且鍾山設有炮壘，在平時因父皇行蹤和宿處均是高度機密，又有高牆阻擋，故空有巨炮亦難施其技。可是現在戲棚設在廣場之中，目標明顯，又剛好是皇城內暴露於鍾山炮火的最接近點，所以張昺說不定能一炮命中目標。」

朱元璋接口道：「只要有一炮落在戲棚處或廣場上，必然會引起極大恐慌，那時天命教混在禁衛和東廠內的奸細，就可乘機放火。哼！你們能說單玉如想得不周到嗎？」再從容一笑道：「好了！各位可回去看戲，時間也差不多了，盡情享受接下來那齣精采絕倫的賀壽戲吧！」

燕王棣笑著站了起來道：「孩兒好應回後宮做功課，把餘下的少許蠱毒逼出來。」

朱元璋點頭道：「道衍你們隨皇兒去吧！朕這裏有足夠的人手。」

曹國公李景隆的身形有點酷肖喪命於風戚兩人手下的「逍遙門主」莫意閒，肥頭垂耳，身材矮胖，只是人則顯得正氣多了，步入房內時頗有龍行虎步之姿，使人清楚感到他是那種長期位高權重的風雲人物。他的夫人年紀比他至少差了三十年，才是二十出頭，生得頗娟秀清麗，玉臉含笑，使人願意親近，沒有半點架子。右手提著個瓦盅，才踏進來便挽著花朵兒笑道：「官人啊！看我們的花朵兒大姊更漂亮了哩！」哄得花朵兒笑得合不攏小嘴兒。

憐秀秀盈盈起立，轉身朝李景隆夫婦襝袵施禮道：「此次來京，尚未有機會向李大人請安呢！」歧伯退到一旁，默然看著。四名東廠高手跟了進來，他們奉有嚴令保護憐秀秀，即使以李景隆那樣一品大官，亦不賣情面。

李景隆哈哈笑道：「秀秀客氣了，老夫本來不敢來打擾小姐，可是秀芳硬纏著我來後台探望，秀秀也知道我總鬥不過她了！」

李夫人關秀芳橫了乃夫一眼，嬌嗔道：「明明是你自己想見秀秀，卻賴在人家身上。」搖著花朵兒的手道：「花朵兒來給我們評評理！」

花朵兒一直注意著她右手提著的盅子，忍不住問道：「那是甚麼東西呢？」

李夫人笑道：「這是我為你家小姐備的杏仁露，花朵兒和歧伯都來試試看。」

憐秀秀尚未來得及道謝，站在李氏夫婦兩人身後那帶頭的東廠高手已開口道：「李大人、李夫人原諒則個，嚴大人吩咐下來，秀秀小姐不可進用任何人攜來的東西。」

李夫人臉色一變，大發雷霆道：「哪有這般道理，我們和秀秀就像一家人那樣，難道會害她嗎？這太不近人情了。」

那東廠高手客氣地陪個不是，卻沒有絲毫退讓。連歧伯的注意力都被他們的爭吵吸引過去。憐秀秀歉然朝李景隆瞧去，剛好李景隆亦往她望來。兩人眼光一觸，李景隆本來帶著笑意的眼神，忽地變得幽深無比，泛起詭異莫名的寒光。憐秀秀知道不妥，但已心頭一陣迷糊，李夫人和那東廠高手的爭論聲立即變得遙遠難及。這時李景隆恰好背對著諸人，誰也沒有發覺他眼神的異樣情況。

韓柏等回到戲棚時，眾女正交頭接耳，言笑甚歡，談的都是憐秀秀剛才顛倒全場的精采演出。她們掉亂了座位，虛夜月坐到了她最相得的谷倩蓮身旁，另一邊則是小玲瓏。寒碧翠與谷姿仙成了一對兒。莊青霜則與薄昭如說話。除她們外還多了雲清和雲素兩師姊妹，坐到最遠的一端，卻不見忘情師太。范良極見到雲清，甚麼都忘了，擠到這一排雲清旁最後一張椅子坐下，韓柏跟在他背後，很自然地坐到雲素和莊青霜之間去。戚長征見到薄昭如和小玲瓏間的座位仍在空著，暗叫一聲天助我也，忙佔了那位子。風行烈變成坐在這排最外檔的座位去。

虛夜月俯身探頭向韓柏皺起可愛的小鼻子道：「你們不是藉口正事，溜了去擠女人佔便宜嗎？為何這麼快回來，是否給人賞了幾個大耳光？」

韓柏苦笑道：「確是擠了一會子，卻是別人來擠我們的小命兒。」

眾女齊露訝然之色。風行烈怕韓柏無意中洩露口風，向眾人使個眼色道：「看完戲再說！」

全場驀地靜了下來，憐秀秀上場的時間又到了。先踱出台來唱的是京師著名的小生任榮龍，無論唱功做手均臻一流境界，外形亦不俗，自也迷倒了不少人，但總缺乏了憐秀秀那種顛倒眾生的魅力，台下觀者又有人繼續交談，發出一些嗡嗡之聲，不過比起剛才已靜了很多。

莊青霜的小嘴湊到韓柏耳旁道：「我們決定演完戲後去後台探望憐秀秀，韓郎你快給我們想辦法！」說完又專注在戲台上，這任榮龍總算有些吸引力。

韓柏別過頭去看雲素，見她垂下眼瞼，數著手中佛串，似乎在唸著佛經，訝道：「雲素小師父不是來看戲麼？」

雲素睜開美目往他望來，眼神清澈而不染半絲塵俗雜念，淡淡道：「當然是來看戲，只不過和韓施主看的方法有分別罷了！」

韓柏想起忘情師太，問起她來。雲素答道：「她和莊宗主及沙天放老前輩坐到一塊兒，向蒼松前輩和他的兒子媳婦都來了，希望能幫上一點忙。」她說話總是斯文溫婉，使人很難想像她發怒時的樣子。

韓柏看得心癢起來，忍不住道：「你看戲的方法是怎樣的？是否視而不見呢？」

雲素微微一笑道：「當然不是呢！小尼剛才正思索著戲台上和戲台下的分別。」

韓柏大感興趣道：「那又怎樣呢？」

雲素像有點怕了他好奇灼熱的眼神，垂下目光平靜地道：「戲台上表達的是把現實誇大和濃縮了的人事情節，使觀者生出共鳴，忘情投入進去。」

韓柏靜心一想，道：「小師父說得很有道理，但對小弟來說，現實裏發生的事要比戲台上更離奇精采。可是憐秀秀仍那麼吸引著我，而現在這扮演才子的小子卻使我覺得看不看都不打緊，可見台上吸引我的仍是『人』這因素，所以使我想到沒有表演品類比人的本身更偉大，像憐秀秀那種色藝，本身就是最高的藝術品了，代表著人們憧憬中最美麗的夢想。」

雲素訝然朝他望來道：「施主這番話發人深省，難怪一個出色的藝人身價這麼高了，八派弟子裏人人都以能見到憐秀秀爲榮呢！」

韓柏正經完畢，又口沒遮攔起來道：「小師父剛才進場時，是否也有很多人望著你呢？」

雲素若無其事道：「當然呢！誰都奇怪出家人會來湊熱鬧吧？」

韓柏衝口而出道：「就算小師父不是出家人，怕人人也都會呆盯著小師父呢！」

雲素皺起秀眉道：「韓施主！小尼是出家人哩！」

韓柏碰了個軟釘子，卻毫無愧色，瀟灑笑道：「對不起！或許是小師父那麼青春動人，使小弟很難把小師父當作了是忘情師太她老人家那類的修眞者。」

雲素對他愈來愈出軌的話兒毫無不悅之色，點頭道：「這也難怪施主，執著外相乃人之常情，那晚不是人人都把你當作了是薛明玉嗎？相由心生，不外如是。」

韓柏忍不住湊近了少許，嗅著從她玉潔冰清的身體散發出淡淡的天然幽香，輕輕道：「可是小師父的慧心卻知小弟並非壞人，是嗎？」

雲素想起當晚的情況，露出一個天眞純美的笑容，微一點頭，垂下目光，繼續去數她的佛珠。韓柏識趣地不再騷擾她，注意力集中到戲台上去。

這邊的戚長征坐好後，先朝小玲瓏微微一笑，嚇得後者忙垂下頭去，畏羞地怕他會找她說話。戚長征大覺有趣，向小玲瓏道：「玲瓏兒怕了我老戚嗎？」

坐在小玲瓏旁的谷倩蓮探出頭來，瞪了他一眼道：「不准欺負小玲瓏，否則我不放過你。」

戚長征攤手作無辜狀，苦笑道：「爲免誤會，不如小蓮姊和玲瓏兒換個位子好了。」

小玲瓏窘得小臉通紅，扯著谷倩蓮的衣角急道：「小蓮姊啊！老戚沒有欺負人家呢！」

谷倩蓮「噗哧」一笑，橫了戚長征一眼，挨回椅背繼續和虛夜月暢談女兒家的心事，不再理他們。

戚長征對小玲瓏非常疼愛，不想她害羞受窘，轉過去看薄昭如，剛好這明言獨身的美女高手正瞧著他們，目光一觸下，兩人都自然地避開眼神，裝作欣賞著戲台上的表演。這時台上任榮龍扮的小生，正和他那由女子反串的小書僮，來到一座廟宇裏參神，而貪婪的廟祝卻纏著他簽香油，任榮龍顯然相當窮困，大唱甚麼拜佛最要緊誠心那類的歌詞，就是不肯伸手到袖內取出銀兩。戚長征看得笑了起來。

薄昭如忍不住道：「戚兄在笑甚麼？」

戚長征哂道：「編這戲的人定是不夠道行，若眞的心誠則靈，何必入廟拜那些用泥土塑造出來騙人的東西，誰敢保證神佛們會這麼乖和聽話，定會住進那些廟裏去聽人訴苦呢？」

薄昭如瞪著他道：「你這人專愛抬槓，這麼說入廟拜神的都是自己騙自己了。」

戚長征哈哈一笑道：「佛在靈山莫遠求，靈山只在汝心頭；人人有個靈山塔，好向靈山塔裏修。又說心即是佛。這些話不都是佛門中人自己說的嗎？卻又有多少人懂得身體力行，總是無寺不歡，不是自己騙自己的最好明證嗎？」薄昭如呆了一呆，好半晌後才點了點，欲語無言。

戚長征再次與她接近，鼻內充盈著她獨有的幽香氣息，忽有舊夢重溫的感覺，更想起那天單刀直入約她時這美女欲拒還迎的動人情態。唉！最後她仍是沒有赴約！想到這裏便心生不服，低聲道：「那天在橋頭等你，等得我差點連小命都丟了。」

薄昭如嬌軀微顫，蹙起黛眉道：「不要那麼誇大好嗎！」

看著她秀美的輪廓，戚長征心中一熱道：「我只是如實言之，那天等不到你，卻等到了女眞公主孟青青，給她逼了去夫子廟決鬥，差點再沒命來見你呢。」

薄昭如的頭垂得更低了，輕輕道：「見又如何呢？」

戚長征見她沒有不悅的表情，微笑道：「放心吧！我戚長征雖非甚麼英雄好漢，卻絕不會強人所難。」

薄昭如搖頭道：「不要妄自菲薄，誰不知戚長征是好漢子，只是昭如福薄！唉！」

戚長征愕然道：「這樣說來，薄姑娘並非嫌棄戚某，而是別有隱情了。」

薄昭如求饒般道：「戚兄！不要逼人家好嗎？」

她軟化下去，若戚長征再苦苦糾纏，就顯得不夠風度了。戚長征苦笑搖頭，再不追問下去。

此時谷姿仙剛和寒碧翠說了一番話兒，別過頭來向風行烈道：「不知如何，姿仙今天總有點心驚肉跳的不祥感覺，風郎要小心點啊！」

風行烈知愛妻最關切自己，心頭感激，伸手過去緊握著她柔軟的纖手。全場驀地靜了下去，當然是憐秀秀要出場了。

允炆到了廂房後的小廳，在以屏風遮隔了的一角「方便」，嚴無懼和一眾高手則負起監視重責，廂房內這時除立在後方兩旁的葉素冬和老公公等影子太監外，便只有朱元璋和陳貴妃玉真坐在一塊兒。陳玉真平靜得像修道的尼姑，容顏不見半點波動，只是靜心看著戲台上「小生拜廟」那齣戲。

朱元璋默然半晌後，忽道：「玉真假若肯答應離開單玉如，永不和朕作對，朕便還你自由之身。」

陳玉真嬌軀一震，不能相信地往他瞧來道：「皇上不怕玉真佯作應承，卻是陽奉陰違嗎？」

朱元璋嘆了一口氣道：「朕怎會真個怕了你呢？只是不希望終要親口下令把你賜死罷了！」

陳玉真心頭一陣激動。要朱元璋這種蓋世梟雄說出這麼有情意的話來，就像太陽改由西方昇起那麼難得，心念電轉，垂首道：「只憑皇上這句話，玉真便不願強撐下去，皇上最好仍軟禁著玉真，待一切平靜後，再處理玉真。無論是生是死，玉真都不敢在心裏有半句怨言。」更柔聲悽然道：「玉真的確希望能終生伺候皇上哩。」

朱元璋爲之愕然。他當然不是想放了陳玉真，只是要確實證明陳玉真與單玉如的關係，只要她稍露出歡喜之色，又或匆匆答應，便立即把她處決，解決掉這壓在心頭的情結。誰知陳玉真答得如此深情款款，婉轉嬌痴，教他完全生不出殺機。由此亦可知陳玉真的媚術如何超卓，以他洞悉世情的眼睛亦難辨眞假。此時允炆回到廂房來，鑼鼓喧天響起，壓軸的「才子戲佳人」終於在眾人期待下開始了。

憐秀秀甫出場，她那楚楚動人的步姿，立時吸引了所有人的心神，到她開展玉喉，唱出盪氣迴腸的曲調，所有人完全心神投入，傾倒迷醉。只見她美目淒迷，似嗔似怨，嬌音嫋嫋，在佛像前慨嘆芳華虛度，仍未遇上如意郎君，眉目傳情處，誰能不爲之傾倒。那才子和書僮則躲在佛座旁，細聽著她如泣如訴的傾情，還以各種表情做手配合，亦非常生動。全場觀眾，無不屏息欣賞，更有女子生出感觸，暗自垂淚，可見憐秀秀的感染力是如何強大。只聽她唱著：「笙歌散盡游人去，始覺春空，垂下簾櫳，雙燕歸來細雨中……」朱元璋似泥雕木塑的人般，動也不動。他自投入郭子興麾下，由一個小頭目掙扎至領盡風騷，成不朽的帝王霸業，正是要風得風，要雨得雨。但縱有剎那的滿足，總覺得還是與心中所想要得到的有著不能逾越的距離。而爲了保持明室天下，他摒棄了一切情義，只爲了要達此目的。看著以前情深義重，爲自己打出天下的兄弟部屬，逐一被他誅戮，現在藍玉又不得善終，虛若無負傷退隱，可說都是由他一手促成的。待會祭典時正式宣佈了六部和大都督府的改組後，天下大權便全集中到他手上來，使帝權達到了古往今來從未有過的巔峰。但縱是如此又如何呢？眼前戲台上的憐秀秀和身旁的陳玉眞，她們的心都不是屬於他的。言靜庵則芳魂已杳。他雖得到了天下，卻享受不到一般人種種平凡中見不凡的樂趣。一輩子在勾心鬥角、動輒殺人。對人只有防備之心，連自己的妻子和兒子都不敢信任。這一切究竟有甚麼意義。台上那即將與佳人相會的才子就比他快樂多了。

藉著劇中佳人的角色，憐秀秀心融神化，忘我地表達出對浪翻雲的情意。這時她忘掉了龐斑，心中只有浪翻雲一個人。而更使她神傷魂斷的是，她與浪翻雲的關係，只能保持至攔江一戰。無論勝敗，浪翻雲都會離她而去。這是兩人間不用言傳的契約。剎那間，舊怨新愁，壅塞胸臆，連她自己都弄不清楚是怎麼的一番滋味。全場鴉雀無聲，如痴如醉地欣賞著憐秀秀出道以來最哀艷感人的表演。剛才的八仙賀壽，只是牛刀小試，現在才是主菜，憐秀秀藝術的精華所在。那小生任榮龍和書僮忘了和應，呆立在神座旁，眼瞪著憐秀秀在佛前眉幽眼怨，如泣如訴，更忘了這本是一齣充滿歡樂的才子佳人戲。無人不爲之心動傾倒。但卻沒有人比得上朱元璋的感觸。他湧起了當年還未得天下前那久已忘掉了的情懷。種種無以名之的情緒，浮現心頭。就在此刻，他想起了鍾山上的炮堡。忽然間，他宛如從夢中掙扎醒來般，猛地回復過來。只見身旁的陳玉眞一臉熱淚，忘情地看著台上的憐秀秀；另一邊的允炆亦是眼角濕潤，目瞪口呆。朱元璋湧上一陣虛弱勞累的感覺，就像那次與陳友諒鄱陽湖之戰般，令他有再世爲人的滋味。

韓柏亦聽得顚倒迷離，不過他仍不忘偷看旁邊的雲素。這堪稱天下最美的小尼姑已忘了數珠唸佛，清秀無倫的俏臉露出茫然之色，聽著憐秀秀唱到「如今憔悴，風鬟霧鬢，怕見夜間出去。不如向簾兒底下，聽人笑語。」戚長征卻忘了像韓柏看雲素般偷瞧薄昭如，想起了福薄的水柔晶，又念起韓慧芷的移情別戀，饒他如何豁達，在這一刻亦不由黯然傷懷。如何與水柔晶由生死相搏的仇敵，變成患難與共的愛侶，又如何與韓慧芷小樓巧遇，傾吐眞情。種種情景，逐片逐段地浮現心湖，熱淚由眼角瀉下來。最後他忘了韓慧芷，心中充塞和積壓著那對水柔晶香消玉殞的悲痛，衝破了一直以來強築起來的堤防，傾塌的沙石般粉碎瓦解，包含了憤怨悔恨和不平的情緒，洪水似的狂湧起來。耳旁響起薄昭如低柔的聲音道：「不要哭好嗎？」說到最後聲帶嗚咽，顯然是受到戚長征的感染，自己都忍不住落淚，亦可知她一直是在關心和注意著這被她拒絕了的男子。戚長征清醒了過來，暗罵自己竟也會被憐秀秀感動得哭了起來，忙舉袖拭淚，尷尬不已。幸好小玲瓏等都俏目濕潤，全神投入到戲台上去，沒有發覺他的失態。倏地一條雪白的絲巾遞至眼前。戚長征伸手去接，有意無意間碰到薄昭如的玉手，兩人都心頭一震，不敢去瞧對方，裝作看戲般含混過去。谷姿仙哭倒在風行烈懷裏，想起最初愛上了浪翻雲，後來再與風行烈相戀，其實自己心裏仍有部分給浪翻雲佔據著，所以一直都在蓄意迴避這天下無雙的高手，害怕與他說話。風行烈撫著谷姿仙的秀髮，憶起在神廟內初遇靳冰雲時那種不能克制的驚艷感覺，自此後除了秦夢瑤外，再沒有美女能予他這種震撼。虛夜月可能是他們中最快樂的一個，一來因她沒有甚麼心事，更因她正活在幸福裏，歌聲適足令她回憶起與韓柏比武鬥氣以至乎熱戀的種種醉人光景。

憐秀秀的歌聲不但勾起了所有人深藏的情緒，也觸動了她本人的深情。鼓樂聲悠然而止。憐秀秀終於唱罷了「才子戲佳人」的首本名曲「佳人廟怨」。憐秀秀俏立台上。戲棚內一時寂然無聲，落針可聞。這刻本應是那小書僮大意掉下了東西，驚動了憐秀秀，發現有人偷聽她向神佛吐露心聲，大發嬌嗔。誰知那反串扮演書僮的卻哭得甚麼都忘了，竟漏了這一著。任榮龍也忘了予以提點，呆看著憐秀秀，愛慕傾倒的情緒在胸臆狂流，暗忖若這戲內的人生能化為現實，我就是天下間最幸福的男子了。在這死般嚴肅寂靜的當兒，驀地有人鼓掌怪叫兼喝采，原來是范良極。這老小子這輩子還是首次看戲，根本不知道戲仍沒有完結。接著全場采聲掌聲如雷貫耳般響個不絕。憐秀秀轉過身來，面對著上千對灼熱的眼神和海潮般湧來的讚賞，心中只想到了浪翻雲，待會他就會來帶她走了。她終放開了龐斑，全心全意向浪翻雲獻上她火熱的愛戀。

在眾人跪送中，朱元璋領著允炆和陳貴妃，在最嚴密的保護下，離開戲棚，返回內宮，準備赴南郊祭祀天地。來看戲的王侯大臣和家眷門，仍聚在戲棚外，大部分集中到後台外的空地去，希望能再睹憐秀秀的風采。韓柏等橫豎暫時仍閒著，不願與人爭道相擠，留在座位處，靜待人潮湧出棚外。

虛夜月向范良極怨道：「戲還沒完，你這大哥便胡亂鼓掌，害得我們都陪你沒戲看。」

范良極老臉一紅，仍死撐道：「那是你大哥我英明神武的妙計，教天命教的人空有奇謀也因時間估計上的錯誤，用不上來。」

寒碧翠道：「不要怪責范大哥了，當時那任榮龍根本沒法演下去，這樣收場最是完美了。」

陳令方仍留在前排的位子上，探頭過來向戚長征問道：「甚麼是天命教？」

戚長征愕然道：「你不知道嗎？」湊過頭去低聲解釋。

莊青霜陶醉地道：「下次憐秀秀若再開戲，無論多麼遠，韓郎都要帶人家專程去觀賞。」

韓柏是眾人裏唯一知道浪翻雲和憐秀秀關係的人，嘿然道：「只要跟著浪大俠，便有憐秀秀的戲看了。」眾人齊感愕然。

谷姿仙芳心一陣不舒服，旋又壓了下去，關心道：「韓柏不要賣關子好嗎？快說出是怎麼一回事吧！」

韓柏並不清楚谷姿仙和浪翻雲以前的關係，道：「剛才我陪老朱出巡時，碰上浪大哥，他親口說要把憐秀秀帶走，皇上也應承了。」谷姿仙呆了半晌後，再沒有說話。

戚長征這時和陳令方說完話，剛挨回椅背裏，衣袖給人扯了一下，別過頭去，只見薄昭如俏臉微紅，赧然道：「戚兄！你欠人家一件東西！」

戚長征恍然，若無其事道：「那麼有意義的紀念品，就交由我保管好了！」

薄昭如早想到有此結果，垂下頭去，再不追討。看得戚長征一顆心灼熱起來。

韓柏見人群散得十有八九，站起來道：「好了！讓我們到皇上的藏珍閣去，先了解一下環境。」

此時莊節、沙天放、向蒼松和兒媳、忘情師太等由前排處來到眾人身旁，引介後相偕走出戲棚。

步出座位時，韓柏忍不住回頭向跟在身後的雲素道：「戲好看嗎？我看小師父看得很用神呢！」

雲素清麗的玉容多了平時沒有的一絲淒迷，垂頭下去輕輕道：「罪過！罪過！」

韓柏看得心神一顫，靈銳的直覺，使他知道這標致的美小尼已動了些許凡心。尤其她垂頭前那瞟了他一眼的神色，都與以前有異了。他忽然有點害怕起來，湧起把一張潔淨無瑕的白紙無意弄污那種罪惡感。

莊節來到他旁，拉著他到一邊走著低聲道：「我們已調動了西寧派內絕對可靠的高手約二百人，可否與鬼王府留下的高手連結起來，如此則發生甚麼事時，都有能力應變了。」

韓柏喜道：「這個沒有問題，不過現在我們應佔了上風，才不信單玉如不掉進陷阱裏去。」

莊節語重心長道：「賢婿萬勿輕敵，所謂小心駛得萬年船，準備充足總是好的。嘿！有沒有辦法安排我和燕王說幾句密話。唉！若只是老夫一個人，甚麼都沒關係，問題是西寧派上上下下的命運都操在我手內呢！」

韓柏了解地道：「這個沒有問題，現在小婿立即和岳丈去見燕王。」

言笑晏晏中，眾人連袂到了人潮洶湧的廣場處。只聽後台處爆起一陣轟天采聲，憐秀秀的馬車緩緩離場，往進入內皇城的午門馳去。

這時嚴無懼迎了上來，和眾人客氣一番後道：「皇上請諸位到乾清殿一敘。」

韓柏問道：「燕王在哪裏？」

嚴無懼道：「燕王到了柔儀殿休息，忠勤伯有事找他嗎？」

韓柏低聲道：「我要帶岳丈去和他先打好關係，我的兄弟嫂嫂們就交由你照顧了，小弟轉頭就回來。」嚴無懼欣然答應，領著眾人去了，虛夜月本要跟來，但莊青霜知道愛郎和親爹有正事，半軟半硬把她拉走了。

韓柏帶著莊節和沙天放兩人，由東華門進入內皇城，沿著御園的迴廊往在乾清殿後側密藏於林木間的柔儀殿走去，前後都是東廠高手。到了殿前石階，把守的清一色是燕王的家將，見是韓柏，一邊派人通報，一邊把他們請進殿裏。

才步入殿中，僧道衍和雁翎娜迎了上來，前者笑道：「忠勤伯來得正好，燕王剛做完功課。」

韓柏對這相格清奇的謀臣印象很深，恭敬道：「僧兄喚我作小柏便得了。」拉著他到一旁低聲道明來意。

僧道衍顯然亦對他印象甚佳，獻計道：「他們過去的關係相當不好，一時怕難打破，不像怒蛟幫般可一見如故，肝膽相照。不過我看燕王對韓兄特別有好感，若先由你說上幾句好話，談起來比較容易一點。」再低聲道：「待會見到燕王時，韓兄最好謹執君臣之禮，嘿！韓兄明白小弟的意思了。」

韓柏喜道：「僧兄眞是好朋友，將來定要再找你飲酒暢敘一番。」向莊節和沙天放交代一聲，再加上眼色，才由雁翎娜陪著入內去見燕王，僧道衍則在外殿伴著兩人閒聊。

身旁的雁翎娜對他甜甜一笑道：「那天我只是奉命行事，忠勤伯莫要怪我。」

韓柏哪會記仇，笑應道：「你那飛輪絕技眞厲害，我看蘭翠貞都比不上你。哈！不過在下差點給你奪了小命，雁姑娘好應有點實際行動來作賠償呢。」

雁翎娜顯然對他很有興趣，含笑道：「例如呢？」

韓柏見她笑意可親，忍不住搔頭道：「例如……嘿！例如陪在下喝一晚酒如何？」

雁翎娜在通往後殿的迴廊處停下步來，「噗哧」嬌笑道：「你不怕虛夜月和莊青霜等吃醋嗎？我看你是分身不暇了。」

韓柏大感刺激，這美女不知是否因著外族的血統，熱情奔放，言行比之中原女子的含蓄大異其趣，直接大膽，毫不畏羞，忙挺起胸膛道：「大丈夫三妻四妾，何足爲異！」

雁翎娜白他一眼道：「人家只答應陪你喝酒謝罪，誰說要嫁你了？」又繼續前行，但腳步放緩多了，顯然儘量予韓柏調戲她的機會。

韓柏見她風情迷人，不怕自己調侃的話，被雲素挑起的魔性轉到了她身上，追在她身後道：「喝一晚酒誰可預估到我們兩人間會發生甚麼事？」

雁翎娜發出銀鈴般的悅耳笑聲，嗔望他一眼道：「你這人見到女人便飛擒大咬，嫁你還有甚麼幸福可言，新鮮感過後，人家便要晚晚苦守空閨，我雁翎娜才不做這種蠢事呢。」

韓柏叫屈道：「我才不是這種人，你不信可隨便在剛才看戲的人堆裏抓起個人來拷問，保證他碰過的女人比我多上十倍。比起來韓某是最專一不過。」

雁翎娜橫了他滿蘊春情的一眼，道：「鬼才信你，過幾年再告訴我你勾引了多少良家婦女吧！」

這時來到後殿入口處，守衛忙打開大門。雁翎娜毫不避嫌地湊到他耳旁道：「翎娜在這裏等你，進去見燕王吧！」

第七章

南郊祭天

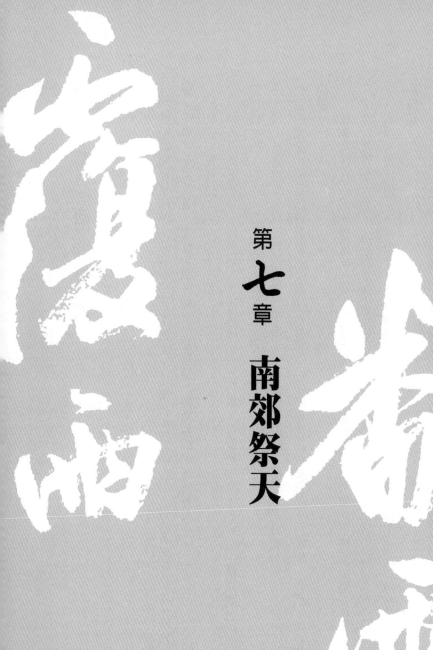

第七章 南郊祭天

禁衛拉開馬車的門，花朵兒先走下車來，才攙扶憐秀秀下車。憐秀秀腳才沾地，忽地一陣地轉天旋，幸得花朵兒扶著，才沒有倒在地上。眾禁衛、廠衛和歧伯都大驚失色。

花朵兒驚呼道：「小姐！小姐！」

憐秀秀撫著額角，回復過來，搖頭道：「沒有事，可能是太累了。」心中模糊地想起當曹國公李景隆望向她時，也像現在般暈了一瞬間的光景，接著便一切如常了。

眾人見她沒事，只以為她演戲太勞累了，沒甚麼大礙的，都鬆了一口氣。那剛才曾阻止李夫人送杏仁露的東廠大頭目馬健榮恭敬崇慕地躬身道：「小姐剛才的表演真是千古絕唱，我們一眾兄弟無不深受感動。」

憐秀秀淡淡一笑，謙虛兩句後，便要進屋，好等候浪翻雲的大駕。馬健榮陪她一道走著，低聲道：「小人們接到皇上密令，浪翻雲大俠會親來接小姐離宮。嘿！我們對他亦是非常景仰。」

憐秀秀驚喜道：「甚麼？」馬健榮再說一次，憐秀秀才敢相信。卻怎也弄不清楚浪翻雲和朱元璋間的關係。

來到內進大廳裏，馬健榮道：「小姐那十多箱戲服請留在這裏，將來只要通知一聲，定會立即送上。」憐秀秀仍有種如真似幻的感覺，答應一聲後，告罪入房歇息，她的確有點累了。

眾人來到乾清殿時，朱元璋離開龍座，下階相迎，免去了君臣之禮。他和忘情師太、向蒼松等早是素識，正要敘舊時，忽地龍體劇震，不能置信地看著風行烈旁的谷姿仙。谷姿仙記起鬼王警告，心中叫糟，她自知道浪翻雲與憐秀秀有深厚交誼後，一直心神恍惚，疏忽了此事。眾人都愕然相對，不明白一向冷靜沉穩的朱元璋，爲何神態會變得如此古怪。

朱元璋定了定神，龍目閃過複雜至極的神色，搖頭嘆道：「對不起！這位姑娘和朕相識的一位故人有八、九分肖似，使朕一時看錯了。」哈哈一笑，回復了一代霸主的氣概，與眾人寒暄一番後奇道：「韓柏到哪裏去了？」

范良極道：「他陪岳丈去見燕王說話，轉頭便到。」

朱元璋目光落在雲素處，停留了小片刻，笑道：「朕一直想設宴款待八派諸位高人，正是相請不如偶遇，中殿處預備了一席齋菜，各位請！」眾人欣然朝中殿走去。

谷倩蓮湊到小玲瓏耳旁道：「想不到吧！我們竟然有機會和皇帝老兒平起平坐地吃飯。」

范良極在後面促狹地嚷道：「小蓮兒你說甚麼？可否大聲點。」

谷倩蓮吃了一驚，回頭狠狠瞪了他一眼，但已不敢再說話。

韓柏進入後殿，朝座上的燕王跪叩下去。燕王嚇了一跳，站了起來，搶前把他扶起，責道：「韓兄弟怎可如此對待朋友？」

韓柏乘機起身，笑道：「你就快要做皇帝老子，小子怎敢疏忽。」

燕王大生感觸，嘆道：「做了皇帝亦未必是好事，但在小王的處境，這卻是生與死的選擇，韓兄弟萬勿如此了。父皇有虛老作朋友，便讓我也有韓兄弟這位知己吧！」

韓柏吃驚道：「可是你千萬不要封我作甚麼威武王或威霸王之類，我這人只愛自由自在，逛青樓泡美妞兒，其他一切都可免了。」

燕王親切地拉著他到一旁坐下，道：「這麼多年來，小王還是首次見到父皇喜歡一個人，小王現亦大有同感，若非韓兄弟，明年今日就是小王的忌辰。何況韓兄弟還是小王大恩人虛老的嬌婿，所以無論小王當上了甚麼，我們仍是以平輩論交。」

至此韓柏亦不得不佩服僧道衍的先見之明。自己來此一跪，由燕王親口免去君臣之禮，當然比自己大剌剌的和他說話不可同日而語。笑看著他道：「燕王確是內功精湛，這麼厲害難防的蠱毒都給你排了出來。」

燕王苦笑道：「不過我的眞元損耗甚巨，短期內休想回復過來，但總算去了心腹之患。」較平時黯淡的眼神細看了他一會後奇道：「韓兄弟的魔功大有精進，現在恐怕小王亦非你的對手。」

韓柏謙虛兩句後道：「今日小弟來見燕王……」

燕王伸手抓著他肩頭欣然道：「不必說了，只看在韓兄弟的分上，小王就不會與西寧派計較，快請他們進來吧！」韓柏大有面子，歡天喜地走出後殿。

雁翎娜果然言而有信，在門外等他，知道燕王要見莊節和沙天放，立即命人去請，拉著他到了園中僻靜處，嬌笑道：「要人家哪一晚陪你喝酒呢？」

這回輪到韓柏大費思量，搔頭道：「過了今天再說好嗎？」

雁翎娜哂道：「還說甚麼大丈夫三妻四妾，空出一晚來都這麼困難，本姑娘不睬你了。」竟就那麼跑了。韓柏空自搥胸頓足，唯有往乾清殿去。

憐秀秀剛步入房門，便見浪翻雲蹺起二郎腿，悠然自得的喝著清溪流泉，名震天下的覆雨劍橫放椅旁的長几上。憐秀秀掩上房門，一聲歡呼，坐到浪翻雲腿上去。

浪翻雲雙目電芒一閃，似是有所發現，旋又斂去，左手繞過她背後，五指輕按著她背心，若無其事的讚嘆道：「全場戲迷中，恐怕浪某是最幸福的一個，因爲秀秀的表演愈精采，浪某就愈感到幸運。」

憐秀秀深吸了一口氣，曼聲輕唱道：「妝罷低聲問夫婿，畫眉深淺入時無？」

此詞刻劃的是初嫁娘在新婚中的幸福生活，生動非常，「入時無」指的是否合乎流行的式樣。憐秀秀不愧天下第一才女，信手拈來，巧若天成。歌聲之美，更不作第二人想。浪翻雲聽她檀口輕吐，字字如珠落玉盤，擲地生聲，不由呆了起來。

唱罷，憐秀秀柔聲道：「浪郎啊！只要你不嫌棄，在攔江之戰前，每晚人家都替你煮酒彈箏，唱歌共話。」

浪翻雲憶起昔日與紀惜惜相處的情景，只覺往事如煙，去若逝水，輕輕一嘆道：「浪某何德何能，竟得秀秀如此錯愛。」

憐秀秀深情地道：「在秀秀眼中，沒有人比浪翻雲更值得秀秀傾心愛戀。」

浪翻雲虎軀劇震。這句話爲何如此熟悉，不是紀惜惜曾向他說過類似的話嗎？憐秀秀活像另一個紀惜惜，同是以傾國的姿色、穎慧的靈秀、絕世的歌藝，馳譽天下。由第一眼看到她時，他便難以自制地由她身上苦思著紀惜惜。谷姿仙是形似惜惜，憐秀秀卻是神似。

浪翻雲再嘆一聲，微笑道：「秀秀想去哪裏呢？」

憐秀秀俏目亮了起來，試探著道：「洞庭湖好嗎？」

浪翻雲瀟灑地聳肩道：「有何不可？」

憐秀秀大喜道：「就此一言爲定。翻雲啊！可否立即起程，人家盼望這一刻，望得頸都長了。」

浪翻雲忽變得懶洋洋起來，悠然道：「待我們見過客人後，就可去了。」

憐秀秀愕然道：「甚麼客人？」

浪翻雲雙目精芒亮起，淡淡道：「單教主大駕已臨，何不現身相見？」單玉如的嬌笑聲立時由窗外傳進來。

與大明皇帝同桌共宴，實乃非同小可之盛事。眾人都有點小心翼翼，反而朱元璋意興飛揚，不住勸酒，又說起打仗與治國的趣事。他的說話有著無可比擬的魅力，不單因他措詞生動，思慮深刻，更因他視事的角度乃天下之主的角度，與眾人的想法大異其趣，使人聽來竟像當上了皇帝般的痛快。喝的當然是清溪流泉。朱元璋對谷姿仙顯得特別客氣和親切，卻沒有絲毫引起對方的不安，拿捏得恰到好處。葉素冬和嚴無懼兩人因身爲八派中舉足輕重的人物，都作了陪客。老公公等影子太監，都退到殿外，免去了眾人的尷尬。說到底他們都是來自兩大聖地之一的超然人物，有他們立侍一旁，眾人哪還好意思坐著。

這時朱元璋談到當年得天下之事，喟然道：「朕之所以能得天下，故因將士用命，軍紀嚴明，但更重要的是因言齋主臨別時贈予朕『以民爲本』這句話，故此朕每攻陷一城一地，首要之務是使百姓安寧，不受騷擾，人們既能安居樂業，自然對朕擁護支持。以民爲本，使朕最終能戰勝群雄，推翻元室。」向蒼松和忘情師太都是當年曾匡助朱元璋打天下的人，聞言點頭表示同意。

朱元璋忽地沉默下來，默默喝了一杯悶酒。這時韓柏匆匆趕至，打破了有點尷尬的氣氛，坐到了莊青霜和虛夜月兩女之間。朱元璋嘆了一口氣道：「你這幸運的小子，朕現在才明白妒忌的滋味。」眾人不禁莞爾。

韓柏忍不住望向左側那又乖又靜，坐在忘情師太身旁的雲素，後者垂下眼光，避了與他目光相觸。當他巡視眾人時，發覺薄昭如竟坐在戚長征身旁，心中升起一股異樣的感覺。照理剛才看戲時兩人已坐到一塊兒，薄昭如怎也要避嫌，不再坐在戚長征身旁，現在如此，難道薄昭如終抗拒不了戚長征嗎？

忘情師太道：「莊派主和沙公是否有事他去呢？」

韓柏答了後正容道：「想不到白芳華如此厲害，竟能由重重圍困中施展魔門秘技，輕易脫身，所以這回保護詔書，必有一番惡戰。現在最不利的，就是敵暗我明，只要多來幾個像白芳華般厲害的人物，我們……嘿！」

嚴無懼深有同感，點頭道：「白妖女確是不凡，若非敵我難分，我們大可調來禁衛廠衛中的精銳助陣，但現在卻唯有倚賴諸位了。」

忘情師太沉吟道：「照理說無論敵人如何厲害，可是我方有浪翻雲隱伺暗處，他們豈敢輕舉妄動？」

書香世家的向夫人雲裳仍是那副高雅優閒的模樣，柔聲道：「若妾身是單玉如，一天未找到克制浪大俠的方法，也絕不會輕率出手，待會說不定風平浪靜，甚麼事都不會發生呢。」

朱元璋淡淡一笑道：「從鍾山架炮一事，朕便發覺自己一直低估了單玉如，也低估了她二十多年來秘密培植的實力，諸位萬勿掉以輕心。」

范良極吁出一口涼氣道：「皇上高見，像白芳華我便一直低估了她，以為她憑的只是媚惑那些自作多情小子的本領，豈知她的魔功竟達到了如此駭人的境界。」各人都知他在暗損韓柏，不禁又好氣又好笑。虛夜月伸手過去，在檯下重重扭了韓柏的大腿。

韓柏痛得苦著臉，知道范老賊不滿自己不理他一向對白芳華的看法，藉機嘲諷他，嘆了一口氣道：「唉！老賊頭，試想若我這小子不多情，怎能看穿白妖女的真正身分，你也不能暗偷不成後，明搶般得到了皇上心愛的『盤龍掩月』。」

這幾句反擊非常厲害，使范良極也消受不來，舉杯道：「來！讓我們齊喝一杯，預祝一戰定天下。」就這含混過去。

朱元璋首先舉杯和應。眾人除忘情師太和雲清師姊妹酒不沾唇外，都把盞痛飲。韓柏心中一動，想到假若能讓雲素喝一口清溪流泉，將會是怎樣動人的情景？旋又暗責自己沒積陰德，整天動著令美小尼思凡的不軌之念，矛盾至極。氣氛至此稍見輕鬆。不過因有朱元璋在座，沒有人敢互相間低頭接耳交談。

向蒼松道：「雖然我們對天命教的真正實力無從知曉，但仍可有個大概概念，例如當時的『玉梟奪魂』魔教四大高手，其中三人已現了形，『夜梟』羊稜還給風兄弟殺了，只有『奪魄』解符仍未冒頭，剩下這三人可說是天命教的核心力量。」頓了頓續道：「至於白芳華這種魔教的後起之秀，要培養一個出來已非常困難，老夫才不信天命教還有另一個白芳華。再加上那化身爲工部侍郎張昊的天命教武軍師廉先生，又或再加一兩個這種人物，應可總括了天命教最高層的實力，其他就是專以媚術惑眾的妖女，縱有武功出色的，應亦遠比不上白芳華。就若剛才在戲棚偷襲風兄弟等三人那種料子了。」

朱元璋讚道：「蒼松兄分析得很透徹，不過這『奪魄』解符乃單玉如的師兄，一向深沉低調，當年朕因他擄殺童子練功，曾派出高手千里追殺，仍損兵折將而回，可知此人功力高絕，不遜於單玉如，切不可輕忽視之，以爲他只是羊稜都穆之流。」

眾人吐出一口涼氣，只是一個單玉如已如此教人頭痛，現在又多了個解符出來，確實不好應付。

忘情師太雙目閃動著眾人前所未見的異芒，沉聲道：「假設長白派眞投靠了天命教，那依附天命教的高手裏自以不老神仙武功最高強，稍次的展羽已命喪戚小弟刀下，『魅影劍派』的『劍魔』石中天又傷於覆雨劍下，難再參與叛舉。所以天命教本身的高手和外援，理應就只是這幾個人了。」

眾人都表情木然，那晚只是單玉如一個人已教他們窮於應付，對方又有層出不窮的魔門秘技，鬥起來仍是殊不樂觀。

范良極道：「向宗主和師太可能漏掉了魔門其中一個厲害人物，這人就是符瑤紅的小師弟『邪佛』鍾仲遊，若此人未死，現在至少有一百歲，乃單玉如的師叔輩。龐斑甫出道便找上這魔門第一高手，在十招內把他擊得傷敗遁走，自此銷聲匿跡。初時我也以爲他就此一蹶不振，到今天才想到他可能只是配合單玉如的詭謀，隱身不再露面。像他這種魔功深厚的人，活個百來歲絕不稀奇。」這次連朱元璋的臉色都凝重起來。

韓柏吁出一口涼氣道：「不如我們快些把浪大俠找來，又或看看了盡禪主回家了沒有？」

忘情師太沉聲道：「若這鍾仲遊仍然健在，這次的詔書之戰，我們便會陷於非常不利的形勢。」

眾人討論到這裏，仍只限於對方最強的高手，次一級的好手尚未計算在內。若把齊泰和黃子澄這朝廷內第二代頂尖高手計算在內，實力確是非常驚人。假設帥念祖和直破天兩人也投靠了單玉如，那除非有浪翻雲助陣，否則這場仗就不用打了。當然，問題是老公公等人必須陪伴朱元璋到南郊去祭祀天地，否則無論單玉如等如何強橫，亦強不過朱元璋的力量。這「引蛇出洞」之策最關鍵的一著就是要教單玉如搶不到這子虛烏有的詔書，那朱元璋詐作喝了毒酒後，單玉如等就只有鋌而走險，出動所有與天命教有直接聯繫的大臣將領，控制局面，使「詔書」胎死腹中，見不到光。假若單玉如成功打開春和殿藏珍閣內的寶庫，發覺沒有「遺詔」這回事，那他們只須靜觀其變，而「引蛇出洞」的妙計亦要功虧一簣。

戚長征冷哼一聲道：「管他來的是甚麼高手，老戚……嘿！我戚長征才不怕他。」

風行烈淡然道：「皇上放心，有忘情師太和各位前輩帶領，我們定不會讓單玉如得逞。」

兩人都表現出強大的信心和一往無前的氣概，比起來，韓柏便顯得膽怯多了。不過卻沒有人敢小看韓柏，因為他的道心種魔大法，正好是魔門人物的剋星。

葉素冬道：「末將的兩位師兄都會來助陣，單玉如這次若來搶詔書，必不敢大舉來犯，那只會惹得守衛皇宮的二萬禁衛全部投入戰鬥，那時他們多來一倍人都不能討好離去，所以他們來的只應是有限的幾個高手，這一戰純以強對強，至於朝臣中叛徒如齊泰、張昺之輩，則必須出席南郊祭典，分身不得。」

嚴無懼皺眉道：「我們似乎把楞嚴和他的手下忽略了。」

朱元璋微微一笑道：「朕早想到這個問題，所以一直不公布他的罪狀，亦沒有撤他的職，故他仍是廠衛的大頭子，假若他公然來犯，就算他蒙著頭臉，亦會輕易被守護皇城的錦衣衛認出來，那誰也知道他背叛了朕，日後若要指揮廠衛，便會很有問題。而且他乃天性自私的人，除了對龐斑忠心耿耿外，其他人都不會放在心上，所以朕猜他會置身於此次詔書之爭外。」接著嘴角露出一絲笑意，輕描淡寫地道：「何況他還有更迫切的事去做呢。」轉向嚴無懼道：「你可向手下放出消息，就說朕祭祀天地回來後，立刻處決陳玉真。」

眾人心中懍然。最厲害的還是朱元璋，這一著既引開了楞嚴，更硬逼他在手下前現形。不過搶救陳玉真自比謀反容易使人諒解，假設朱元璋毒發身亡，日後也好辯白是非。此時的形勢非常微妙，允炆就算能登上帝位，他也絕不可讓任何人知道他的位子是篡奪回來的。那會立使天下大亂。所以若楞嚴變成了這麼一條線索，那允炆亦只好把他犧牲了。當然楞嚴唯一方法，就是趁混亂時神不知鬼不覺地把陳玉真救走，不過以朱元璋的老謀深算，自不會那麼便宜了這姦夫情敵，亦可知他定有方法應付楞嚴的。

韓柏道：「假若動起手來，皇城的守衛幹些甚麼呢？」

朱元璋微笑道：「這個可由你決定。方案有兩個，一是集中高手，配合你們保護寶庫；一是把春和殿劃爲禁地，除你們外任何人都不准進入。前一方案的弊處是說不定有人忽然倒戈相向，那就防不勝防。張昺齊泰這種大臣都可以成爲天命教的人，那些禁衛廠衛則更難倖免了。」沉吟片晌，續道：「這樣好嗎！由燕王那裏抽調人手來增強你們的實力吧。」

范良極嘿嘿笑道：「這大可免了，有浪翻雲爲我們撐腰，還要怕誰。何況現在友敵難分，皇上更需要人手護駕。」

朱元璋一聲長笑，站了起來，嚇得眾人忙隨之起立。這大明皇帝臉上現出振奮神色，意態豪雄道：

「就這麼決定，現在朕起程往南郊祭祀天地，再回宮時，就是叛黨伏誅的一刻。」

憐秀秀眼前一花，對面床沿處已坐了個白衣如雪，有種說不出來的動人味道，千嬌百媚、詭艷無倫的女子。單玉如笑吟吟瞧著浪翻雲，水靈靈的眸子異采連閃，當她眼光落到仍坐在浪翻雲腿上的憐秀秀時，「噯喲」嬌呼道：「秀秀妹子的聲色藝真到了天下無雙的境界，若肯入我門牆，保證獨步古今，無人能及！」浪翻雲左手微緊，摟得憐秀秀挨入他懷抱裏，同時指尖發勁，五道輕重不同的真氣直鑽入她經脈裏去。單玉如又乖又靜地手肘枕在床旁的高几處，支著下頷，大感有趣地看著浪翻雲，似乎一點都不怕浪翻雲尋她晦氣。

浪翻雲忽地臉現訝色，淡然道：「對秀秀出手的人，走的雖同是魔門路子，但恐怕要比單教主的魔功更要勝上一籌，恕浪某孤陋寡聞，想不起是哪一位魔門前輩。」

單玉如微笑道：「是誰都沒關係了！問題是浪翻雲能否破解？」

憐秀秀色變道：「甚麼？」曹國公李景隆的眼神立時浮現心湖。

浪翻雲愛憐地道：「秀秀不要擔心，教主的目的只是要浪某不再插手她們的事罷了！」

單玉如嬌笑道：「與浪翻雲交手真是痛快，玉如尚要提醒浪大俠，秀秀小姐除了被我們魔門奇功制著經脈外，另外還中了混毒之法，說不定喝了一滴水後，立時會玉殞香消，那時浪大俠縱有絕世無匹的劍術，亦只好眼睜睜看著她渴死。」又妙目流轉道：「這計策看似簡單，卻實在花了我們不少心思，才找到浪大俠這唯一的弱點。」

憐秀秀想起那晚恭夫人的侍女小珠藉花朵兒來探查她與浪翻雲的關係，至此才明白是怎麼一回事，慵懶地伏入浪翻雲懷裏，柔聲道：「死便死吧！只要能死在浪郎懷裏，秀秀已心滿意足。」

浪翻雲好整以暇地看著單玉如。單玉如立時泛起渾身不自在的感覺，似乎甚麼都給他看穿看透。

一陣難堪的沉默後，單玉如忍不住道：「你再沒話說，人家便要走哪！」

浪翻雲灑然一笑道：「教主雖有四名高手隨來，可是浪某保證只要教主動半個指頭，浪某可立即當場撲殺教主，誰都救不了你。」

單玉如美目一轉，嬌笑道：「玉如當然不會相信！先不說大俠有沒有那種能力，難道大俠忍心看著懷中的嬌娃，歷盡種種令人慘不忍睹的痛苦才一命嗚呼嗎？」話雖如此，她卻指頭都沒敢動半個。

浪翻雲從容道：「若不相信，單教主請立即身體力行試試看。」

單玉如嘆了一口氣，楚楚可憐地幽幽道：「玉如怎會呢？上回早給大俠殺寒了膽，哪還敢造次？」

她一施媚術，立即使人眞假難辨，反以弱勝強，爭回主動之勢，這時輪到浪翻雲落在下風，至少要詢問她要怎樣的條件，才可放過憐秀秀。浪翻雲當然不會落入她圈套裏，微微一笑，不再說話。

單玉如心呼不妙，以她的魔功，就算保持著這姿勢，三天三夜都不會累，問題是朱元璋即將起程赴南郊，她再沒有時間磨在這裏，嘆了一口氣道：「奴家自問鬥不過浪大俠了，這樣好嗎？只要浪翻雲立即離開京師，不再過問這裏的事，玉如可設法把秀妹體內無跡可尋的『毒引』延遲百天，到時才另外送上解藥，人家還可立下魔門毒誓，保證絕不食言。」

浪翻雲兩眼寒芒一閃，直透入她那對烏靈靈的美眸裏，冷喝道：「何用如此費周章，教主立即說出解法，浪某驗明無誤後，便即偕秀秀離京，再不插手你和朱元璋間的事。」

室內兩女同感愕然。憐秀秀是想不到浪翻雲肯如此地爲她不顧一切，單玉如則是預估不到浪翻雲如此好應付。秦夢瑤和龐斑已走，浪翻雲又肯袖手不理，那她單玉如還有何顧忌。

單玉如懷疑地道：「浪大俠必須眞的不管玉如的事，不要甫出京師，又轉頭來尋玉如晦氣。」

浪翻雲不耐煩地道：「再嚕嚕囌囌，這事就此拉倒，不過你最好不要走出京城半步。」

單玉如大喜，迅速說出了禁制著憐秀秀的手法和毒引，浪翻雲聽罷亦不由折服。任何一法他均可輕易破解，但當兩者配合時，卻可使他茫然摸不著頭緒。眞氣貫體，剎那間憐秀秀體暢神清，回復了正常，秀額卻滲出點點紅色的汗珠，把毒引排出了體外。

單玉如長身而起道：「浪大俠一諾千金，玉如可以走了嗎？」浪翻雲微一點頭。單玉如甜甜一笑，倏地失去蹤影。

浪翻雲以手掌吸去憐秀秀香額上的紅汗珠，笑道：「沒事了！讓我們立即到洞庭去，共享風月。」

憐秀秀感激無限，悽然道：「翻雲！」

浪翻雲臉上露出一個高深莫測的笑容，湊到她明透如羊脂白玉的小耳旁，柔聲道：「現在誰掉進誰的陷阱，仍是言之過早呢！」

憐秀秀不能相信地看著他，接者一聲歡呼，用盡力氣摟緊了浪翻雲。神思飛到了洞庭湖去。浪翻雲心中一嘆，單玉如已害死了紀惜惜，他怎麼還容懷中玉人又給她害了。可是他也絕不會放過單玉如的。

春和殿在內皇城屬後宮的建築組群，規模當然及不上奉天殿，但卻是朱元璋閒時把玩珍藏的起居所，所以又名「藏珍閣」，布置得寬敞舒適，共分七進，寶庫就是中殿的一間地下密室。韓柏當日便是在此由陳玉眞磨墨寫那封給高句麗王的國書了。春和殿的建築格局亦與其他殿宇有異，沒有採用廡殿又或歙山等形式的屋頂。而用了最簡單的人字形硬山頂，使人分外感到平和親切，亦較適合日常起居。總體上坐北朝南，殿後是御花園，圍以高牆，前面兩邊均有亭園水池，圍成了一個寬廣的殿前廣場，一條御路直達殿前。這時正是午後時分，大殿在日照下有種冷清清的感覺，平日森嚴的守衛再不復見。風行烈接上了丈二紅槍，與扛著天兵寶刀的戚長征坐在殿前的石階閒聊著，神態輕鬆自如。

風行烈笑道：「看來薄姑娘對你的態度親密多了。」

戚長征搖頭苦笑道：「是又如何？她既表明不會嫁人，難道我下作得去強人所難嗎？勉強得來的哪有幸福可言。」

風行烈點頭道：「三妻四妾亦不一定是好事，現在你比我還多了一位嬌妻，應該心滿意足。」

戚長征望著晴空，失笑道：「想不到我這反賊竟會為朝廷作了免費禁衛。所謂來者不善，我們要打起十二個精神才行。」

足音響起，谷倩蓮和虛夜月由殿內手牽手走出來，向兩人道：「你們還要嗑瓜子嗎？剩下很多呢！」

兩人為之啼笑皆非。

韓柏這時由殿頂躍往後園，才走了兩步，忽見遠方小亭處雲素跪在忘情師太前，不知在說著甚麼話。韓柏雖好奇心大起，恨不得立即用剛領悟得來的竊聽術去聽個清楚，卻始終做不出這種壞事來，剛要轉身離開，忘情師太的聲音傳來道：「韓施主請過來。」韓柏心中叫苦，難道雲素向忘情師太投訴自己曾挑逗她，自己其實並沒做過甚麼太不該的事呀！這時雲素站了起來，低垂著清秀純美的玉容。

韓柏來到端坐亭心的忘情師太前，硬著頭皮道：「師太有何指教？」

忘情師太淡淡道：「貧尼請施主來，是想韓施主作個見證，假設貧尼有何不測，這庵主之位，就傳與雲素。」

雲素抬頭道：「師父！」

忘情師太不悅道：「你連師父的話都不聽了嗎？」

雲素又垂下頭去，不敢抗辯，看得韓柏憐意大生。

忘情師太見他呆看著雲素，皺眉道：「韓施主！」

韓柏清醒過來，吃驚道：「師太哪會有甚麼不測，這事還是從長計議好一點。」

忘情師太沒好氣道：「施主只要作個見證就行。」接著嘆了一口氣道：「貧尼本以爲自己早斷了七情六慾，可是現在知道解符或許會來，卻完全無法壓下報仇雪恨的心，所以要交代好後事，才可放開一切，與敵人一決生死。」

韓柏愕然道：「師太認識解符嗎？」

忘情師太若無其事道：「不但認識，還做了三天的夫妻。」

韓柏爲之愕然。忘情師太臉色陰沉，像說著別人的事情般冷然道：「那是四十三年前的舊賬了，那時解符乃蒙人的爪牙，被中原白道聚眾伏擊，受了重傷，給我那不知情的爹好心救了回家，悉心醫治，豈知這人狼子野心，不但不感恩圖報，還假意入贅我家，不到三天便拋棄了我。這狠心人爲了毀滅線索，不惜下毒手把我全家上下殺個雞犬不留，我也中了他一指，本自分必死，卻給上任庵主追蹤解符到來救了。」

韓柏心想這解符雖狠心毒辣，但人性可能仍未完全泯滅，否則忘情師太怎會不立斃當場。豈知忘情師太看破了他的心意，續道：「他那一指點中了貧尼心窩，卻不知貧尼的心比一般人稍偏了一點，這才得留了一口氣。」

韓柏為之髮指，大怒道：「這他媽的大混賬，若他眞敢前來，師太請在一旁看著老子把他撕作八大塊。」

忘情師太搖頭悽然道：「韓施主的好意，貧尼心領了，這些往事毒蛇般多年來一直咬噬著貧尼的心，這解決的時刻終於來了。」緩緩站了起來，向韓柏道：「雲素交給施主照顧了，貧尼想冥坐片刻。」一閃身，沒入亭旁竹林之內。雲素仍是出奇的平靜，顯是已早一步知道了忘情師太這傷心悽慘的往事。

韓柏終得到了與雲素單獨相處的機會，但卻再無任何輕狂的心情。正不知要說甚麼話才好時，雲素文靜地道：「小尼還以為韓施主去找浪大俠呢？」

韓柏老臉一紅，尷尬地道：「嘿！我這麼膽小窩囊，小師父定是看不起我。」

雲素白裏透紅的臉蛋現出了兩個淺淺的小梨渦，淡淡一笑道：「怎會呢？小尼只是說笑罷了？師父說韓施主是眞情眞性的人，絕不會硬充好漢，但正是眞正的英雄，說到膽子，沒有人比你更大，否則怎敢冒充薛明玉在街上隨處走呢！」

聽著她以天眞可人的語氣娓娓道來，韓柏只懂呆瞪著她，暗忖如此動人的美女，做了尼姑眞是暴殄天物，等老了才再入空門也不遲吧！看著她修長得有他那麼高的苗條身材，韓柏的色心又逐漸復活過來。

雲素給他看得俏臉微紅，垂下頭去，低宣一聲佛號，歉然道：「小尼罪過，竟貪口舌之快，說個不休。」

韓柏呆頭鵝般道：「怎會是罪過呢？佛經內記載的不都是佛祖的語錄嗎？他說的話比你多得多

了。」

雲素微嗔道：「那怎同呢？他是要開解世人，教他們渡過苦海嘛。」

韓柏奇道：「說話就是說話，小師父說的話令小弟如沐春風，一點都不覺得這人世是個苦海，應是功德無量才合理。」

雲素終還是小女孩，聽著有趣，「噗哧」一笑道：「沒人可說得過你的，那天連無想聖僧都給你弄糊塗，小尼更不是你對手，好了！師父教小尼跟著你，下一步應做甚麼才好呢？」

韓柏見她輕言淺笑，嬌癡柔美，心中酥癢，正要說話，神情一動道：「敵人來了！」

大殿前。懶洋洋坐在石階處的戚長征和風行烈均感到有高手接近，兩人交換了個眼色，戚長征笑道：「鼠偷來了！」話尚未完，廣場處多出了十四個人來。

這些人雖穿的是漢人武士服，但身上配著的全是特長的倭刀，身形矮橫剽悍，唯一例外是卓立最前方的東洋刀手，身量高頎，年紀在三十許間，還長得頗爲俊秀，皮膚白皙如女子，只可惜帶著一股從骨子裏透出來的邪惡之氣，使人感到他是冷狠無情，狡猾成性之徒。其他人顯然以他馬首是瞻。戚長征和風行烈同時微一錯愕，暗責自己疏忽，他們不是不知道東洋刀手的存在，而是想到浪翻雲隨手便殺掉四個之多，就不大放在心上，豈知現在一個照面下，才發覺這批人各有其獨特的氣度姿態，顯是來自不同流派的高手，尤其這高挺邪惡的人，已遠至宗主級的段數，看來只比水月大宗差上一籌半籌，忽然多了這批高手出來，怎不教他兩人吃了一驚。不由又想起了水月大宗那精通陣法的風林火山四侍。

那俊瘦邪惡的高個子微微一笑，露出一口雪白的牙齒，操著不純正的漢語道：「你兩人就是風行烈和戚長征了，本人看過你們的圖像，也認得爾等的兵器。」

戚長征喝道：「報上名來！」

那人雙目寒芒一閃，盯著戚長征道：「本人冷目姿座，切勿到地府後都忘了。」

戚長征哈哈一笑，倏地立起，提著天兵寶刀，大步往敵人迎去，竟絲毫不懼對方人多勢眾。「鏗鏘」聲響個不絕，冷目姿座身後十三名刀手各自以獨特的手法拔出倭刀，在他身後散了開來，擺出起手式，有的刀作大上段，有些側偏、下垂、柱地、正前，各有姿態，一時殺氣騰騰，瀰漫全場。風行烈怕他有失，舉著丈二紅槍，緊跟在他身後。

冷目姿座不愧一流高手，神態優閒，先嘰哩咕嚕說了幾句倭語，才「鏘」一聲掣出刀身扁狹、鋒刃和手柄特長的倭刀，緩緩高舉過頂，冷喝道：「記著了！本人此刀名『血箭』，乃東瀛水月刀外第二把名刀。」

戚長征腳步不停，此時逼至五丈之內，哂道：「第一把名刀早魂斷中原，現在便輪到你這所謂第二把名刀了。」

冷目姿座毫不動怒，還微笑道：「那就要看戚兄的本事了，聽說戚兄有很多女人，戚兄死後，她們就歸本人所有了。」

後面的風行烈見此人氣度姿態與殺氣，都明顯遠勝其他人，提醒戚長征道：「你小心對付這人，其他人交給我好了。」

戚長征早發覺這冷目姿座隨便舉刀一站，便門戶森嚴，無懈可擊，亦是心中懍然，微一點頭，猛地加速前衝，左手天兵寶刀化作一道長虹，往冷目姿座電射而去。同一時間冷目姿座踏前一步，手上血箭刀疾劈而下，凌厲凶毒至極。最驚人處是使人感到他這一刀聚集了他全身功力，所以若對手功力稍遜的話，一刀便可分出勝敗。戚長征已進入晴空不雲的無染刀境，心神意合而爲一，刀勢不變，全力出擊。「噹！」的一聲巨響，兩刀交擊，兩人同時後退。戚長征暗叫厲害，只此一刀，已知此人功力不遜於自己，倏忽間退到了風行烈身後。冷目姿座則退入了己方陣內，還腳步不停，到了大後方去。

風行烈超前而出，變成了面對著半月形散開箝制著他的倭刀陣。他的燎原槍法最善群戰，不驚反喜，健腕一翻，丈二紅槍化作漫天芒影，山洪破堤般往三名衝殺過來的刀手湧去。東洋刀法講求氣勢力道，以命搏命，其中沒有絲毫轉圜餘地，動輒便分出生死。碰巧風行烈的燎原槍法亦是一往無前，故此雙方對上，立時分出高下。丈二紅槍在剎那間逐一掃上對方劈來的倭刀。那三名倭子刀手明明擋著對方紅槍，可是對方紅槍滑似泥鰍，任他們展盡渾身解數，都不能令對方留上半刻。同時眞勁透刀而入，侵上經脈。三人悶哼一聲，齊往後移，運氣化解。其他人恐氣勢有失，立時補上。哪知三人才退半步，第二波眞勁已然襲至，他們哪想到敵人有此絕技，猝不及防下，同時口噴鮮血，踉蹌跌退。到第三波能影響精神的異氣侵上神經時，心志崩潰，再禁受不起，慘然倒斃當場。全場各人，包括風行烈在內，都震驚莫名。那就和施展妖法差不多。一般所謂高手，能藉兵刃交擊催送眞氣，已是箇中能者，像浪翻雲、龐斑之輩，眞氣的運用，已到了隨心所欲的境界。風行烈雖仍未臻此境界，可是能一下子送出先後不同的三股眞氣，實遠超出一般高手的水平和能力，連年憐丹亦因此飲恨明陵，這三人比起年憐丹來算是甚麼，故一上場便送了小命。任這些倭子如何凶頑，見狀無不大驚失色，朝後退去。

冷目姿座眼力高明，一看便知虛實，穿陣重回最前方，收斂了剛才狂氣，冷喝道：「好！難怪花仙都不是你對手，果然有眞實本領。」

戚長征伸手按著風行烈的寬肩，笑道：「我的風大俠，這小子是我的！」

韓柏那邊來的是兩名嬌俏女郎，她們出現牆頭，衣服華麗，體態撩人，就在高牆頂悠然安坐，均是手持玉簫，一派風流浪蕩的模樣。

韓柏大感有趣，高呼道：「牆頭風大，兩位美人兒何不到亭內跟我親熱親熱？」旋又叫道：「兩位美人兒怎麼個稱呼？」

兩女之一嬌笑道：「人人都說韓柏你是風流漢子，現在一見才知名不虛傳，怎差勁到連個小尼姑都不放過呢？」

韓柏吃了一驚，怕雲素受不起，偷眼往她瞧去。豈知「雲素」一臉天眞地答道：「施主錯了，韓施主並沒有不放過我。」

兩女都聽得爲之愕然。另一名未說話的美女道：「這麼天眞可愛，連奴家身爲女子，都不想把你放過。」轉向韓柏道：「官人啊！人家的名字叫迷情，她是叫嫵媚。怎麼會只得你們兩個孤男寡女在此卿卿我我，其他的人去睡覺了嗎？」

韓柏暗忖這對聞名已久的天命教護法妖女終於出現，看來對方是要不惜一切把詔書搶到手了。哈哈一笑道：「迷情仙子你眞的厲害，一猜便中，你有興趣睡覺嗎？在下定會奉陪。」

兩女花枝亂顫般笑了起來。迷情喘著氣道：「誰不知你的厲害呢？要睡麼我們姊妹便一起陪你，否則怎承受得起你。有空嗎？隨我們回家吧！」

嫵媚則向雲素道：「小師父不吃醋嗎？」

雲素對他們的對答似明非明，總知道沒句好話，不過她對韓柏早見怪不怪，雖忍不住俏臉微紅，卻沒有做聲，任由韓柏帶頭應付敵人。

韓柏大感有趣，笑道：「你們似乎空閒得很，來！先奏一曲給老子聽聽，看看道行如何，若夠得上級數，韓某人才和你們睡覺。」大剌剌在石凳坐了下來，又招呼雲素坐下。

兩女正中下懷，這次搶詔書一事，她們是志在必得，問題是對方強手如雲，不好對付，假如一上場便能纏著敵方最強的幾個人，再以己方最強的人猛攻對方弱點，自可事半功倍，此乃以下駟對上駟，以上駟對敵人下駟之策。自韓柏帶著秦夢瑤力闖重圍，風行烈和戚長征兩人分別斬殺年憐丹、羊稜、鷹飛和展羽後，這三人已成了年輕一代的頂尖高手，評價蓋過了很多宗主級的人物。在單玉如眼中，他們比之范良極、忘情師太等人更可怕。所以一上場，便設法把他們纏著。

迷情甜甜一笑，把玉簫舉至唇邊，緩緩吹出一個清音。雲素不由留心傾聽，簫音起始時若有似無，細不可聞，似由天際遠處遙遙傳來，教人忍不住更要專神細聽。簫音似若隨風飄散，倏忽貫滿耳際，陣陣哀婉淒清，襲上心頭。接著在更遠處如泣如訴、如傾如慕的響起另一清音，與先前簫音似若隔山對和，簫音的感染力立時倍增。雲素本應比任何人更具對抗這魔門勾魂音技的定力，問題是她早給憐秀秀的歌藝打動了凡心，剛才又受到師父忘情師太悽慘往事的衝擊，心靈處於極不利的狀態，一下失神，簫音立時襲上心頭。只覺人世間充盈著怨忿難平的事，又感到無比寂寞，幾乎要投入身旁自己對他頗具好感的男子懷裏，好受他保護。卻不知正陷身危地，只要她心神全被控制，兩名妖女便可以魔音損傷她的心靈，使她永不能上窺武道至境。

韓柏雖覺簫音動聽，卻沒有甚麼特別感覺，何況他的魔功已臻大成至境，兩女就像在魯班師父前弄斧，小兒科之極。簫音一起一落，配合得天衣無縫，加上兩女顰眉蹙額，一時整個後園都籠罩在愁雲慘霧裏。韓柏心生感應，一瞥下發覺雲素神色忽明忽暗，大異平常，顧不得不可觸碰她的道體，伸掌按在她背後。雲素猛地回醒過來，心叫罪過，旋又感到韓柏的手掌貼在背心處，肌膚相接，只覺一種說不出的溫馨湧上心頭，登時意亂情迷。

韓柏的聲音在耳鼓內響起道：「小心！」雲素終是自幼清修的人，震驚中徹底清醒過來，忙收攝心神，回復清明。

迷情和嫵媚一起放下玉簫，前者嬌笑道：「原來小師父動了思凡之念哩！」雲素心中有愧，立即霞燒玉頰。

韓柏生出要保護她的心，昂然起立，卻仍是笑嘻嘻道：「也算有點道行，還不下來陪本浪子玩玩。我也很久未對美女動手動腳了。」

兩女縱聲咯咯的笑個不停，充滿放蕩淫邪的意味。雲素想起剛才被他用手掌按過粉背，忙低下頭去猛唸佛經。

一個聲音由天空傳來，嬌笑道：「今天看你還有甚麼方法保著小命？」

韓柏駭然仰首，只見白衣飄飄的單玉如，一對纖手藏在寬袖裏，已來到頭頂的上空處，似欲要向他投懷送抱。同一時間，殿頂多了十多個人出來。敵人的主力終於出現了。只不知單玉如的師叔鍾仲遊是否其中一人。唉！浪翻雲大俠，你究竟到了哪裏去呢？

冷目姿座與風行烈及戚長征對峙了半晌後，喝道：「戚長征敢不敢和本人單打獨鬥一場？」

戚長征向身旁的風行烈笑道：「這小子以為可撿便宜。」風行烈亦心中好笑，退了開去。

這冷目姿座見風行烈如此厲害，於是出言向戚長征挑戰，最理想當然是可幹掉戚長征，然後再轉頭對付風行烈，無論如何，他已可達到單玉如將兩人纏著的目的了。豈知風行烈兩人另有想法，根本不怕他們糾纏，亦樂得拖延時間。冷目姿座大喝一聲，運勁一振手上倭刀，立時發出一種金屬鳴響之音，倭刀在陽光下寒芒閃閃，耀人眼目。戚長征知他必有秘技，暗暗戒備，外表則屹然不動，意態自若，絲毫不露出心事。冷目姿座雙手抱刀，倏進三步。他每踏前一步，都大喝一聲，氣勢則不住增長，刀氣撲面往戚長征逼去，只要對手膽氣略挫，就是出擊的良機。戚長征微俯向前，像頭看到了獵物的豹子般兩眼眨都不眨瞪著對方，天兵寶刀斜伸往外，遙指著這東洋刀手，一看便知冷目姿座的凌厲氣勢，一點都壓不住他。兩人這刻可說是旗鼓相當。

但風行烈卻完全放下心來，原因在一動一靜間的分別。冷目姿座如此靠步法、刀勢、眼神三者，氣勢才能與靜若淵渟嶽峙的戚長征平分秋色，不問可知已遜了一籌。而且動則不能久。冷目姿座若要保持氣勢，總不能停下步來，又或往後退去，唯一方法就是保持動態，主動出擊。此乃天然物理，誰也不能違背。對一個蓄勢待發、無懈可擊的敵人貿然搶攻，那和自殺實在沒有甚麼分別。冷目姿座身後那批同伴眼力遠比不上風行烈，還以為頭子佔盡上風，一起叱喝助陣，以添聲勢。冷目姿座則是心中叫苦，到踏出第四步，來到戚長征前丈許處時，知道再不能猶豫，猛咬牙根，全力一刀劈出。寒光如電，剎那間來至戚長征頭頂處。就在此時，一聲冷哼由左方傳來。風行烈應聲而動，丈二紅槍化作層層網影，把戚長征左方的空檔封鎖得水洩不通。只憑對方能看出冷目姿座戰況不利的眼力，就知來者高明至極。

屋頂足音尚未響起前。范良極正仰望屋頂，看著青綠的樑枋支撐著的廣闊屋面，兩旁排列著整齊的暗紅色木椽，望板則是淺藍色，綠紅藍交錯間，形成生動且有氣勢的構圖，禁不住搖頭嘆道：「老虛設計的這建築今天恐怕要遭殃了。噢！來了！」話猶未已，轟隆一聲，屋頂開了個大洞，碎片木塊雨點般隨陽光激射下來。下面的莊節、沙天放、向蒼松、向清秋夫婦、雲清、薄昭如等同時嚇了一跳，退到一旁。要知這屋頂堅實非常，縱是數人合力，要弄出這麼一個破洞來仍不容易，對方才到來便先聲奪人，確使他們有種措手不及的感覺。范良極顯示出他黑榜高手的本領，哈哈一笑，竟逆著掌風碎瓦，沖天而起，盜命桿往最先撲下來的人影點去。驀地一團黑忽忽的東西迎頭擲來，范良極不敢擋格，橫移開去，那東西落到中殿的半空處爆了開來，化作漫天黑霧，接著風聲嗤嗤，無數疾勁凌厲十字鏢一類的暗器，流星般由上方雨點似的灑下來。在伸手難見五指的黑霧裏，又不知暗器是否帶著劇毒，兼之整個空間充斥著避無可避的暗器，眾人無奈下唯有暫時撤往中殿外的兩進去。范良極自恃輕功絕世，橫貼到一邊殿壁上，運轉護身真氣，暗器打來，未觸體便給震了開去，屏息靜氣以天下無雙的靈耳監察著敵人的動靜。

「噹！」一下清脆的鈴聲在殿內響起，蓋過了所有聲音。范良極心中好笑，他昨晚猝不及防中被單玉如以魔音破了他的耳功，使他引為生平奇恥大辱，事後檢討，早想到應付之法。這刻凝神察查，立知對方的人尚未來到殿內，只是以內勁把聲音蓄聚送到地面。雙腳一撐，無聲無息移至半空中。果然風聲壓頂而來，范良極緩緩一桿朝上戳去。上方一陣嬌笑，桿頭竟給對方在這麼艱難至幾乎不可能的環境下以匕首一類的東西點個正著。一股奇寒無比的陰損之氣透桿而來，范良極暗呼厲害，斜斜往地面落去。那人亦給范良極桿上精純的內力震得往上拋飛，但仍嬌笑道：「老賊頭果然不是省油燈。」范良極聽得是白芳華的聲音，心中暗罵無恥妖女時，忽然一股沛然莫測的狂勁，漫天往他捲來。范良極暗叫是誰如此厲害，盜命桿閃電點出。

風聲呼嘯，敵人手操奇怪兵器，似軟似硬，可剛可柔，著著把他封死。且還守中帶攻，不片晌范良極竟落在下風。驀地靈光一閃，范良極大喝道：「哈！原來是你這自以爲是神仙的老不死！」對方冷哼一聲道：「找死！」嗤嗤聲不絕於耳，范良極勉力再擋了對方八下拂塵，終給對方難以抵擋的牽引之力，拖得往左側踉蹌跌去，同一時間掌風壓體而來，印向左脅。若給對方印實此掌，范良極五臟六腑休想有一分仍是完整。這幾下交接都在電光石火的高速裏進行，此時莊節等才完全退出了中殿，誰也不知范良極仍留在黑霧瀰漫的殿堂裏。盛名之下無虛士，不老神仙與無想僧兩人，多年來一直執著白道武林牛耳，聲勢僅次於龐斑和浪翻雲兩人，豈是好對付的，甫一交手，范良極即節節失利。不過他能成爲黑榜高手，亦是非同小可，藉著跌勢，滾倒地上，盜命桿由脅下穿出，戳在對方掌心處。不老神仙悶哼一聲，掌勁猛吐。范良極哈哈一笑，藉對方掌力催送，展開絕世身法，竟貼著地面橫飛開去。此時莊節等見敵人進入殿內，再難像剛才般亂發暗器，又清楚了黑霧沒有毒性，雖是仍難見物，爲了保護詔書，齊撲回殿內。風聲響處，也不知敵方來了多少人，在敵我難分中，一時盡是刀光劍影，凶險萬分！

上面雖是戰況激烈，下面的地下廳堂卻是寧靜異常，甚至聽不到足音。除了沒有日光透入，要靠燈火燃照外，這廳堂便若大富之家的廳堂。虛夜月、莊青霜、寒碧翠、谷姿仙、谷倩蓮和小玲瓏六女負責把守著這最後一關。這裏的通氣設備非常完善，她們沒有分毫氣悶的感覺。廳堂的一面牆壁沒有任何牆飾家具，只有一道大鋼門。鋼門現在被蓋上了御印的紅條交叉封著，把三個再以蠟印封了的匙孔都遮著了。這寶庫亦是放置盤龍掩月的地方，整個以鋼壁鑄合而成，進入之法唯有以獨有特製的三把鑰匙開啓。這個三合鎖乃出自百年前一代土木大師北勝天之手，連當今天下第一開鎖妙手范良極，若沒有那三把鑰匙，想打開這寶庫仍要大費腦筋。所以那晚他的所謂妙計，根本是注定不會成功的，因爲他絕難在朱元璋到達前啓開寶庫。單玉如她們亦沒法倉卒下打開寶庫，不過只要她能撕掉封條，融化匙孔的蜜蠟，便可振振有詞辯說寶庫已被人開啓了，故詔書無效。這設計確是精采絕倫，不愁引不到單玉如來破壞。不過任朱元璋智慧通天，仍想不到單玉如有辦法令浪翻雲不插手這件事，否則單玉如確實全無勝望。現在卻是勝敗難測。

虛夜月嘟著小嘴對谷倩蓮道：「眞是悶死人，外面發生甚麼事都不知道，最不好就是韓柏，好像只有他的武功才夠厲害，硬把人塞到這裏來。」

谷姿仙在諸女中頗有大姊姊的味道，聞言笑道：「你的韓郎疼愛你，才把你放到這裏來，好讓他全無顧慮在外面迎擊敵人。」

莊青霜怨道：「剛才又不聽虛小姐反對，害得人家都不敢說話。」

谷倩蓮笑道：「其實你們這兩個妮子都不知多麼聽韓柏那小子的話，看來要頒個三從四德獎給你們了。」

虛夜月正要不依，門閂啓動的聲音傳來。眾女齊跳起來，紛紛掣出兵刃，誰想得到敵人這麼快便攻到這裏來？

金陵城南郊野中。群臣會聚。有頭有臉的富商巨賈，名士儒生，都被邀來觀禮。三萬御林軍，隊形整齊地廣佈平原上，旌旗如海，軍容鼎盛。午未之交，太陽昇上中天，光耀大地時，朱元璋領頭登上祭壇。接著是穿上儲君袍服的允炆、燕王和一眾王侯貴族，氣氛莊嚴肅穆。祭台上放著祭祀的牲口，那關係重大的盤龍掩月放在台上最當眼的地方。在聶慶童的指揮下，一眾內侍點起祭台上的香燭，一時煙霧迷茫，香氣隨風飄送。首先由太師、太傅、太保三公這三個正一品的大員，當眾公布政府體制的改組。原本掌天下軍權的大都督府，改爲前、後、左、右、中的五軍都督府，以掌軍旅之事，及分轄各地方之都司衛所。兵政和軍政則分了開來。兵部掌兵政，五府只掌軍旅征伐；前者有出兵之令，無統兵之權，後者則反之。至此兵部與五府相互制衡，任何一方都再不能擁兵爲患。太師奏罷，輪到太傅宣讀聖諭，廢掉宰相之位，權責分予六部，以尚書任天下事，侍郎輔之。最後由太保宣佈任命的名單，陳令方正式坐上了吏部尚書的高位。

朱元璋冷眼看著群臣，心神出奇地平靜，沒有特別的喜悅，也沒有失落的感覺。多年來的心願終於在此刻達到。大明建立之初，人人恃功自重，如藍玉者更是驕狂難制。不過那時蒙人仍蠢蠢欲動，又有擴廓那種無敵猛將，使他唯有壓下怒火，耐心等待適當的時機。胡惟庸可說是由他一手捧出來對付功臣大將的先鋒卒子，胡惟庸一死，權力立即全集中到他手裏來。在整個歷史上，從沒有一個皇帝比他擁有更絕對的權力。他正立在權勢的最巔峰處。可是他卻沒有任何特別興奮的感覺。他失去的珍貴事物實在太多了。言靜庵、紀惜惜、陳玉眞，每個都勾起一段美麗和黯然傷魂的回憶。縱使得了天下又如何呢？朱元璋嘴角抹出一絲苦澀的笑容。心中浮起了谷姿仙與紀惜惜酷肖的玉容，又想起了憐秀秀。他輕搖龍首，似乎如此就能把那些擾亂心神的妄念揮掉。唉！我眞的老了，再沒有以前寸土必爭的雄心，也開始肯爲別人多想一想。身旁的允炆和燕王都靜如木雕，沒有半點表情。他雖自認有一雙最會看人的眼睛，仍不得不承認沒有看破允炆這小孩童的底細。只是一廂情願地去造就他，扶持他。說到底都是私心作祟。

這時太史出場，來到祭壇旁。朱元璋領著允炆等王侯一齊起立，群臣將領，三萬禁軍和紳商名士，跪滿平原。朱元璋帶著允炆來到祭壇前。太史代讀祝文，先祭天地，次及日月星辰、風雲雨雷、五岳四瀆、名山大川。壇下鼓樂齊奏，壇上香煙繚繞。朱元璋親自點燃香燭，朝四方上下拜祭。最後到了向天敬酒的儀式。朱元璋在數萬人注視下，由三公斟酒，先灑向祭壇的四周，才舉起杯來。天地寂然無聲，鼓樂齊斂。允炆的小手抖顫起來。朱元璋仰天哈哈一笑，把杯內的酒一飲而盡。

第八章 護庫之戰

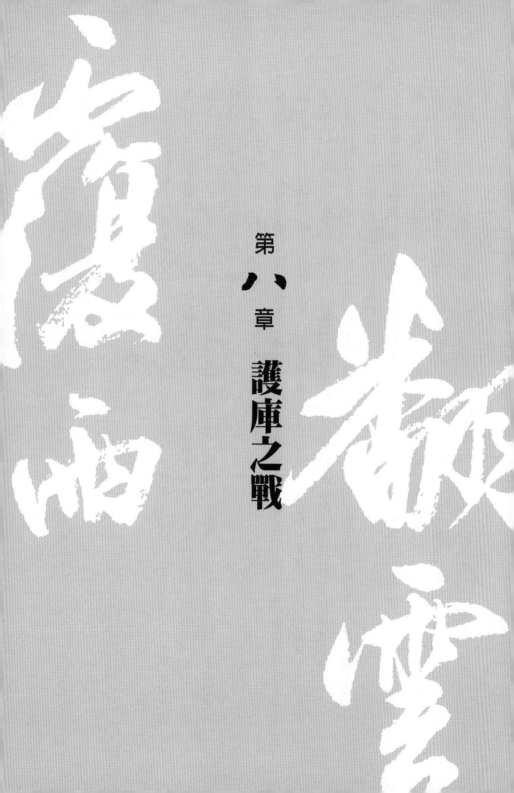

第八章　護庫之戰

韓柏見是單玉如親來招呼自己，立即知道她有不殺死他不肯罷休之意。經過幾次交手，單玉如怎還會發覺不到他的魔種天性可克制任何魔功。那包括了她的媚術在內。甚至可對她生出龐大的吸引力。誰敢擔保沒有一天，堂堂一教之主，會投降在他的魅力之下。所以最佳辦法，莫如趁這討厭小子尚未成氣候前，先幹掉他，落得一乾二淨。

雲素見單玉如出現，忙收斂心神，掣出長劍。那迷情、嫵媚橫掠而來，兩支玉簫左右擺動，發出似有若無、如泣似訴的淒怨之音，教人一聽就心搖魄蕩。而且簫音飄忽不定，比之柳搖枝的簫音更是難測。雲素乃自幼清修饒有道行的小尼，只緣碰上憐秀秀天下無雙的色藝，又遇上韓柏的魔種，才稍動了少許凡心，此刻大敵當前，又立心要爲韓柏分擋敵人，心志堅凝起來，劍化長虹，往兩妖女捲去。

韓柏哈哈大笑道：「單教主是否忘不了我們的一拂定情，回頭來再尋那滋味呢！」鷹刀離背而出，快逾閃電，劈往單玉如藏在廣袖裏的玉環。

以單玉如的修養，聽他提起那夜酥胸被拂的事，勾起當時的奇妙滋味，亦不禁芳心微蕩，玉頰生霞，「啐！」的一聲道：「去你的小淫賊，有本領的再對本教主輕薄吧！」左手施法，玉環離袖而出，竟朝著遠在五丈外正迎上嫵媚、迷情的雲素呼嘯擊去，另一環則由右手廣袖處露出少許，凌空橫掃向鷹刀刀鋒。

若換了以前的韓柏，此刻必然手忙腳亂，不知應全力對付單玉如還是應去拯救三面受敵的美小尼雲素，不過他現在魔種大成，道魔合流，已夷然無懼，口中叫道：「教主還未嫁我，爲何這麼快就要吃醋？」鷹刀加速向玉環劈去，左腳一踢，鞋子應腳飛出，剛好穿入疾飛的玉環內圈處。

單玉如想不到他如此厲害，嬌笑道：「若能勝過本教主，則我和芳華師徒一起嫁你又如何呢？」手中玉環生出變化，不知如何的，竟套在鷹刀刀鋒處。

此時飛向雲素的玉環被韓柏的鞋穿入環內，發出「波」的一聲異響，鞋子和玉環分了開來，都像有條無形之線牽扯般，並不下墜，各向不同方向彎飛開去，又繞著圈子往他們主人飛回去。韓柏全力的一刀，眼看要重劈在環身處，豈知竟給單玉如以玄奧的環法套個正著，刀鋒與玉環的內圈左右猛擊了十多下，刀勁全消，竟沒餘下半點力道。心叫厲害時，單玉如似從天而降，落到他身旁伸手可觸之處，左手翠袖拂面打來，右環則緊鎖著鷹刀，往側帶去。

韓柏仍是那嘻皮笑臉的樣子，把鷹刀用力回扯，哂道：「教主不用性急，要貼身親熱機會多的是呢。」口中朝她的翠袖吹出一股眞氣，同時虎軀猛往單玉如高眺修美的香軀靠過去，應變之奇，出人意表。

此時雲素的長劍，與天命教兩大護法妖女的玉簫各自交換了三招。雲素雖是出雲庵出類拔萃的劍道天才，卻吃虧在功力和實戰經驗。嫵媚和迷情兩女，不要看她們外貌仍是青春少艾，其實年紀均超過五十歲，魔功深厚，任何一人都能獨力對付雲素，而加起來時，其勢更是厲害。已不是增加了一倍戰力，而是再倍增上去，因爲二女精擅聯擊之術，配合起來，並不比單玉如差上多少。她們都打定主意，先殺死雲素，一方面可擾亂韓柏心神，並可抽身過去，助單玉如以雷霆萬鈞之勢，當場搏殺韓柏。只要去此心腹大患，何愁詔書不手到擒來。雙方才交手，雲素立即落在下風，在兩女的簫影裏左衝右突，卻沒法脫出對方的簫陣。但落敗雖是遲早間事，可是雲素的韌力卻是出乎兩女意料外的強大，劍招仍是那麼優美奇幻，每能在險處奇招迭出，堪堪保住小命，教兩女空自著急，一時也奈她莫何，唯有收緊陣法，不斷增加壓力，乘隙而入。雲素打定主意，就算給對手殺死，也絕不肯發出半聲驚叫，以免分韓柏的心神，拋開一切，沉著應戰。既立下死志，她的心靈回復清明，絲毫不受對方魔音影響，就在此時，耳內忽傳來一個好聽得像仙樂般的悅耳聲音，提點她的招式戰略。

韓柏不忘偷看雲素，見她劍勢忽然大盛，將嫵媚逼得退開了兩步，爭回主動之勢，還以爲嫵媚兩女不過爾爾，放下心來，就在此時，他也和單玉如到了貼身作戰的凶險形勢裏。單玉如的翠袖飛環，無論遠攻近鬥，均是厲害無比。兼且她魔門媚術，向以動人的女體爲武器，貼身肉搏，更能發揮作用。雖說韓柏身具魔種，但她以爲他尚未成氣候，見他撞入懷裏，哪會怕他，得其所哉地欣然迎上。「霍！」的一聲，單玉如左手翠袖拂到韓柏臉上，把他眼耳口鼻全部蓋著。這麼容易拂中韓柏，連她都要大吃一驚，她已催發魔功，務要拂散韓柏吹出那口眞氣，好打得他的臉龐血肉模糊，當場斃命。怎知對方那口眞氣像是全無阻擋的作用，自己輕易便揮打在對方臉上。心知不妥時，韓柏雄壯的身體，已與她玲瓏浮凸的肉體緊貼無間。

戚長征和東洋高手冷目姿座的決戰，也到了生死立判的時刻。由左邊牆頭飛掠而至的是個四旬左右的中年人，長衫飄拂，氣度不凡，模樣看來雖風神靈逸，但總帶著從骨子裏透出來的邪氣，見風行烈的丈二紅槍化出滿天槍影，凌空灑來，冷哼一聲，一掌印出，微笑道：「換了厲若海就差不多，你則只是找死！」

只聽他口氣，便知此人身分輩分均極高，風行烈大笑道：「好！便讓在下看看『奪魄』解符如何厲害。」最後一句話未完，兩人凌空對上。

那邊廂則傳來一連串兵鐵交鳴的聲音和一聲尖嘯。戚長征此刻剛和冷目姿座短兵交接，鏖戰至烈。兩人刀法雖不同路子，卻都是以氣勢見長，講究以命搏命，其凶險處，不是任何言語所能形容。甫一交接，雙方連拚數刀，發出穿震耳膜的激響後，冷目姿座立時落在下風，硬被逼退了半步。他知道不妙，發出尖嘯，召喚後方的同伴來援。勝敗就在這剎那之間。風行烈給解符纏著，若讓其他東洋高手與冷目姿座聯手圍攻，他戚長征休想活命。值此生死關頭，戚長征把他的驚人潛能徹底發揮出來，大步逼前，狂喝一聲，人隨刀走，湧出千重光浪，趁對方氣勢略挫的一刻，把冷目姿座捲入刀光寒芒裏。他「嚓嚓嚓！」連進三步，冷目姿座雖展盡渾身解數，仍只落得退後三步，不要說反擊，能自保已是邀天之幸。這時那剩下來的十名東洋刀手掠至丈許開外。戚長征一聲長嘯，想起乾羅爲水月大宗所殺，一腔怨氣轉到這些倭人身上，又知此乃關鍵時刻，立時排除萬念，心與神合，靈台不染一塵，長刀由快轉緩，天兵寶刀似變成重若泰山般慢慢舉起。冷目姿座本應可趁他胸門大露的一刻，倭刀閃電搠入。可是戚長征這玄妙無比的舉刀動作，像忽地把方圓丈許內的空氣全抽空了，還有種震懾他心神的氣勢，使他不但不敢進攻，連退後也有所不能。冷目姿座心中叫糟，知道對方在氣勢上完全壓倒了自己，幸好只要能擋過一刀，己方的人便可加以援手，遂收攝心神，擺出森嚴的架式，橫刀護著面門上方處。

「蓬！」解符一掌掃中槍尖，往上升去。風行烈則全身一震，往下落去，暗呼厲害。對方不但能在重重槍影裏掃中他的丈二紅槍，還連續送來波浪般奇寒無比的眞氣，把他三氣匯聚的勁氣逼了回來，使他難以連消帶打，唯有落到地上。解符更是大吃一驚，他一直窺伺在旁，想覷準時機，把兩人之一加以狙殺，後見冷目姿座勢頭不對，才被迫現身。本以爲自己是蓄勢以待，對方卻是倉卒應戰，以他超過七十年的魔功，風行烈還不是一對上便非死即傷。哪知此子年紀輕輕，竟可擋他全力一掃，哪能不大吃一驚。不過他自恃魔功深厚，奇技無窮，冷哼一聲，又老鷹攫兔般凌空下撲，雙手幻出千重爪影，往下面落地後仍一陣搖晃的風行烈狂攻而去，冷洌的殺氣，連遠在三丈外的戚長征等均可清楚感到。不過縱是如此，解符終是過不了風行烈這一關，只能任由倭人去自行應付另一大敵。風行烈心中湧起萬丈豪情，心神傾注到對方籠罩著他全身的攻勢裏，拋開一切，一槍往上搠去，以沒有變化的一槍，應付敵人詭奇多變的爪影。他是那麼專心，此刻就算戚長征被人殺死而發出慘叫，他都不會受到影響。

藏珍閣內的激戰到了分出勝敗的階段。在漫漫黑霧裏，范良極憑著絕世輕功和天下無雙的靈耳，無聲無息地繞過從天而降的十多個敵人，來到那團會散發黑霧的東西處，趁它尚未落地前，把脫下拿在手中的外衣捲了過去，大聲叫道：「看老子的雷火彈！」運勁一送，外衣包著那黑霧球，發出刺耳的風聲，沖天而上。敵人在暗黑裏哪知是詐，最後幾個由破洞躍下的敵人忙橫避開去。黑霧球「呼」的一聲，帶著一道彗星尾巴般的濃霧，由破洞穿出，飛到不知哪裏去了。范良極的盜命桿東揮西打，擋著了幾件往他招呼過來的武器，向地道入口處掠去。他智計過人，知道若不破去敵人的煙霧，由於對方是有備而來，且必有一套在黑霧裏進攻和閃退的完善計劃，就算己方比他們實力更強，在敵我難分下亦要大打折扣，若非他的輕功與智計高明，亦無可能完成這艱難的任務。

黑霧往上升起，由破洞往外逸出，近地處黑霧轉趨散薄，依稀可見幢幢人影。莊節等人分由兩邊偏殿重新掠回中殿裏。單玉如方面來的共有十五個人，驟眼看去，認識的只有風林火山四侍、白芳華、「索魂太歲」都穆六個人。有六個是千嬌百媚的天命教妖女，用的都是能纏在腰間的軟劍。這種軟劍可纏在腰間，最適合這些不能暴露身分的妖女攜帶，所以不是偶然，而是有實際上的必須性。其他三個男人，都戴著面具，其中一人手持拂塵，再看其身形體態，只要是見過不老神仙的人便可認得出是他來。不老神仙顯然想不到掩護他們的黑霧如此輕易被破掉，冷哼一聲，索性脫下面具，丟到地上，兩眼寒芒閃閃，立心殺盡這裏的人，以保聲譽。來犯的人裏，自以他的身分武功最是高明，尤其他過去從未有被人擊敗的紀錄，除了龐斑浪翻雲這種頂尖高手外，誰也不敢擔保他沒有盡殺殿內諸人的能力。這時通往地下室的入口給這批人團團圍著，內圈處是那兩個戴上面具的神秘高手，外圈處則是以不老神仙爲首的敵人。莊節等散了開來，大戰一觸即發。煙霧斷續往上消散，大殿下方回復平時的清明。

莊節嘆了一口氣道：「長白派在江湖一向聲譽極佳，不老兄更是白道泰山北斗，爲何卻晚節不保，與天命教同流合污，應知道不同不相爲謀，遲早有天鳥盡弓藏，這道理不是顯而易見嗎？」

向蒼松插入道：「回頭是岸，爲時未晚。」不老神仙冷哼一聲，不屑回答。

白芳華嬌笑起來道：「你們不要枉費唇舌了，假定今天你們將沒有一人有命回家，那誰能洩露這裏的事呢？」

范良極嘿然道：「妖女厲害，竟懂提醒這老糊塗殺人滅口，來！讓我看看你有多大道行。」倏地往白芳華揮桿打去。

白芳華發出銀鈴般的笑聲，看似輕鬆地一簪點在桿頭處，范良極瘦軀一震，竟硬給她逼開了兩步，陰寒無比的真氣透桿而入，在忙於運氣抵擋時，竟使不出下一著來。眾人看得駭然大驚。雖謂韓柏等曾說過白芳華的厲害，終是未曾親眼目睹，現在終於知道了。以范良極七、八十年精純無比的功力，若說白芳華可在這上面勝過他，是沒有人會相信的。由此可知她仗的是玄奧至極的招式手法和巧妙的魔功，硬把這名列黑榜的高手挫退。白芳華這一出手，眾人立知不妙。

都穆狂喝道：「動手！」那兩個戴著面具的男子立即解下背袋，取出各種開鎖工具，蹲下身子在封著入口的外層鋼門動起手腳來。三名妖女蝴蝶般由白芳華身後飄出，往再攻上來的范良極迎去，三把軟劍織起層層劍網，鋪天蓋地的朝老賊頭罩下，聲勢驚人至極。以范良極的自負，仍不敢硬攻強闖，盜命桿東指西打，往後退開。莊節雖明知這六個天命教的妖女是天命教內單玉如、白芳華和兩大護法妖女外的主力人物，但仍料不到只分出三人就可纏著這位居黑榜的人物，猛一咬牙，拔劍向不老神仙挑戰道：「請！」不老神仙平日常掛臉上的歡容消失無蹤，代之是陰險奸惡的神色，彷佛這才是他的眞面目。此際雙眼凶光一閃，倏忽後移到莊節五尺外處，塵拂掃向莊節下頦。莊節一聲長嘯，先退兩步，長劍直取對方拂塵，劍法空靈飄逸，風聲雷動，顯出深厚的內家眞氣，不愧京城第一大派之主。葉素冬比起來最少要遜上一籌。他旁邊的沙天放一向自視甚高，目中無人，雖見白芳華一簪擊退范良極，還以爲只是范良極名不副實，武功遠及不上他偷東西的本領，呵呵一笑，掠到白芳華身前喝道：「讓老夫送你這妖女歸天。」一拳當胸擊去。向蒼松在同一時間發動攻勢，取的是都穆。都穆最是好勇鬥狠，獰笑一聲，左右雙戟立時把這書香世家之主截著，而且一上來便是拚命招式，打來凶險萬分。這時薄昭如、雲清、向清秋雲裳夫婦均同時出手。前兩人給另外三名妖女攔著，向氏夫婦則和風林火山四侍殺得難分難解。

機括聲響，鋼門往橫移去。那兩個戴著面具的人想也不想，就把幾團球狀的東西往下擲去。眾人雖聽得鋼門啓動的聲音，但暗忖有人在下把守，而敵人又太過厲害，都無暇分神，更料不到敵手猛施辣手。只有范良極最關心各位妹子，聽到門開的聲音，正心中暗喜，以為虛夜月等可趁勢衝出，予敵人一個意外，哪知對方早有對策，丟進去的盡是毒火毒霧那類東西，諸女豈非危險非常。尤其敵人只要守穩出口，諸女便勢難向外闖出來，本來是無比妙計，反變成自困甕中，一籌莫展。在這種惡劣的形勢下，范良極顯出他黑榜級數的功夫，鬼魅般連閃幾下，盜命桿硬是破入其中一女的護身劍網裏，點中對方咽喉，同時左肩一聳一縮，化了對方因他驚人速度而無法用足力道的一劍，脫身而出，往守著地道那兩名凶徒撲去。中桿的妖女則當場身死。此時沙天放一聲慘嘶，胸口被白芳華戳了一簪，破了他護身真氣，踉蹌跌退。而這妖女纖腰一擺，竟趕在前頭把范良極攔著。此時莊節被不老神仙佔盡先機。盛名之下無虛士，不老神仙與無想僧一向是白道並肩而立的兩個武學巨匠，莊節劍術內功雖均臻化境，仍然遜他一籌，幾招過後，落在下風。「砰！」的一聲，沙天放坐倒牆角，面無血色。不老神仙臉露嘲諷的笑容，他長白派表面上雖與西寧派共同進退，但卻對西寧派受盡朱元璋恩寵眼紅得要命，兼之年輕時曾和單玉如有過親密關係，所以與天命教一拍即合，此刻見沙天放受傷，莊節左支右絀，實在痛快至極。他的塵拂可柔可剛，但一拂一掃，均威猛無倫，任由對方劍勢如何變化，他總能以飄忽莫測的步法配合著大巧若拙的招式，逼得這西寧派主和他硬拚內力，如此下來，莊節哪還有攻敵之力。他擅長的劍法，愈來愈難開展卻敵。

風林火山四侍憑著詭奇的聯手之術，配合著防不勝防的暗器，亦佔了上風。只有雲清和薄昭如堪堪擋著那三名妖女，不露絲毫敗象，不過要取勝卻非一時可以奏功。一時間天命教的人取得了絕對的優勢，而這形勢全靠開始時奪得了入口那戰略性的重要據點而得來的，否則若依范良極原本的計劃，此時虛夜月諸女這支奇兵應由地道搶出來，要教敵人好看，現今卻是作法自斃。白芳華的身形如乳燕翔空，手上銀簪總能恰到好處地破去范良極凌厲無比的攻勢，使他難以脫身去對付那兩個戴著面具的敵人，急得他雙目噴血，一招比一招厲害，亦幸而如此，否則可能早被白芳華傷了。就在此時，異變突起。

當單玉如的翠袖拂到韓柏臉上時，充滿勁氣的一拂，忽地變得柔軟無力，便像她正為情郎舉袖拭臉，溫柔體貼之至。這當然不是單玉如的原意，只是韓柏那口吹來的眞氣，透過翠袖傳入她暗藏殺著的玉手去，沿經脈而行，所到之處，竟把她無堅不摧的眞勁化得十去八九。單玉如心中狂震，這麼怪異的內勁，以她的實戰經驗和見識，都從未遇過和聽過。事實上韓柏除了剛成就了的道魔合流，能把兩種極端和絕不相容的眞氣混在一起外，還有自己從無想十式領悟回來的捱打神功，渾融而成他獨有的絕技，怎是單玉如可猜估得到的。單玉如整條玉臂都痠痲起來，忙捽開翠袖，順手接著迴飛過來的玉環。韓柏的大臉重見天日，欣然一笑，腳往外伸，一分不差的穿回鞋子，論難度要比單玉如接回玉環更要高出幾倍。再哈哈一笑，虎軀往單玉如猛壓過去，還故意擠上她圓挺的一對乳峰，朝她催送魔道合流的異氣。兩人同時泛起曼妙莫名的動人感覺，都恨不得就那樣黏著永遠不再分開來。

不過那只是剎那的光景，單玉如畢竟道行深厚，首先清醒過來，立把提展至極限的魔功，由小腹處度入韓柏體內。此時她已知道韓柏的魔種可化去她魔門的眞氣，但卻以為他仍未有能力化去她全力的一擊。韓柏醒覺得稍遲了點，暗叫妖婦毒辣，一邊在丹田處運起道魔合流的獨特捱打神功，同時吻上她的香唇，度入另一道眞氣。兩人有若觸電，小腹間竟發出悶雷般的一聲爆響，同時往外拋飛。單玉如魂飛魄散，想不到這小子不但能擋了她全力的一擊，竟可趁自己魔功全集中到丹田處時，吻了她的香唇，還輸來一注使她春情勃動的怪異魔氣。由韓柏丹田傳來的反震之力，亦使她氣血翻騰，身不由己地離地後跌。她終是魔門最傑出的人物，還在凌空的當兒，猛地強運眞氣，壓著幾乎要走火入魔的經脈，同時收攝心神，強忍著那沸騰的春意，踉蹌觸地急退兩步，拿樁立穩，只是玉臉上升起了兩團前所未有誘人至極的紅暈。韓柏便沒有她那麼要顧儀態了，拋後丈許，「蓬」一聲跌個四腳朝天，又翻滾一輪，才爬了起來，笑嘻嘻沒事人的張開大手，道：「教主！來！再讓我親親！」單玉如首次沒因此而罵他，因爲她確有莫名的衝動，希望可以投入他懷裏去。雲素叱喝聲傳來，只見她劍勢開展，竟從容擋著迷情和嫵媚二女。

單玉如露出訝色，好一會後才往韓柏瞧去，神色凝重道：「爲何一晚不見，你竟像脫胎換骨地變了另一個人？」

韓柏嘻皮笑臉地直往她走來，得意道：「胸脯給老子摸過，人給老子抱過，小嘴又讓我吻了，還不乖乖陪我去睡覺嗎？」

單玉如首次露出驚惶之色，旋又變作一臉殺氣，尖叫道：「站住！」

韓柏心中大樂，笑道：「娘子何用生氣？」

單玉如失常地厲聲道：「你剛才使的是甚麼功夫？」

韓柏肅然立定，正容道：「也難怪娘子你這般吃驚，假若你命手下停戰，我就告訴你爲何你相公我會突然功力猛進吧！」

單玉如已無暇計較他娘子相公的亂叫一通，低罵了一聲「沒用的東西」，便發出命令。迷情、嫵媚兩女應聲退開，來到單玉如身後。雲素亦嬌喘細細來到了韓柏身旁，茫然不解地看著兩人。單玉如這麼急切想知道他體內奇異眞氣的路數，是絕對有理由的，因爲這小子的魔功剛好克制著她，所以就算她的功力比韓柏高上一籌半籌，亦全無殺死他的把握。不過若能多知道一點，以她博識天下武功的智慧，說不定能找到對付他的方法。韓柏目光又在迷情、嫵媚兩女身上轉了幾轉，笑道：「最好三個一起陪我。」兩女都禁不住掩嘴偷笑，還與他眉目傳情。雲素雖明知韓柏這叫以魔制魔，仍俏臉微紅，垂下頭去，若她懂得罵人，早在心中罵他。

單玉如寒若霜雪道：「快說出來！」

韓柏伸了個懶腰道：「教主你太小覷魔師龐斑他老人家，竟敢將他們出賣給朱元璋，他可能怕人說他以大欺少，又或根本不屑出手對付你，所以留下了一封信，把魔種大成之法，透過花解語，嘿！即是教主外老子的另一個情婦，把那功法傳授予我，再加上你相公我的聰明才智，便創出這前無古人的功夫來，教主現在想謀殺姘頭都辦不到哩！」

單玉如「哦」的一聲，臉色回復正常，泛起嬌笑，其實卻是遍體生寒。她雖利用種種形勢，希望使龐斑和浪翻雲雙方人馬拚個兩敗俱傷，不過終究不能成功。可是怎麼也想不到龐斑留此後著，使她現在一籌莫展。

韓柏笑道：「說完了！再動手吧！老子我還未玩夠我的教主情人呢。」

單玉如雙目殺機一現，旋又笑道：「不要得意，殺人是有很多方法的。」

韓柏哂道：「假設娘子能把玉環在我額上敲上一記，保證你夫君我一命嗚呼，不過卻要問過我手上這把刀，看它肯不肯讓你如此不守婦道。」

單玉如差點給他活活氣死，眼內寒光閃閃，點頭道：「好！便看你的運氣可讓你活得多久。」

一個嬌甜溫柔的聲音由左側牆頭傳過來道：「單教主說得好，我的好夫君是天生一世行好運的人，誰也殺他不死，單教主當然不會例外。」韓柏虎軀劇震，不能相信地往聲音傳來處望去。

戚長征的天兵寶刀終舉至頭頂，在日光下發出令人目眩神迷的閃亮，此時敵方援兵先頭部隊的兩名刀手已撲至他兩側，卻受他天兵刀的壓力氣勢所迫，在離他半丈處駭然停了下來，還上下運刀，以抵抗由他發出的驚人殺氣，連呼吸都感到困難。他雙目神光如電，罩著冷目姿座，令這東洋高手不禁一陣心怯，覺得他凌厲的眼神似能看穿他的五臟六腑、經絡血脈，又似根本不是看著他。冷目姿座腦海一片空白，忽地興起了「逃」這衝動。戚長征的氣勢在此刻達至平生以來最巔峰的狀態，直有三軍辟易之威。驀地戚長征狂吼一聲，其聲威有若猛虎出林，震得正待撲上來的敵人耳鼓轟轟鳴響，同一時間，他的天兵寶刀化作一道精芒眩目的懾人彩虹，迅如電閃般以沒人可看清楚的速度，照臉往冷目姿座疾劈過去，刀風帶起了驚人的狂飆，卻奇異地吸攝著冷目姿座，只把其他趕來的援手全逼退至方圓一丈之外，凜然有君臨天下之態。冷目姿座終是一代高手，在此生死關頭，知道除出手硬拚，見個眞章外，再無化法，凝聚全身功力，橫刀力架。

兩刀相觸，發出「嗆」的一聲清音，兩刀交觸處火星四濺，既好看又是詭異至極。鉗形般圍在冷目姿座四周的東洋刀手，無不由心底泛起一種冷目姿座輸了的感覺，一陣抖怯。戚長征退了一步，捧刀而立，神態有若天神。冷目姿座仍是橫刀頂上的姿態，看似穩若泰山，雙目緊瞪著眼前這不可一世的對手，接著雙眉間現出一道寸許長的淡淡刀痕，然後由淡轉爲血紅，往上下延伸至三寸的長度。這時眾人耳鼓內還似聽到剛才兩刀那一下硬拚的嫋嫋餘音。冷目姿座眼神轉黯，血箭刀「噹」的一聲掉在地上，臉上血色盡褪，猛搖了一下，「蓬」的一聲往後倒跌，塵屑揚起，當場斃命。四周的倭子全停止了進攻的動作，腦中空白一片，呆瞪著冷目姿座再沒有半絲生機的屍體，怎麼也不明白爲何他明明架著了這一刀，卻落得中刀身亡的結局。戚長征天兵寶刀一振，指著最接近的其中兩人，厲喝道：「來！」狂猛的刀氣，立即潮湧過去。那兩人見一向稱雄東洋的冷目姿座如此不堪一擊，心膽俱喪，不由連退數步。戚長征哈哈一笑，大步踏前。十名刀手竟應聲而動，往後退去。也不知是誰先行動，其中幾個倭子忽地轉身就逃，其他人立即受到感染，一陣呼嘯，不一會就逃個一乾二淨。戚長征不用動刀，就把他們嚇走了。

此時風行烈正與解符纏戰不休，風行烈的丈二紅槍化作千萬道光影，把解符捲在重重槍網裏，可是解符一點不受約束，行雲流水般憑著雙掌隱隱封架著對方狂暴的攻勢，只不過臉上再沒有先前那神采飛揚之色了。戚長征提刀朝戰圈走去，殺氣直逼解符。解符顯出他驚人的魔功，使出一招玄妙的手法，一指點在槍頭處。槍影散去。

解符倏地退開，厲聲道：「想來夾攻解某人嗎？」

戚長征哈哈笑道：「我們兄弟有福同享，有禍同當，像你這麼可口的美食，老戚自然要來分一杯羹。」

解符進退兩難，他的任務是要纏著這兩人，直至殿內己方之人得手退卻，才可離開。可是剛才目睹戚長征以先天無形刀氣斬殺冷目姿座那無比霸道的一刀，哪還敢同時接下這兩個年輕高手，他生性自私，絕不肯犧牲自己成全大局。忘情師太的聲音由屋頂遙傳過來道：「兩位施主請立即回殿對付敵人，這奸賊交給貧尼好了。」解符身體一震，駭然往忘情師太看去，眼神驚疑不定。

此時殿內已出現了新的情況。莊節終在內力比拚一項上吃了大虧，被不老神仙一拂掃得連人帶劍踉蹌倒退，砰的一聲撞在牆上，張口噴出了一口鮮血，雖仍舉劍作勢，但誰都知他是強弩之末，難再逞強。不老神仙正要衝前了結這眼中刺時，一陣禪唱之音，由地下室悠悠傳了出來，充盈著和平安逸的超然意趣，殿內雖是刀刃交鳴，竟不能掩蓋其分毫，傳進了每一個人的耳裏。本是瀰漫全場的肅殺慘烈之氣，立時大幅消滅。不老神仙臉上現出驚異之色，捨下莊節，往入口處掠去。白芳華勉力再逼退了范良極，亦往後移。

那兩個負責投擲毒火彈的人，正因內裏全無火彈爆發的轟響而驚異不定時，禪唱響起，使他們心神受制，竟忘了繼續以獨門手法投彈，發起怔來。就在此時，一團黑忽忽的東西由入口處拋了上來，呼的一聲斜斜上沖，準確無誤地由殿頂破口處飛了出去，接著是連串轟隆的爆響，聲勢駭人。白芳華眼尖，看到擲出來的是一件僧衣，包裹著的自然是厲害至極的魔門秘製毒火彈了。此時不老神仙剛來至入口旁丈許外，那兩個戴著面罩的人驀地齊聲慘哼，往後拋跌，接著一個面目清秀的僧人現身入口之旁，低宣一聲佛號。敵我雙方諸人無不吃了一驚，紛紛停手，薄昭如等忙乘機去察看莊節和沙天放的傷勢。白芳華一聲尖嘯，著己方之人隨她來到不老神仙身旁，佈成陣式。虛夜月等則嬌叱連聲，提著兵器由入口處躍了出來，列在那僧人身後，狠狠盯著不老神仙等眾。莊青霜看清形勢，悲呼一聲，往莊節和沙天放撲去。范良極此時正忍痛掏出他偷來的兩顆少林寺靈丹，往兩人口中送去，使人摸不清他確實的「身家」雄厚至何等程度。

不老神仙深吸一口氣道：「想不到淨念禪宗之主，竟會冷施暗算？」

了盡禪主微微一笑，柔聲合什道：「仙翁愛怎麼看就怎麼看，貧衲奉夢瑤之託，今天怎麼也不能讓仙翁奸謀得逞。」環目一掃後續道：「看來尚未弄出人命，你們可立即離去，否則莫怪貧衲寧犯殺戒，亦要出手降魔。」他由老公公那裏得到開啓地道之法，所以趁黑霧瀰漫時，神不知鬼不覺潛入地室裏。

不老神仙雖是「白道」的泰山北斗，但比起地位超然的了盡禪主，無論身分武功始終差了一截，只看秦夢瑤的厲害，便可知了盡的不好惹。不老神仙一向不是漠視生死的人，否則當日早向浪翻雲出手，不由一陣心怯，望向白芳華。

白芳華臉色變得凝重無比，沉聲道：「秦夢瑤在哪裏？」

戚長征的聲音在左方入口處響起道：「夢瑤仙子在哪裏都沒有關係，只是我老戚就足可令白妖女你受用不盡。」

白芳華知道不妙，向不老神仙等使個眼色，一起沖天而起，往殿頂破口處上掠而去。范良極冷笑道：「逃得那麼容易嗎？」後發先至，盜命桿朝白芳華戳去。

虛夜月早憋得辛苦極了，一聲嬌叱，比寒碧翠還快上一線，朝最是風流自賞，曾出言向她調戲的火侍，趁他尚未躍起前，一劍戳去。戚長征則人刀合一，斜掠而起，往都穆凌空攔截。不老神仙這時暗叫僥倖，哪還顧得其他人，正要穿洞遠逸，忽覺不妥，丈二紅槍的重重芒影，由上烈射而來，封死了所有逃路。眾女紛紛找上敵人，薄昭如、向蒼松等同時加入戰團，使戰雲再起，只不過形勢卻完全掉轉過來了。

發出那麼甜美動人嬌音的正是曾聲言離去的秦夢瑤。這仙子衣袂飄飛，俏立牆頭之上，似是乘風而來，弱不禁風，但又像崇山峻嶺般高不可仰。

韓柏揉著眼睛，驚喜若狂道：「小寶貝你不是走了嗎？媽的！原來在騙我。」

秦夢瑤眼神落到韓柏身上，立即化作萬縷柔情，檀口輕啓道：「韓郎見諒，夢瑤若不把你騙倒，怎能引得單教主現身。只是騙這麼一次，夢瑤絕不會有下次。」

聽著她柔順謙恭的嬌言軟語，韓柏渾身酥軟，不迭道：「騙得好！騙得好！最好連不能爲我生孩子都是騙我的。」

秦夢瑤淡淡一笑，不置可否。凝神瞧著臉色忽明忽暗的單玉如道：「單教主魔功早臻化境，爲何仍看不破人世間的你爭我奪，只是過眼雲煙，了無遺痕，若教主肯答應夢瑤從此退隱，夢瑤也無暇理會教主之事。」

韓柏因與秦夢瑤有著微妙的感應，忽覺這仙子是故意說出來，好讓單玉如相信她存有不是非動手不可的意圖。換言之這仙子又在騙人。

單玉如像鬆了一口氣般，玉容回復血色，千嬌百媚一笑道：「夢瑤小姐說笑了，你不也是動了凡心嗎？爲何卻來派本教主的不是，言靜庵以前奈何本教主不了，單玉如倒要看看她徒弟的道行如何哩！」

雲素這時找著機會，向秦夢瑤恭敬道謝她剛才指點之恩，其他人才恍然大悟，難怪雲素能在強敵前堅守不失。

秦夢瑤向韓柏道：「夫君請和小師父回去殿內，這裏交給夢瑤。」

韓柏搖頭道：「不！她們有三個人，我怎麼也要和你並肩作戰。」見到心中的仙子，他哪還肯離開她。

單玉如嬌笑道：「你們要打情罵俏，本教主卻沒有閒情欣賞，恕本教主失陪。」

話猶未已，「呼」的一聲白芳華已由殿頂原先的破洞逸了出來，橫掠而至，看她釵橫鬢亂，面無血色的模樣，誰都知她吃了大虧。單玉如知勢頭不對，嬌叱道：「走！」與迷情、嫵媚二女，倒身飄退。

秦夢瑤微微一笑，不見如何作勢，已消失不見，臨離開時韓柏耳內響起她的傳音道：「還不伺候你的白小姐！」

韓柏見白芳華凌空改變方向，乳燕投林般朝右側高牆外的宮闕飛去，匆忙下忘了禁忌，拉起雲素那不能侵犯的小手輕捏一下，叫道：「我去了，快去照應師太！」颼的一聲，追著白芳華去了。

雲素給他捏得渾身發軟，深吸了一口氣後，才知道向她師父發出叱喝聲的殿前廣場疾掠而去。

殿內煙霧瀰漫，都是來自白芳華逃走前發出的煙霧彈，魔門之人爲了成功，不擇手段，從不計較這是否屬於下作的江湖伎倆。戰事此時到了尾聲。山侍和林侍最疼愛風侍這好妹子，不顧生死的掩護她由側門逃走，終於犧牲了性命。六名妖女一一伏誅，喪命於虛夜月等劍下，而虛夜月雖完成了她高手必須殺人的目標，卻是不住唸唸有詞，爲敵方的亡靈超渡。了盡禪主沒有出手，悠然立在一旁，默觀著不老神仙被風行烈和戚長征殺得左支右絀，一時再無還手之力。莊節站了起來，手按在莊青霜肩頭上，狠狠看著不老神仙難以逃避的結局。沙天放的臉色好了點，不過仍不能移動，由向蒼松雙掌抵背，爲他療傷。范良極則優閒的去揭開那兩個伏屍地上的人所戴著的面具，赫然發現其中一個竟是西寧派的「遊子傘」簡正明，此人一向是楞嚴的心腹，想不到實是天命教的人。也可知西寧教的中堅人物，亦被滲透了。

另一人面目陌生，不知是何許人也。范良極無心追究，忽地提起盜命桿，搶入戰圈，與戚長征和風行列三人齊施殺手，務求在最短時間內解決不老神仙。像不老神仙這種級數的高手，積近百年的內家正宗玄功，氣脈悠長，韌力驚人，縱使在最惡劣的情況下，仍能仗著畢生之學，每能迭出奇招，爭取到片刻的主動，延長了苦撐的時間。若非有淨念禪主這種高手在旁虎視眈眈，說不定他早成功脫逃。范良極加入戰圈，似乎勝之不武。但眼力高明者當知他是怕不老神仙臨死前的反擊，可以與風戚兩人其中之一同歸於盡，所以才要不擇手段把他殺死，免致後悔莫及。不老神仙在如此惡劣的情況下，仍守得門戶森嚴，以飄忽莫測的身法，在三大高手雨暴風狂的攻勢下垂死掙扎，一把拂塵揮舞得霍霍生風，堪堪保住老命。

戚長征愈戰愈勇，大喝一聲，天兵寶刀在顫動震鳴中一刀緩緩刺出。不老神仙的臉色凝重起來，一拂抽在范良極桿頭，把他震得退飛開去，另外側踢一腳，腳尖準確地正中風行烈丈二紅槍的尖鋒處，使他難以展開後著攻勢。才閃電後退，拂塵收在背後，左手駢指如戟，遙向戚長征點去，尖銳的破風聲，立時響徹全場。了盡禪主低喝道：「戚施主小心！」戚長征夷然不懼，寶刀由慢轉快，迎上指風。「蓬！」的一聲，戚長征往後蹌踉倒跌，不老神仙亦好不了多少，他吃虧在毫無喘息之機，縱功力勝過敵手任何一人，但眞元的耗損卻厲害多了，此刻已接近油盡燈枯的階段，就算能立即脫身，也至少要潛修一段日子才能回復過來，但能否臻至往昔水平，仍是未知之數。所以他雖能逼退戚長征，卻是無法傷敵，還往後退了一步，風行烈藉槍尖盪開之勢，反手以槍尾掃在他背上。

不老神仙本來收在背後的拂塵早移到前方，揮打正在凌空撲來的范良極，避無可避下，袍背鼓脹，竟然以護體眞氣硬捱了風行烈掃來的槍尾。風行烈給反震之力彈跌開去，不老神仙則一個踉蹌，全身劇震，差點側跌地上，眼耳口鼻滲出鮮血，再無高人的仙範。范良極毫無憐惜的一桿照頭疾敲下去。忽地有人在偏門處高叫道：「皇上有命！手下留人！」眾人齊感愕然，往來人望去。只見一個矮矮胖胖，身穿一品官服的中年肥漢，滿臉笑容步入殿來。了盡禪主皺起了眉頭，雖說他心神集中到不老神仙身上，但沒理由有人接近都不知道，由此可見這人實是可怕至極的絕世高手，倏地移前，準備出手攔截。范良極一個迴旋，收桿飛掠開去，暫不痛施殺手。不老神仙挺起身軀，卻不敢移動，因為風行烈和戚長征的一槍一刀，仍緊緊遙制著他，只要動個指頭，都會惹來凌厲的攻擊。

莊節按著莊青霜肩頭，隔著戰圈中的人，望向來人一眼，皺眉道：「原來是曹國公。」他也是年老成精的人，隨即喝道：「站住！」

曹國公李景隆愕然止步，故作不解道：「究竟有甚麼問題？」

虛夜月踏前兩步，不客氣地嬌喝道：「為何你會在這裏出現呢？」

李景隆從容道：「皇上身體不適，正打道回宮，嚴指揮著本官先行一步，來通知各位一件天大重要的事。」眾人都聽得驚疑不定，難道他是朱元璋的心腹之一？

不老神仙閉上眼睛，有若一具沒有生命的泥塑仙翁，對四周的事不聞不問。李景隆忽地仰天長笑起來，聲震屋瓦。眾人都大覺不妥，他的笑聲暗含驚人氣勁，顯露出深不可測的功力，怕連不老神仙都要遜上一籌。李景隆笑聲倏止，像變了個人般雙目邪芒大盛，功力較淺者如谷倩蓮和小玲瓏等都避了開去，不敢接觸他那懾人的眼神。

了盡禪主一聲佛號，合什道：「原來是『邪佛』鍾仲遊！」

李景隆狂喝一聲，宛如平地起了一個焦雷，令人耳鼓生痛。再大笑道：「知得太遲了！」倏地飄前，一拳往了盡禪主擊去。同一時間勁風由上而來，挾著十多個彈珠，雨點般灑下。解符的長笑在上空響了起來。

范良極狂喊道：「先幹掉那老鬼！」騰空而起，盜命桿幻起千百道芒影，震飛了對方暗器，他用勁巧妙，那些彈珠完整地往上送出洞外，沒有一顆爆破開來，他同時朝解符迎了上去。

戚長征和風行烈對望一眼，均知忘情師太凶多吉少，心中湧起說不盡的憤慨，一刀一槍，全力往不老神仙攻去，再沒有任何保留。

「波波波！」聲中，幾顆漏網的彈珠撞到牆上地上，立時爆炸開來，迸出紅煙，帶來辛辣難聞的異味。向蒼松見勢不妙，怕莊節和沙天放兩人因傷受不住這種看來有毒的氣體，又怕對方除解符外，尚另有如李景隆般由南郊趕回來的強手，大喝道：「掩護莊派主和沙公！退！」薄昭如、雲清、向清秋夫婦和莊青霜等忙依指示與向蒼松扶著莊節，抬起了沙天放，退往右進的殿門裏。虛夜月一聲不響，凌空躍起，向正與范良極在殿上空中交手的解符攻去，她得鬼王眞傳，又盡得七夫人、鐵青衣、碧天雁三人秘技，武功冠於寒碧翠、谷姿仙等諸女，眼光更是高明，知道截著解符乃眼前最關鍵的一環。寒碧翠則提劍往負嵎頑抗的不老神仙撲去，今天若不能殺死這武學宗匠，實是後患無窮。谷姿仙怕谷倩蓮和小玲瓏有失，命她們隨眾撤退，自己則守在殿心，好策應全場。

「蓬蓬蓬！」勁氣交擊聲不絕於耳，原來了盡禪主已與「邪佛」鍾仲遊硬拚了十多招，誰也佔不了對方的便宜。就在此時，入門處人影一閃，那化身廉先生的張昺閃電般掠了進來，朝不老神仙處撲去，加以援手，人隨劍至，聲勢驚人。谷姿仙一聲清叱，搶前截擊。這時向蒼松和薄昭如又衝回中殿，均朝風戚等人處撲去，打定主意先幹掉這外表道貌岸然，其實邪惡至極的武學宗匠。紅煙瀰漫全場，視野不清，但戰鬥卻一點沒有停緩下來。朱元璋的計策成功了，天命教隱身在朝廷內的人，終於逐一現形。

韓柏掠過了重重殿頂，終趕上了白芳華，大鳥騰空般越過她上空，張手攔在她身前。白芳華嘴角帶著血絲，顯是逃走時受了內傷，否則韓柏休想追得上她。剛才逃走時，她早發盡了所有法寶和暗器，以她現時的狀態，能撐韓柏十來招便相當難得了。這裏已離開了朱元璋指定禁衛不准插手的禁區，四周人影幢幢，把他們圍個水洩不通，大部分人都手提強弩，瞄準白芳華，只待韓柏下令。

韓柏哈哈笑道：「這次看你還有甚麼法寶。」接著嘆了一口氣，柔聲道：「你傷在哪裏？」

白芳華自知插翼難飛，垂下了雙手，冷冷道：「殺了我吧！芳華只願死在你一個人手上。」

韓柏難過得搔起頭來，忽然朝白芳華衝去，一把將她攔腰抱起，向四周的人喝道：「這裏沒你們的事了！」

沖天而起，朝後山投去，頃刻後來到太監村內那石亭裏，才把白芳華放得坐在石檯上，按著她的大腿柔聲道：「剛才我沒有封你的穴道，爲何不乘機暗算我，你不是奉命要殺我嗎？」

白芳華兩眼一紅，悽然道：「你以爲師父可逃過秦夢瑤的追殺嗎？師父都沒有了，還殺你來幹嘛？」

韓柏心亂如麻，根本不知應該怎樣處置她。和她胡混了這麼一段日子，以他多情的性格，對她已生出深厚的感情。

白芳華伸出纖手，輕撫著他的臉頰和頭髮，湊上紅唇，輕吻了他一口後道：「或許你會說我在騙你，不過你的確是唯一使芳華動心的男人，芳華到現在才知整件事是朱元璋一手安排的布局，那杯毒酒早給你們識破了，對嗎？」

韓柏一震道：「白小姐眞厲害，竟給你猜著了。」

白芳華輕嘆道：「道理太簡單了，假設我們沒有害死朱元璋的方法，搶到遺詔又有啥用，朱元璋大可另立遺詔，又或親口宣佈改詔書。可是我們如此捨命來奪詔書，你們仍好整以暇，半點都不爲朱元璋擔心，自然是知道他不會遭暗算，單師這次眞是棋差一著，秦夢瑤才是最厲害的人。唉！我們是一敗塗地。」

韓柏雙手捧著她蒼白的臉蛋，柔聲道：「你走吧！好嗎？」

白芳華搖頭道：「芳華再不想害你，不要看朱元璋現在對你這麼好，全因他需要你，就像他從前需要劉基、虛若無、常遇春那樣。假若他知道你故意放走我，必會記在心中，再慢慢找機會修理你。燕王也是這種人。何況現在人家傷及經脈，走也走不遠。待朱元璋清除了其他人後，便會找我算賬，那時天下雖大，亦沒有我白芳華容身之所。」

韓柏心中憐意大起，重重吻在她香唇上，白芳華嬌軀劇烈顫抖起來，玉手纏上他脖子，熱烈地反應著。良久後分開時，白芳華臉上已多了點血色，微嗔道：「爲何仍要損耗眞元來救人家呢？」

韓柏自己也不明白爲何要藉唇舌相交時把眞氣渡入她體內，好療治她的傷勢，怎知她不是正對他施展手段呢？他的魔種對同是出身魔門的白芳華，別具靈效，只刹那間的工夫，白芳華的傷勢已痊癒了小半。

韓柏把她擁入懷裏，笑嘻嘻道：「道理很簡單，因爲我捨不得讓你死，縱使你將來再狠心對付我，本浪子亦絕不後悔。」接著又把她移開少許，讓他可盯著她的眼睛道：「可否答應我一個請求？」白芳華咬著下唇，好一會才輕輕點頭。

韓柏正容道：「在你殺死我前，請不要傷害任何人好嗎？」

白芳華微一愕然，再撲入他懷抱裏，嬌吟道：「韓郎啊！你的想法太天眞了，芳華現在是因爲決心殉師，才向你流露眞情，假若換過一個情況，是芳華佔盡上風，哪會把甚麼承諾放在心上。韓郎若眞對芳華有情意，就立即下手吧！否則芳華索性自斷心脈，死在韓郎的懷抱裏，若要人家像耗子般東躲西藏，整天怕錦衣衛找上門來，不如痛快地死掉算了。」

韓柏知她因承受不起這次沒有可能翻身的慘敗，決心尋死，嘆了一口氣，低頭找到她香唇，痛吻起來，兩手同時在她動人的肉體上搓搓揉揉。白芳華舒服得呻吟起來。韓柏那肆無忌憚，輕薄無禮的雙手，既使她春思難禁，同時又湧來一股股眞氣，助她打通因傷閉塞的經脈。不一會她全身舒泰，情思蕩漾，不知身在何方，體內生機萌動，當正等待著韓柏爲她寬衣解帶，共效于飛時，韓柏連點她數處大穴，使她立即失去了知覺。韓柏嘆了一口氣，抱起她朝太監村掠去。他知道眾影子太監們今晚休想有閒暇回來，所以眼前對白芳華來說，這寧靜古樸的小村，將是京城裏最安全的地方。白芳華雖說狠辣處比得上單玉如，終是未曾有過大惡行，他怎忍心把她送給朱元璋呢？至於如何處置她，那將是天命教被殲除後的事了。

自與風行烈結成夫婦，雖練不成雙修大法，但因谷姿仙自幼築基，都是依循雙修心法，所以特別享受與風行烈的魚水之歡，每次交合，對雙方均有裨益，兼之這些日子來，不但得到不捨和谷凝清指點，又有風行烈這麼好的對手切磋研練，所以功力劍術，均有突破。此時她展開劍勢，眨眼間向那張昊連攻七劍，有若電光驟閃，劍芒漫漫，以張昊的身手，仍無法硬闖過她這一關。張昊的劍法專走奇險刁鑽的路子，谷姿仙銳氣一過，他的劍勢立轉凌厲，搶回主動，佔了上風。不過以他的自負，給這美人兒如此阻著勢頭，實在不是滋味。紅煙擴散至每一角落，不過對他們這些高手來說，縱使在伸手不見五指的黑暗裏，亦不會有任何不便。

風聲驟起。混亂之中，誰都不知道來的是敵是友。

戚長征剛一刀劈得苦苦支撐的不老神仙跌退往風行烈的方向，大喝道：「來者何人？」

只聽一人陰惻惻笑道：「本人楞嚴，特來送你們歸西。」

風行烈一聽心中懍然，剛巧此時傳來谷姿仙的一聲嬌哼，顧不得向不老神仙背上補上一槍，倏地移了過去，一槍掃開了張昺，拉著愛妻往莊節等人所在的偏殿退去，同時大叫道：「我們走！」

兵刃交擊聲中，紅霧裏傳來向槍松一聲痛哼和薄昭如的驚呼，他兩人顯是首當其衝，遇上楞嚴和他手下的主力。以向蒼松的身手，楞嚴若想傷他，就算拚盡全力也難以在這麼短的時間內得手，可知他有大批幫凶。戚長征明知對方是圍魏救趙之策，但心懸向蒼松和薄昭如，向寒碧翠打個招呼，捨下了不老神仙，循聲馳援。

上方的范良極一桿逼開解符，向殺得興起的虛夜月叫道：「月妹快來！」虛夜月鬼王鞭由衣袖飛出，揮打向凌空迴飛過來的解符，鞭掌拚了一記，才嬌叱一聲，往下滑翔而去。

此時紅霧漫殿，眾人移動時都盡量不發出任何聲息，以免招惹敵人的暗襲。

「邪佛」鍾仲遊狂笑沖天而起，轉瞬到了殿頂，大喝道：「了盡小兒確有兩手，下次鍾爺再和你玩過。」

了盡悠然應道：「恕了盡不送了！」

「蓬！」的一聲，兩人再硬拚了一掌。敵人紛紛離去。殿外車馬人聲隱隱傳至。朱元璋的車駕終於回來了。

第九章 青天霹靂

第九章 青天霹靂

單玉如在嫵媚、迷情兩女護翼下，迅速離開皇城。她們進出之路，均經精心策劃，不但有內奸接應，還把地形殿勢利用盡致，使守城的禁衛難以對她們作主力攔截，避過了十多陣箭雨後，憑著詭異莫測的迅快身法，來到人潮熙攘的長安大街。街上洋溢著歡度年節似的熱鬧氣氛，人人換上新衣，小孩則成群結隊，燃放鞭炮煙花爲樂，一點不知大明皇朝正進行著生與死的鬥爭。她們三人閃進一間普通的民居裏，裏面都是天命教布下的人，對她們似視若無睹，若有人追蹤來問，當然只會說不曾見過任何人。這些人均是自京城建立時就安居於此的，身分上絕對沒有問題，不虞會給人識破。

片晌後，她們由屋內一條秘道離開，又在對街另一所民居離開地道。這秘道共有三個出口，所以即使秦夢瑤能找到秘道，成功破壞她們開啓了的攔截機關，仍須爲選擇哪個出口來追蹤她們感到爲難。單玉如思慮精密，否則也騙不倒朱元璋，早爲自己預留退路，故此能利用這些布置來逃避秦夢瑤的追殺。她生平最顧忌的三個人以言靜庵居首，龐斑和浪翻雲只是居次。秦夢瑤的厲害尤勝乃師，所以見她突然出現，即心膽俱寒，拋下一切，立即逃遁，保命要緊。事實上皇位之爭，無論陰謀是否成功，已交到允炆和輔助他的人手上。眼前當務之急，就是避過秦夢瑤的追擊。若允炆成功登上皇位，那她就可做其幕後的操縱者，殺盡反對她的人，否則也可保命潛逃。以她潛蹤匿隱的功夫，保證沒有人找得上她來算賬。

她再來到街上時，搖身一變，成了一個慈眉善目的僧人。京師最多寺廟，人人見慣僧侶，所以這身分絕不會引人注目。而迷情和嫵媚則改成另兩種身分，分別離去。單玉如心情大定，她並非隨意易容改妝為僧人，而是這二十多年來，她一直以這身分作掩護，成為珍珠河旁最大廟宇珍珠古剎其中一個有身分地位的高僧，寺內其他出家人都是貨眞價實的佛門僧侶，成了她最佳的掩護。這身分乃她的一個秘密，天命教內除有限幾個心腹外，誰也不知她平時是以這樣的方式躲藏起來。現在她只須回到寺裏，便可安全地誦經唸佛，靜觀大明皇朝的變化，再決定下一步的行動。她手托缽盂，安然地在大街上緩緩走著，見到行人向她恭敬問訊，都合什回禮。經過了金水河、復成橋、太平橋、她優閒地轉入了成賢街。珍珠古剎那使人靜心滌慮的竹林已然在望，那是鬧市裏一處避開塵世的佛門勝地，也是她避人耳目的絕佳庇護所。她感覺不到秦夢瑤的存在，雖有點覺得如此輕易就甩掉了秦夢瑤而驚異不解，不過此時已不容她多作猜想。

珍珠古剎寺門大開，值此天子大壽之期，善信們紛紛前來還願祈福，香火鼎盛，香煙隔遠便傳入鼻內。單玉如隨著人潮進入寺門。珍珠古剎乃歷史悠久的佛寺，規模宏大，全寺布局分南北兩大部分，佛殿和佛塔位於北部，沿軸線對稱布置，依次為金剛殿、天王殿、大雄寶殿、琉璃塔和法堂。南北兩部分由一座名為寶渡橋的大石橋連接起來，珍珠河穿流其下，兩旁植滿樹木，景色幽深。單玉如雖非眞是佛門中人，但因長居於此，對這古剎亦生出了深厚的感情。她經過了寶渡橋，來到寺內最壯觀的大雄寶殿前，內外均擁滿善信，見到這麼多人，她泛起了安全的感覺，只要她混進這些寺僧善信之中，她才不信秦夢瑤可把她辨認出來。大雄寶殿建於寬廣的台基之上，建築精致工巧，斗栱彩繪、飛檐翹角，如鳥展翼，壯麗如同皇宮。此殿平時關閉，只在特別日子，才開放予人參拜禮佛。單玉如看到不遠處聳出天際，與日競麗的琉璃塔一眼後，微微一笑，合什由側門進入殿內，加入了正在佛座兩旁爲善信們敲鐘唸經的二十多個僧人的隊列中。就在此時，她駭然驚覺在佛座前誠心叩拜的男女當中，秦夢瑤也正盈盈跪在我佛跟前，默然靜禱。

當韓柏回到春和殿時，殿裏殿外盡是西寧派、燕王和鬼王府三方組成的聯軍，固守在所有戰略要點，首先是四周的高牆、廣場、殿門、窗戶、殿頂，這些人除常規武器外，都配備盾牌和弩弓勁箭，可應付任何方式的強攻。通往春和殿的所有通路，均由葉素冬的副手，同是西寧派高手的馬標負責指揮，自禁衛裏挑選出來的近千精銳，配合陳成的過百名錦衣衛高手，重重拱護把守。韓柏毫無困難來到第一進的前殿裏，見到了高踞龍椅之上，滿面春風，龍目閃著前所未見光采的朱元璋。老公公等影子太監守侍身後，葉素冬和嚴無懼正不住收集雪片飛來般的報告，經過整理分析，再向他稟告。燕王棣一臉歡容，與戚長征、風行烈、范良極、虛夜月佇立一旁，靜待意旨。朱元璋見韓柏來到，向他豎起拇指，表示誇賞，一邊仍留意聆聽報告，沒暇和他說話。虛夜月見到韓柏，立時甜笑招手，喚他過去。燕王有點緊張，只和他略一點頭，精神便集中到朱元璋那邊去。

韓柏來到風、戚等人處，虛夜月早小鳥依人般傍在他旁。他作賊心虛，怕人問起白芳華的事，先探問道：「其他人呢？」

風行烈神情一黯道：「沙公、向宗主、莊派主和忘情師太都受了傷，正在後殿由御醫治理。其他人都在那裏作陪。」

韓柏鬆了一口氣道：「傷得不太重吧！」

戚長征道：「除了師太外，都應不會有問題。只是師太給解符在背上印了一掌，五臟俱碎，恐怕大羅金仙亦要束手無策。」

風行烈自責道：「我們實不該由她一人單獨應付解符。」

戚長征嘆了口氣，不過想起當時的情況，忘情師太根本不容他們插手其中。

韓柏想起雲素，心中一顫，便要往後殿走去，給范良極一把扯著，喟然道：「師太昏迷不醒，你去看她也沒有用，而且那裏也夠多人的了，留在這裏看看有甚麼用得著我們的地方吧！」

剛好這時朱元璋發出一陣得意的笑聲，伸手招呼各人往他御桌前靠去，雙目生輝欣然道：「這次朕的妙計，取得了絕對成功，現在他們以為朕喝了毒酒，性命不保，正調動軍馬，以討伐燕王為名，控制大局為實，很快就要闖來此處。」

韓柏呼出一口氣道：「為何他們如此焦急，大可待皇上傳出死訊，才再動手，那不是更為穩妥嗎？」

范良極也道：「皇上龍體欠安，允炆這小子身為皇儲，怎可不伴侍左右？」

朱元璋微微一笑道：「他就算有此膽量，天命教的人也不許他冒這個險，朕詐作出事回宮，這小賊立即乘機溜走，顯是要另作安排。」

葉素冬接口道：「臣下等已奉旨發出命令，召三公來此，只是這一著，允炆便被迫得要立即發動人馬，好在三公抵達此地之前，奪得寶庫的控制權。」眾人無不交相稱絕。

朱元璋顯是心情極佳，失笑道：「內皇城全是我們的人，城中軍馬又早給調出城外，現在允炆正試圖說服守在外皇城的帥念祖和直破天兩人，說燕王聯同素冬無懼兩人，挾持朕意圖謀反。哼！朕正熱切期待這小賊帶同整批奸黨到來，看到朕安然無恙時的神情呢。」言罷又開懷大笑起來。眾人見他滿面紅光，都大感興奮精采。

燕王嘆道：「總算證明了直帥兩人不是天命教的人。」

戚長征忍不住道：「現在朝中文武百官都以為皇上龍體欠安，自然會隨允炆一窩蜂擁來請安，那怎能分辨出誰是天命教的人？」

燕王微笑道：「我們早想到此點，既為此廣布眼線，又盡力保密，只有天命教的人才知確實的情況，所以他們必然會出動所有家將親隨，好能及時在起事時盡殲吾等諸人。故只從這點上，就可看出誰是天命教的人。」

朱元璋向韓柏冷笑道：「小子你要朕放過的宋家父子，也是有份調動家將的人，這次看你還會不會為他們說話。」

韓柏和風行烈聽得呆若木雞。戚長征則臉上血色盡褪，悲憤直騰腦際，終明白了韓慧芷失身於宋玉，是因對方巧妙地運用了不正當的卑鄙手段。

葉素冬插入道：「現在證實了與皇太孫最接近的三個大臣裏，除方孝孺外，齊泰和黃子澄均是天命教的人，其他居一品高位的只有由鍾仲遊化身的李景隆。其他如張昺之輩，只是一品以下的官員。」

朱元璋雙目寒光連閃，沉聲道：「葉卿再把名單上的人唸一次給朕聽清楚。」

風行烈最明白戚長征的心事，移了過去，輕拍著他的臂膀道：「不要激動！」戚長征點了點頭，沒有做聲。

葉素冬唸道：「御史大夫景清、禮部侍郎黃觀、兵部侍郎齊泰、太常卿黃子澄、戶部侍郎卓敬、副都御史陳子寧、禮部尚書陳迪、大理寺少卿胡潤、監察御史董鏞……」

范良極吐出一口涼氣輕聲道：「他奶奶的！原來有這麼多的人！」

朱元璋不待葉素冬唸罷，暴喝道：「在今晚日落前，這些奸臣亂賊沒有任何一個可以再留在此人間世上！」

嚴無懼匆匆進來，跪稟道：「皇上明鑑！皇太孫偕同三司和六部大臣，在帥念祖和直破天陪同下，正朝春和宮闖來，微臣不敢攔阻，請皇上定奪。」

朱元璋仰天長笑，霍地立起，仍大笑不休，狀極歡暢。眾人都心情興奮，等待著陪他一起迎上允炆時那精采絕倫的一刻。朱元璋愈笑愈是得意，舉步前行。才跨出一步，笑聲倏止，身軀一陣搖晃，有點像喝醉了酒的人。葉素冬等嚇了一跳，卻不敢上前扶他。朱元璋仍是滿臉紅光，但眼神卻露出驚恐的神色，胸口急促起伏，似乎呼吸艱難。老公公、燕王和韓柏大驚失色，往他撲去。朱元璋喉頭發出咯咯怪響，往後便倒。

韓柏一把將他抱著，驚呼道：「皇上！皇上！」

燕王亦是六神無主，抓著他肩頭悲呼不已。

還是范良極清醒點，厲喝道：「還不找御醫來。」當下葉素冬忙趕往後殿。

眾人都圍了上去。朱元璋臉上紅光盡褪，口吐白沫，已是入氣少出氣多了。韓柏手掌抵在他背心上，真氣似拚掉老命般輸入他龍體去。老公公則搓揉著他的太陽穴。這一突變，震撼得在場諸人失魂落魄，沒有人知道應作如何應付。

朱元璋翻了一會白眼後，又清醒過來，喘著氣艱難地道：「朕不行了，這叫人算……呀！」顫動著的手分別緊抓著韓柏和燕王，喘著氣道：「立即逃出京師，再回過頭來與天命教決一死戰！記著……地道……」兩眼一翻，就此斷氣，雙目睜而不閉，顯是死得絕不甘心。

眾人無不遍體生寒，同時知道辛苦贏回來的所有籌碼，就在朱元璋駕崩的這一刻，不但全部輸去，連老本都倒賠了。

單玉如故作優閒地離開大雄寶殿，往寺南的僧房走去，經過了掛有「遊人止步」的路牌，進入了清幽雅靜的內院，四周盡是奇花異木，左方遠處禪堂僧房相對而立，鐘樓池沼點綴其間。登上一座小橋後，單玉如輕嘆了一口氣，伸手揭掉精巧的面具，露出如花玉容，又解下僧衣，讓被白衣緊裹的嬌美身段重見天日。

她解開髮髻，任由烏亮的秀髮散垂兩肩，探頭凝望著橋下小池自己的倒影，顧影自憐般道：「唉！這是所爲何來呢？」

秦夢瑤溫柔的聲音在她身後響起道：「答案只能教主自己從心底裏找出來，沒有人可幫得上忙。」

單玉如愁眉不展，轉過身來，輕輕道：「當日言齋主找上玉如時，問我肯不肯隨她返慈航靜齋，專志修行，當時給我斷然拒絕。」接著露出深思的表情，望著寺北處的高塔，輕嘆道：「事後我每次回想，都思忖著假設我答應了言齋主的要求，我是否會更快樂呢？」

秦夢瑤緩緩步至橋頭，不食人間煙火般的姿容掛著淺淺的笑意，漫不經意地道：「教主若是想對夢瑤施展媚術，只是浪費精神罷了！」再微微一笑道：「只從教主魔功沒有多大長進這一項上，便可猜知教主爲了與朱元璋爭天下，費盡了心力。」

單玉如心中湧起一股寒意，秦夢瑤雖是說來輕描淡寫，但卻清楚暗示了她有絕對把握收拾自己。最可怕的是，她知道秦夢瑤說的是事實。她雖突破了媚術「肉慾」的境界，達到了「色相」的巔峰成就，卻始終無法步入媚術「無意」的最高境界，不能由有法入於無法。所以秦夢瑤這句話可說一針見血。

她從容一笑，與秦夢瑤清澈的眼神對視了一會後，搖頭嘆道：「當年言齋主殺不了我，夢瑤可知是甚麼原因？」

秦夢瑤嘴角飄出一絲莫測高深的笑意，淡然道：「當然知道，因爲教主不惜損耗眞元壽命，激發潛能，以『天魔遁』在刹那間逃出百里之外，避過了師父的殺著。」

單玉如嘆了一口氣，哀然道：「假若玉如再施展一次天魔遁，恐怕最多只能再活三年。所以橫豎要死，我不如看看可不可以找言齋主的愛徒一併上路，把她在天之靈氣壞好了。」倏地往後飛起，落到右後方一座方亭之頂處，袖內隱見碧光閃閃的玉環。

秦夢瑤雙手負後，走上小橋，輕吟道：「冠蓋散爲煙霧盡，金輿玉座成寒灰。」別過頭去遙望著亭上衣袂隨風飄揚的單玉如微笑道：「教主心怯了！」

單玉如心內抹了一把冷汗，她確是因心怯才要離開秦夢瑤遠一點。事實上由秦夢瑤現身春和殿開始，對方便一直佔在先機，直至此刻她也未能爭回半點優勢。即使以前面對著言靜庵，她亦未曾有這麼無奈乏力的窩囊感，只此一點，她便知此戰是有敗無勝。

單玉如發出一串天籟般的悅耳笑聲，左右玉環輕敲一記，震出嫋嫋清音，餘韻未盡前，嬌叱道：「來！讓本教主看看夢瑤的飛翼劍，看它有沒有因主人的失貞而蒙上了塵垢。」

秦夢瑤想起了韓柏，甜甜一笑，半點都不介意對方口出侮辱之言，先瞧了單玉如一會後，才徐徐把那隻欺霜賽雪的纖美玉手，移握劍柄處，輕輕抽出了少許。午後艷陽的光線立時斜射在劍體上，一絲不差地映照上單玉如的秀目處。就若她的飛翼劍甫出鞘便爆起了一天耀人眼目的強烈電芒。那角度位置的準確，使人難以置信。秦夢瑤只把劍抽離了劍鞘少許，便停了下來，可是一陣驚人的劍氣，隨劍離鞘而出，直逼五丈外亭上的單玉如，使得她要擺開門戶，才隱隱在氣勢上沒有敗下陣來。高下之別，即使是不懂武功的人也能看得出來。

秦夢瑤仍是那麼閒雅如仙的淡靜神情，若無其事道：「教主放心吧！夢瑤絕不會爲教主破殺戒，只會廢掉你的魔功，看看教主的眞實年紀有多大。」

以單玉如的善於隱藏心意，亦不由臉色微變，她這輩子最自負就是絕世的容顏，而能青春常駐，主要是靠藉魔功媚法，若給破去，她眞的會立即變成個滿臉皺紋的老婆婆，那比殺了她更難受。想到這裏，她終於生出了逃走之意。

皇城一切仍與往昔無異，但他們的心情卻有天壤之別。雖然無人不對朱元璋又敬又怕，但他確是支撐著整個大明朝的擎天巨柱。現在大木一去，天下立足的台基立即坍塌，變成四分五裂的局面。只是在皇城之內，便有兩股勢力作生死之爭。表面看是皇族內權位之爭，其實卻牽涉到江湖上正邪兩方長期以來一直進行著的鬥爭。燕王棣在得力手下張玉、僧道衍、雁翎娜的陪同下，加上了嚴無懼、葉素冬、老公公和韓柏，步下春和殿的台階，朝人聲鼎沸的外宮門走去。眾人由眼看大獲全勝的峰頂，一下子跌到了絕望的深淵，心情之劣，說也說不出來。

穿過廣場，到了大門前，燕王深吸一口氣後，喝令道：「開門！」宮門大開。外面倏地靜了下來。

陳成和馬標兩人，領著數百禁軍和錦衣衛，攔在門前，擋著了以允炆為首的大臣和將領，加上帥念祖、直破天他們兩人手下的五百精銳死士，允炆自己的數百親隨，叛黨們麾下的家將高手，萬頭攢動，看也看不清有多少人。燕王棣銳目一掃，見到鍾仲遊化身的李景隆，正伴在允炆之旁，另一邊則是恭夫人和失蹤多天的楞嚴，接著就是齊泰、黃子澄和一眾叛黨名單榜上有名的文官武將，眾星拱月般環著允炆這明月。帥念祖和直破天兩人一臉疑惑之色，站在一側。允炆這組人後方才是六部大臣、軍方將領和三司的官員，獨不見那太保、太史、太傅三公。

李景隆未待燕王等來到門外，便尖聲叫道：「燕王你好膽，竟敢挾持皇上，意圖謀反，還不立即跪地受縛，受我三司審判！」

眾黨羽等齊聲起鬨，群情洶湧。但其他大臣將領見一向忠心耿耿的嚴無懼和葉素冬都陪著燕王，均心中疑惑，沒有出聲附和。至於老公公，則大部分人都不知他的眞正身分，故並不在意。

未待燕王出言，韓柏哈哈大笑道：「此事眞個奇哉怪也，皇上身體不適，燕王和近衛把皇上送回春和殿睡覺休息，由御醫調理。忽然間便來了你們這數千人，聲勢洶洶的胡言亂語，若驚擾了皇上安眠，誰擔當得起這罪名？」

楞嚴冷笑道：「韓柏你假扮高句麗使節，混入我大明朝圖謀不軌，本身便犯有欺君之罪，哪輪得到你來說話。」

葉素冬大喝道：「皇上早有嚴諭，即使忠勤伯外貌長得與韓柏一模一樣，都不得指稱他是韓柏，楞統領明知故犯，來人！給我綁他去見皇上。」當下有十多名禁衛往楞嚴撲去。

允炆一聲尖喝道：「不准動手，皇太祖不在，誰敢不聽本皇太孫之命？」那十多名禁衛呆了一呆，停下步來。

燕王冷然道：「三公何在？」

李景隆尖聲細氣道：「你發令請三公入宮，是否要脅逼他們改立遺詔，好遂你篡朝登位的狼子野心呢？」

所有人聲立時靜止下來。這句指責極爲嚴重，明指朱元璋已給燕王害死了。忽然一人擠了出來，原來是陳令方，聲嘶力竭叫道：「誰知道皇上不是正在殿內休息？曹國公此言太不負責任了。況且我們都知嚴指揮使和葉侍衛長對皇上忠心耿耿，絕不會背叛皇上。」

僧道衍笑道：「皇太孫不是害怕皇上起床出來見你吧！」

齊泰冷喝一聲，道：「這裏哪輪得到你來說話。陳公請回來，我們掌握了確切情報，皇上已被燕王所害，此事千眞萬確，我齊泰敢以項上人頭擔保，絕無半字虛言。」本來已再開始沸騰的人聲，又靜了下來，四周的禁衛和錦衣衛，均露出驚疑不定的神色。

外貌清秀，年約四十間的黃子澄雙目精光亮起，振臂大嚷道：「由此刻開始，皇太孫繼位爲大明天子，凡不聽命令者，均以叛國論，罪誅九族。」

帥念祖冷喝道：「太常卿此言差矣，皇上安危未知，怎可便立皇太孫爲天子，何不先入殿一看究竟，否則皇上怪罪下來，是否由你承擔？」

允炆的小孩聲音喝道：「一切就由本皇太孫擔當，你們先給我拿下這些人，本皇太孫才入殿見太祖，查個究竟。」

嚴無懼冷笑道：「皇太孫既阻止三公入殿，又要把我們這些負責皇上安危的人拿下，口口聲聲責我們害了皇上，恐怕想謀反的是皇太孫吧！」

韓柏移到燕王之旁，大笑道：「皇上昨晚曾召三公入宮密議，何不把三公召來此處，看看皇上說了些甚麼話？」

允炆愕了一愕，他終還是個小孩子，一時無言以對。恭夫人冷笑起來，吸引了所有人的注意後，才寒聲道：「這是我大明朱家的家事，哪輪得到你這個外人插嘴說話。皇上被害一事已是千眞萬確，陳成！你站出來說出所見所聞。」

韓柏等無不愕然，望著陳成。嚴無懼更是氣得面無血色，不能相信地看著這自己一向深信不疑的副手。所有大臣將領，均知陳成乃保衛朱元璋的主力親信，嚴無懼的心腹，若有他作證，自是可信至極。

陳成撲了出來，跪在允炆之前，抱頭悲泣道：「皇太孫恭夫人在上，小人親睹燕王聯同葉指揮以毒丸謀害皇上……」未說完又再失聲痛哭起來，避了解釋他們爲何要這樣做，和怎樣能夠得逞種種問題。全場靜至落針可聞。

允炆立即逼出一臉眼淚，激動大叫道：「眾禁衛聽命，凡從我誅除叛黨者，重重有賞。」

李景隆以內功逼出聲音高呼道：「皇太孫已是大明皇帝，聽命者站到我們身後，與叛黨劃清界線。」

楞嚴亦暴喝道：「廠衛接命，準備擒下叛黨。」

韓柏等都頭皮發麻，看著原本站在他們那一方的禁衛和錦衣衛，逐一投向敵陣，到最後只剩下不到二百人，這些人都是西寧、少林或白道八派的弟子，因著這種關係，才堅持在這一邊。春和殿高牆外廣闊的御花園裏，一邊是允炆方面數以千萬人計的皇太孫黨，另一方只是寥寥數百人追隨燕王棣，強弱之勢，懸殊可見。

陳令方立在兩陣之中，苦笑了一下，向韓柏走過來，道：「有福同享，有禍同當，這才是眞兄弟。」

燕王微一頷首，低喝道：「若本王仍有命回順天，必不會薄待陳公。」

「颼！」風聲響起，一支冷箭由允炆方面射來，照著陳令方背心電射而去。韓柏大驚失色，這時陳令方離他有兩丈之遙，救之已是不及。

人影一閃，帥念祖閃電橫移，一把接著冷箭，厲聲道：「葉素冬、嚴無懼，你們告訴帥某一聲，皇上是否駕崩了？」葉嚴兩人同時一呆，不知怎樣答他才好。

燕王等心知不妙，帥念祖已仰天悲笑道：「皇上你千算萬算，卻算不到最信任的兩個人會害你，動手！」

韓柏搶前一把挾起了陳令方，心中暗嘆，他們最不希望發生的事，結果都發生了。皇城之戰，終於開始。

范良極費了一番工夫，依著鬼王的圖示打開了位於春和殿後殿的秘道，一陣煙霧立時由地道飄逸出來，嚇得他忙把秘門關上。旁邊充滿希望的各人爲之色變。

虛夜月氣得幾乎哭了出來，罵道：「眞卑鄙！」

了盡禪主仍是那優閒自若的超然姿態，柔聲道：「附近有沒有別的地道？」

范良極環視眾人，嘆了一口氣道：「這些地道大多相連，所以天命教的奸賊只要找到其中幾個入口把毒氣以鼓風機送進去，便條條地道都充滿煙霧毒氣。且因他們早有預謀，八條通往城外的出口，只要派人以火炮弩箭守著，我們就算能閉著氣也逃不出去。」

戚長征冷然道：「那我們唯有取道後山離去，看有誰能擋得住本人的天兵寶刀？」

了盡搖頭道：「不對！朱元璋臨死前仍提及地道，這事相當奇怪。以他的才智，絕不會說多餘的話，也不會猜不到天命教會設法阻塞地道，更不用提醒我們已知道的事，其中定是另有玄虛。」

坐在一旁的莊節插嘴道：「會不會有另一條地道，而只有皇上一人知道呢？」

眾人都精神一振，以朱元璋那種人，建一條只有他專用的逃生秘道，是絕對有可能的事。而知情的人，則因要保密而全部被他處決了，所以才連鬼王都給瞞過。

雲裳皺眉道：「春和殿這麼大，如何去尋這秘道呢？」

范浪極用力揮手，叫道：「若有秘道，定是在寶庫之內，因爲那是朱元璋才能進去的地方。」

谷倩蓮開心得跳了起來，叫道：「還不快去找？」

范良極苦笑道：「希望我可以把那些北勝天親製的鎖打開來吧！」

喊殺聲從四面八方潮水般響起來。戚長征拔出天兵寶刀，大喝道：「動手了！月兒你們幫我扶莊宗主等到中殿去，行烈隨我來。」

向清秋抽出長劍，向愛妻雲裳道：「裳妹，替我照顧爹！」雲裳露出生離死別的悽然之色，點了點頭，沒有說話。

了盡合什道：「多個男人照應傷病，總是好的，清秋不如負責守衛入口，以應付闖進來的敵方高手。」轉向躍躍欲試的莊青霜、虛夜月和谷姿仙道：「地道事關重大，諸位請匡助清秋把關，外面的事，交給了盡和風戚兩位施主好了。」他德高望重，這一出言，誰都不敢違背。雲裳鬆了一口氣，猛扯了夫郎衣袖，著他遵從。

谷姿仙向風行烈叫道：「風郎小心了！」風行烈與戚長征對望一眼，哈哈一笑，隨著了盡撲向殿外。

秦夢瑤的飛翼劍離鞘而出，登時劍氣潮沖而去，籠罩著亭頂上持環作勢的單玉如。單玉如知道不能讓秦夢瑤先出劍，提聚魔功，玉環脫手甩出，由兩側先彎往外，才繞回來像長了翅膀眼睛般飛襲對方側背，同時兩袖幻出無數既好看又姿態多端的玄奧招式，隨著滑翔而下、迅若電閃的身法，向這代表兩大聖地的仙子發動雷霆萬鈞的強攻。秦夢瑤微微一笑，忽往後移，漫不經意地向著兩邊玉環遙遙劈出兩劍，才改爲前衝，迎上了凌空下擊的一對翠袖。「噹噹！」兩聲脆響，玉環被如有實質的先天劍氣分毫不差地擊個正著，呼嘯著倒飛迴繞，正運功馭環的單玉如受到影響，身形一窒時，飛翼劍已來至身前。秦夢瑤的一退一進，憑著絕世的身法，無不恰到好處，仍是領在機先，使單玉如沒法爭回主動。「蓬！」單玉如翠袖一揚，盪開了飛翼劍。兩人硬拚下同時退開。

單玉如接著飛回來的一對玉環，竟凌空旋轉起來，十多粒彈珠，往秦夢瑤激射而去。秦夢瑤的心靈通透澄明，一絲不漏地把握到單玉如體內所有變化。她每一次旋轉，魔功便提高一分。秦夢瑤知道此乃魔門霸道至極的一種運功方式，極爲損耗眞元，假若單玉如接著的猛攻不能取勝，那她除了束手就擒，就只有施展「天魔飛遁」的唯一選擇了。這仙子飛翼劍在空中畫出一個小圈，勁疾的彈珠立時全被吸納進圈內，再隨她劍氣一帶，像一群蜜蜂般投進遠處的池塘裏。單玉如一聲長嘯，翠袖飛揚，玉環生光，凌空撲來。環追袖逐中，向秦夢瑤展開狂風暴雨般的攻勢。

齊泰、黃子澄、李景隆、帥念祖、直破天和一眾投向允炆的廠衛禁衛，加上其他高手，潮水般湧至，要在他們退入牆閘前全部截下。李景隆和張昺的目標都是燕王棣，只要去此大患，其他人再不足為慮。韓柏以巧勁將陳令方拖入宮門裏，讓他安然落地，拔出鷹刀時，眼前盡是刀光劍影、掌風拳勁。他自出道以來，從未遇過比眼前更凶險的處境，數以百計的敵人向他潮湧而來，其聲勢的驚人處，只是看到就要膽喪。他的魔種倏地提升至前所未有的層次，腦海閃過戰神圖錄融會貫通後的精粹，狂叫道：「燕王退後！」其實不待他提醒，老公公、張玉、僧道衍等人早護著燕王急退入門內。燕王因運功逼毒，功力大打折扣，絕不可與人動手，這時見到韓柏不顧自身安危，為他攔截敵人，心中不由一陣感激。嚴無懼和葉素冬兩人和仍留在他們那方的禁衛均受對方聲勢所懾，一些往後方牆頭躍去，一些則掩護燕王撤退。忽然間，韓柏變成一個人卓立最前方，面對著數之不盡的敵人。

韓柏像脫胎換骨變了另外一個人般，雙目神光電閃，鷹刀高舉過頂，有若天神降世，絲毫不懼敵勢。化身李景隆的「邪佛」鍾仲遊心中大喜，最先搶出，一拳往他轟去。旁邊的張昺見機不可失，由側翼運劍攻上，劍招狠辣。帥念祖和直破天兩人始終和韓柏有點交情，雖不明原因，總覺得韓柏不是陰謀叛變的人，罪魁禍首只會是燕王棣，移了開去，不願親手殺死他。齊泰和黃子澄一槍一矛，均全力直取韓柏，務求置他於死地。雖說發招先後有別，總是四大高手同向韓柏招呼。退後的燕王棣等人都想閉上眼睛，不忍看韓柏當場被敵人殺死的慘局，不過若非韓柏攔著敵方這四個極厲害的人，他們能否退走，亦是問題。牆上由鬼王府、西寧派和燕王部屬組成的聯軍，不待吩咐，弩箭齊發，射著兩翼攻來的敵人，其中有數箭朝著允炆射去，都給恭夫人、扮作允炆親兵的解符和楞嚴擋開了。

韓柏一聲長嘯，聲蓋全場。心中湧起因朱元璋突然駕崩的傷痛，就在這一刻，他知道自己一直都眞心的把這一代霸主當作是至交好友，剛才事情發生得太突然了，使他根本來不及反應，到了現在面對著死亡的時刻，深藏的情緒才不受壓抑地湧了出來。勁風及身。韓柏對鍾仲遊的拳頭看也不看，手上鷹刀閃電下劈。鍾仲遊大喜過望，暗忖你的刀尚未及身，早給老子全力一拳的勁氣遙遙震斃，忙加重了剛勁，好把對方的屍身遠拋開去，免得此子臨死前仍能把鷹刀劈在他身上。哪知拳風湧去時，韓柏微往橫移，竟肩頭一晃，若無其事地硬接了他的拳風，這時鷹刀已照頭向他劈來。若換了是單玉如，必因清楚韓柏的底細而不致如此失策。但鍾仲遊哪知韓柏的挨打功如此厲害，驚覺時，魂飛魄散，駭得硬往旁移，同時左手抽出匕首，在肩頭處橫架鷹刀。「鏘！」匕首應刀而斷，韓柏鷹刀以雷霆萬鈞之勢，劈在鍾仲遊肩膀處，登時血花四濺。這邪佛乃天下有數高手，在敵刀入肉三分時，已運勁貫於肌肉，阻著對方寶刀剁入骨內，同時加速橫移，使敵刀再難停留，就在此時，鷹刀發出一股摧心裂肺的眞勁，透入他經脈裏。鍾仲遊一聲狂嘶，往橫拋跌，撞得衝上來的黃子澄也踉蹌跌退，此時四周的人爭相扶持他兩人，立即引來一陣混亂，暫時癱瘓了一邊的攻勢。

韓柏知道殺不了鍾仲遊，心叫可惜，不過此人休想在短時間內再動手，鷹刀一轉，向著急攻而來的張昺和齊泰。張昺哪想得到鍾仲遊一個照面就給對方劈得濺血跌開，忽然間鷹刀已凌厲無比地劈至。驚人的刀氣，吸攝著他的身體，使他欲退無從。韓柏想起他狎玩媚娘，怒從心起，更不留情，健腕一抖，鷹刀有若天馬行空般破入他的劍影裏。張昺死命運劍迴擋。「噹！」一聲大響，張昺給他連人帶劍劈退三步，撞倒了背後的兩個武士。那兩名都是帥念祖和直破天訓練出來的死士，悍勇無倫，見張昺撞來時，自然想伸手扶他，誰知張昺乘機把韓柏攻入體內的氣勁借花獻佛般度入了他們體內，兩人全無防範下，立時仰天噴血，硬生生給韓柏無堅不摧的刀氣震斃。

張昺心膽俱喪，正要再退時，韓柏那柄使人完全無法把握和捉摸的鷹刀，橫掃在齊泰挾著勁厲風聲掃到的長槍處。齊泰一向自負槍法高明，怎知給鷹刀掃中，一股無可抗禦的刀氣沿槍而入，逼得他慌忙急退，撞得後面湧上來的人全亂了陣腳。這時張昺剛退了兩步，氣勢全消。韓柏兩眼神光罩定了他，冷喝道：「廉先生你好！」就趁對方氣勢減退的當兒，欺身而前，在五、六件往他招呼的兵器臨身前，鷹刀以沒有人能看清楚的驚人速度，破入了張昺臨死前反擊的劍網裏。長劍撒手落地，張昺胸口鮮血激濺，仰後就倒，當場斃命。

燕王棣這時退入了門內，見韓柏大展神威，先傷魔門絕頂高手「邪佛」鍾仲遊，又殺張昺，以一人之力硬擋著敵人主力，精神大振，狂叫道：「韓柏回來！」

韓柏一個轉身，把四周湧來的人劈得刀跌劍掉，倉皇倒退，大喝道：「我要幹掉允炆才回來！不要理我！」

牆上的聯軍見他神勇蓋世，士氣大振，一陣亂箭，射得帥念祖等全退了回去。「砰！」大門終於關上。

了盡禪主和風戚三人此時來到牆頭處，見狀忙往韓柏混戰處撲去。敵方十多名武士一齊飛身攔截，包括了帥念祖和直破天這兩大高手，儘管以三人之能，仍無法立刻靠近被困在重圍裏的韓柏。了盡禪主一人擋著了直破天和五名高手，他知道這些人只是受天命教所愚，罪不該死，沒法痛下殺手，變成了纏戰的局面。風戚兩人慣於合作，聚到一起，由風行烈的丈二紅槍開路，見人便挑，竟無一合之將；戚長征的天兵寶刀更是大開大闔，充滿君臨天下的霸氣，直有横掃千軍之概，到帥念祖搶入戰圈後，才使兩人去路受阻。此時四周盡是敵人蹤影，喊殺震天，使人有不知身在何方之感。鬼王府的霍欲淚見姑爺陷身敵陣，哪敢怠慢，率著特別高明的五十多名鬼王府精鋭，組成一個三角戰陣，殺將過去。這批人均是訓練精良，身經百戰之輩，對方雖是人多，但夾雜著太多奸黨帶來的家將親隨，又兼事起倉卒，心理準備不足，而葉素冬、嚴無懼均是他們一向敬畏的人，戰意不高，一輪衝殺下，竟給鬼王府的人衝得往後退去。

在兩軍的貼身戰鬥裏，有組織和沒有組織，強弱眞有雲泥之別，鬼王府軍像一股暗湧般影響了整個戰場，韓柏忽感壓力大減，這時他已身帶多處創傷，且因如此一刻不停的劇戰，一向源源不絕的眞氣亦感衰竭，得此喘息之機，猛提一口眞氣，沖天而起，往允炆處撲去。允炆身後的大臣大多不懂武功，見到這忠勤伯豪勇蓋世的姿態，均嚇得往後移去。允炆身前數十名護駕親隨，無不是天命教招攬回來的高手，見狀拚命攔截。韓柏人刀合一，凌空飛來，人未至，一股凜冽的殺氣早破空罩來，其中功力較淺的幾個人，膽戰股慄，竟嚇得避了開去。韓柏與兩人在空中相遇，錯身而過，那兩人同聲慘叫，頹然墜地。此時他已被激起魔性，誓要把允炆宰掉，以報朱元璋猝死之恨，至於自己能否活命，一點都不放在心上。他不但忘了眾嬌妻美妾，連自己都忘掉了。一輪兵刃交擊之聲，他再劈飛了敵方三名好手，天將般降入了允炆的近衛隊裏。韓柏的魔功提升至極限，刀出如風，快逾掣電，刀過處總有人應聲倒下。敵人只要踏入三步之內，定要濺血當場。他所到處屍骸狼藉，盡是怵目驚心的鮮血。韓柏從未如此狠辣無情，可說全是給逼出來的。

允炆看著眼前驚心動魄的場面，駭得面無人色，伸手緊抓著乃母衣袖，顫聲道：「我們退後好嗎？」

解符拔出多年沒有動用過的軟劍與楞嚴並肩而立，一起神色凝重地盯著只隔了七、八重人牆的韓柏，點頭道：「我們移後五丈！」

風戚兩人正陷身於慘烈至極的近身廝殺裏，敵人沒有休止地由四面八方湧來，眼睛這時都不管用，純憑感覺斬殺有如螻蟻附身的敵人，槍槍狠辣、刀刀無情，若給一人闖入三尺之內，任他槍法刀法蓋世，也展不開手腳，那就是立斃當場的厄運。

此時風行烈忽見允炆的旗幟後移，心中一動，高喝道：「皇太孫死了！皇太孫死了！」聲傳全場。敵我雙方之人往允炆處望去，果見旗幟後移，雖沒有歪斜，總感不是好事，立時引起一陣混亂。風戚兩人乘機衝殺，與鬼王府只剩下三十多人的精銳結合在一起。齊泰和黃子澄兩人則轉了去指揮禁衛，展開對春和殿的強攻，好牽制守殿的嚴無懼和葉素冬，教他們不能對正門處的韓柏等施加援手。鏖戰至此，風戚等人無不負傷，若讓形勢如此發展下去，加上敵方援軍不絕，遲早會眞元耗盡而亡。

直破天與了盡再拚一矛後，忽大喝道：「停手！」他十多名正作圍攻的手下忙往外退開，仍把了盡圍個水洩不通。

直破天戟指厲叱道：「你身上已三處負傷，爲何仍不肯對我等施加殺手。閣下究是何人？」

了盡微微一笑，合什道：「貧僧乃淨念禪宗的了盡，至於爲何不肯下手殺人，乃覺得爾等沒有該殺的理由，可惜現在是於生死交戰中，貧僧一時難以解說。」

直破天一呆道：「天！你竟是了盡他老人家，爲何？噢！不過！」仰天大叫道：「凡我直破天之人，立即停手。」登時有數百人退了出來，湧到了直破天四周。

帥念祖飛掠過來，大怒道：「老直！發生了甚麼事？」

直破天喝道：「這位是了盡禪主，這麼說你明白了嗎？」

帥念祖渾身劇震，凝視著了盡道：「不會錯認吧？」

直破天冷然道：「你試兩招便知了。」

帥念祖回頭望著戰場，少了他們的壓力，風戚和鬼王府高手又搶前兩丈，與韓柏更接近了。不過允炆顯然調來了京城的駐軍，一隊隊的明軍不斷注入彷如修羅地獄的御花園內。

了盡柔聲道：「允炆是天命教的人。」

帥念祖和直破天對望一眼後，前者道：「皇上是否給他害死？」

了盡低宣一聲佛號，道：「可以這麼說，但實情卻是異常複雜，一言難盡。」

直破天乃百年前矛宗直力行的後人，出身忠良之後，知道對方身分，怎肯再動手，道：「念祖！你怎麼說。」

帥念祖嘆了口氣道：「人生不過數十年光景，把性命送給你又何妨？」

直破天仰天笑道：「不枉我們一場兄弟，那李景隆身手忽然變得如此高明，早使直某生疑，這幾天燕王又與皇上形影不離，事實早昭然若揭！來！讓我們先把忠勤伯救回來吧！」

帥念祖振臂高呼道：「不怕死的就隨我來！」四周立時呼聲雷動，聲震全場。

韓柏已不知殺了多少人，前方仍是無盡的敵人，允炆則早退入省躬殿的範圍裏，受到高牆的保護。一陣氣餒，左腿立時中了一槍，幸好給他護體眞氣及時震開，否則腿骨也要破裂。這時他才想起心愛的人兒們，一聲大喝，反身往回殺去。他一直往前強攻，敵人只記得拚死堵截，誰都想不到他會逃走，反爲之陣腳大亂，被他衝出了十多步，才重新把他截住。韓柏身在重圍裏，身上沾滿敵我雙方的鮮血，一輪衝殺後，銳氣已洩，幸好這裏並非廣闊的平原，花園內不但有參天古樹，還有小橋流水，荷池涼亭，使他免了被人結陣衝殺的危險，當下展開身法，盡量利用地形特點，往回殺去。人仰馬翻中，風戚兩人終於殺至，鬼王府除霍欲淚外，只剩下十七名高手，無不負傷浴血，眼看無力衝出重圍。忽地殺聲震天，在他們意料之外下，帥念祖、直破天領著手下武功高強、悍勇無匹的四百六十多名死士，衝殺過來，一時天慘地愁，敵方陣腳大亂。號角聲起。允炆方面吹響了撤退的號令。韓柏等眾人忙往春和殿退去。允炆當然不會就此罷休，誰都知道當他們再攻來時，就不會像這次般既沒有組織，也沒有準備了。

「的！」眾女隨著發出一陣歡呼叫嚷。

范良極千辛萬苦，出盡開鎖的工具和本領，終打開了最上的一個鎖，立即洋洋自得道：「本大哥還當北勝天如何了得，還不是讓我手到鎖開。」

谷倩蓮哂道：「弄了足有三刻鐘，這叫手到鎖開嗎？」

盧夜月怨道：「開了其他兩個鎖才好吹牛皮吧！」

谷姿仙皺眉道：「不要打擾范大哥好嗎？」

范良極哈哈笑道：「第一把鎖總是最難開的，來！欣賞一下你們大哥稱雄盜界的絕技。」兩條鋼線伸進中間那把鎖裏，在眾女的期待下，「的！」一聲又給他開了。眾女熱烈鼓掌歡呼。谷姿仙心懸愛郎，幽幽嘆了一口氣。

旁觀的陳令方道：「姿仙放心吧！燕王和那三個小兄弟都是福緣深厚的奇相，老夫敢保證沒事，不信就問鬼谷子的第一百零八代傳人吧！」

莊青霜、寒碧翠等同時一怔，齊聲問道：「誰是鬼谷子的第一百零八代傳人？」虛夜月乃唯一知情的人，抿嘴偷笑。

范良極這時正對最後一把鎖努力，聞言喝罵道：「不要騷擾你老子我！」

「的！」一聲再次響起，不過卻比以前那兩聲響多了，似乎是三把鎖同時作響。眾女歡呼才起，見范良極面如死灰，均立即收聲，齊叫道：「甚麼事？」

范良極道：「這叫『三鎖同心』，當我開啓第三把鎖時，觸動機括，其他兩把又立即再鎖上了。唉！這北勝天眞是世上最討厭的人。」

虛夜月吃驚道：「那怎辦才好呢？你不是稱雄盜界的開鎖大王嗎？」

范良極額頭滲出熱汗，叫道：「月兒！來！做大哥的助手。」

虛夜月擺手道：「不！我們第一次合作偷東西就失敗了，還是找第二個吧！」

谷倩蓮捲高衣袖道：「讓本姑娘來！」

中殿處莊節和沙天放正運功調息，準備逃走，向蒼松復元了大半，與薄昭如和兒媳留意著外面的戰況。雲清、雲素則陪著躺在長几上氣若游絲的忘情師太，神情黯然。允炆撤退的號角聲傳來，眾人都大是奇怪，不明白為何可擊退實力比他們雄厚百倍的敵人。

莊節猛地睜眼，不能相信地道：「這是怎麼一回事？」

向清秋道：「讓我去看看！」雲裳哪放心他，忙追著去了。

忘情師太一聲呻吟，張開眼睛。自雲素把她抱回來後，她還是第一次回復神志。

雲素、雲清同時撲到她身旁，悽然叫道：「師父！」莊節和向蒼松都移步過去，察看她的情況。

忘情師太雙目清明，嘴角露出一絲微笑道：「貧尼終報了深仇，那奸賊中了我一掌，開始時或許沒有甚麼，但每過一天，他的傷勢都會加深，誰也救他不了，我死了也要化作厲鬼，追在他旁，看他慢慢死掉。」雲素呆了起來，想不到多年清心修行的師父，對解符竟有這麼深刻的怨毒。

忘情師太紅光泛臉，望向兩位愛徒，柔聲道：「雲清知否為何師父不干涉你和范良極的事，因為他是眞的愛你，這事師父一直知道，只是沒有說出來罷了！」雲清雙眼一紅，忍不住伏在她身上失聲痛哭。

忘情師太望向雲素，輕輕嘆了一口氣，勉力道：「若素兒不想當出雲庵庵主，便由雲淨師姊當吧！師父絕不會怪你為韓柏動了凡心。一切隨緣。」

有莊節和向蒼松在旁，雲素又羞又傷痛，熱淚泉湧，伏到她身上，悲泣不已，不住搖頭，卻是說不出話來。

忘情師太再沒有任何動靜。莊節與向蒼松對望一眼後，悽然道：「兩位小師父莫要悲痛，師太求仁得仁，應為她高興才對。來！讓我們把她包紮妥當，設法將她運走安葬。」

雲清雲素哭得更厲害了，哭聲由那洞開的殿頂直送往黃昏前淒艷的天空！

單玉如一對玉環，夾著奇異的嘯響，向秦夢瑤展開一次又一次的狂暴攻勢。秦夢瑤改採守勢，在環影袖風中，仍是自由自在，全無掛礙。容色寧恬如常，美目澄澈似水，每劍擊出，均若漫不經意，輕描淡寫，但總能封死單玉如所有後著，教她不能將名著天下的翠袖玉環，淋漓盡致地把威力發揮出來。再攻三環後，單玉如一陣氣餒，感到眼前此女，實是她永遠無法擊倒的劍道大宗師。她的劍法臻達仙道之境，去留無跡，教人完全無法捉摸應付。此消彼長，秦夢瑤生出感應，劍芒忽盛，一連三劍，殺得單玉如只有招架之功，再無還手之力。單玉如發覺自己全被秦夢瑤控制著，要她往左她就不能往右，要她移前便怎麼也沒法退後，這時不要說取勝，連想以天魔遁逃走都有所不能。

秦夢瑤忽地劍招一變。單玉如大喜若狂，因爲就在對方變招之際，她察覺到秦夢瑤絲毫不著形跡的劍法竟隱隱露出了給她可以逃遁的影跡。單玉如乃魔門近百年來除赤尊信外最出類拔萃的高手，眼力高明至極，驀地嬌叱一聲，全力擊出兩環。「噹噹！」兩響，單玉如終於找到脫身的機會，閃電往後方僧房林立的古剎南端掠去。秦夢瑤嘴角逸出笑意，如影隨形，緊跟在她身後。

單玉如剎那間掠過古剎外圍高牆，到了附近房屋之頂，可是秦夢瑤驚人的劍氣，仍緊罩著她，就若有條無形之線，將兩人縛在一起那樣。單玉如知道若不施展天魔遁，休想把她甩掉，猛一咬牙，咬破舌尖，噴出一天血霧。像奇蹟出現般，單玉如猛然加速，筆直往遠方流星般投去。秦夢瑤的速度相應增加，竟仍追在她身後。單玉如保持直線，體內潛能漸漸釋放出來，把秦夢瑤稍拋在後方。這天魔遁法極爲霸道，否則也不會損耗壽元，而且未夠百里，絕不可以停下來，逃遁且須依循直線形式，否則眞元一窒，立即倒地暴斃。

秦夢瑤倏然而止，俏立一座小樓之頂，極目遠眺單玉如迅速變小的背影，輕嘆道：「冤有頭債有主，多行不義必自斃，教主好自爲之，恕夢瑤不送了。」

春和殿前兩進躺滿傷兵，由精通醫術的影子太監、御醫和虛夜月諸女加以施救包紮。剛才交戰不足兩刻鐘，陣亡的人數高達二百人，傷了三百多人。若把輕傷的計算在內，雖帶傷而仍有作戰能力者約略多於五百人，可反映戰況之烈。韓柏、風行烈、戚長征等高手，自行止血療傷，略一調息便回復了七八成功力，來到中殿與燕王商議。這時帥念祖和直破天已驗明了朱元璋的死因，又聽過了他死前的詳情，疑心盡去，誓死爲燕王效命。若非此二人突然倒戈，不但不能暫時逼退允炆，韓柏等可能亦沒有一個人能回來。不過現在形勢仍險惡萬分，敵人源源不絕開入宮來，把春和殿圍個水洩不通。朱元璋的龍體塗上了藥物，包紮起來，準備若能突圍，就把他運回順天府去。

戚長征道：「他們在等甚麼呢？」

燕王棣沉聲道：「在等耿炳文精銳的南兵和火炮。帥卿和直卿兩人的陣前倒戈，已嚇寒了允炆的膽子，誰說得定禁衛和錦衣衛中再沒有倒戈投誠的人。」

眾人聽到他的分析，都點頭同意。韓柏心中升起一種奇怪的感覺，就像燕王棣忽然變成了朱元璋，繼承了他的冷靜和雄才大略，把一切全控制在他的手裏。

嚴無懼道：「寶庫的鎖仍未能開啓，裏面是否另有秘道仍是未知之數，藉此時機，不如再想突圍之法，趁南兵抵達前強闖出去，勝過坐以待斃。」

燕王棣搖頭道：「父皇既在臨死前都不忘提及秘道，可知定有此事。本王亦同意范良極所說，若有秘道，必在寶庫內。本王就押他一注，大不了再作困獸之鬥，總比作那全無生望的突圍強多了。」

韓柏插入道：「我對老賊頭最有信心，若給他時間，定能把鎖打開。」

燕王棣下令道：「把傷者全部移入中殿，若能逃走，先把他們運送出去，本王若見不到所有人安全離去，怎也不肯先自逃走的。」眾人大爲感動，暗忖燕王棣比朱元璋有義氣。當下有領命的去了。

最後一線夕陽的光線，終於消失在這戰雲密佈的古城之下，殿外昏暗下來。殿內殿外均黑沉沉一片，雙方都沒有亮起燈火。

遠處忽然傳來隆隆之聲。陳令方駭然道：「這是甚麼聲音？」

一直靜立一旁的了盡禪主淡淡道：「這是火炮移動的聲音。」陳令方駭得面青唇白，說不出話來。

燕王棣的頭號大將張玉道：「敵人要在四面八方架起大炮，大約須要一個時辰，若我們不能在這時間內進入秘道，天下就是允炆的了。」

燕王棣喝道：「生死有命，本王才不信鬼王的眼光會看錯本王和那個小賊。」

陳令方的臉立時重見血色，不住點頭，若非不敢騷擾范良極，早扯著要他再加證實。殿外忽又傳來喊殺之聲。陳令方登時又面無人色。

僧道衍微笑道：「這只是騷擾性的佯攻，使我們不得安寧，待道衍出去看看。」

嚴無懼、葉素冬、帥念祖等均是謹慎的人，各自往不同的戰線督師。戚長征最是好湊熱鬧，也扯著風行烈去了，陳令方則到地下室看范良極的任務進行得如何，最後只剩下老公公、了盡禪主和韓柏三人伴著燕王棣。一向影子般陪著朱元璋，現在則改爲形影不離保護燕王棣的老公公，告了一聲罪，與了盡到了一角說話。

燕王棣輕嘆一聲道：「韓兄弟！陪我走走。」

韓柏默默隨他由側門步到院外，只見高牆外火把的光燄照得明如白晝，攻防戰正激烈地開展著。

燕王棣道：「幸好父皇早在宮內預備了大批兵器箭矢，否則早不敷應用。」

韓柏聽他語氣感觸甚深，也嘆了一口氣。

燕王棣負手身後，仰望夜空，喟然道：「本王一生最敬重的人，就是父皇；但最憎恨卑視的，卻也是他，這是否非常矛盾呢？」

韓柏細心一想，點頭道：「我明白燕王的意思。」

燕王棣目泛淚光，悽然道：「可是當他在我懷內死去的一刻，我卻發覺自己變得一無所有，以前我總有個喜歡和痛恨的目標，但現在卻感到無比的空虛，所以若不能安安全全地逃離京師，本王情願轟轟烈烈戰死，也勝似做那落荒之犬，東躲西藏。」

韓柏明白他的意思，若硬闖突圍，能有幾個人逃得出去已是僥倖，那時定會給允炆大舉搜捕，遲早都要給擒著。但若是由地道全師離去，就可保存實力。而且朱元璋既點明秘道可讓燕王離京，那條秘道的出口必然在一個非常安全的地方，說不定可直通城外。

燕王棣道：「只要到達揚州府，那裏的守將是我的人，我們就安全了。」

韓柏道：「我有信心燕王可安返順天。」

燕王棣淡淡道：「我也有那個信心。剛才本王還以爲你死定了，哪知帥直兩人會忽然倒戈，這就叫命運，誰也不能推翻。」

韓柏暗忖人在絕境時特別相信鬼神命運，燕王也不例外。朱元璋駕崩的一刻，所有人的信心都被摧毀，現在初戰得利，又逐漸回復過來。燕王沉默起來。韓柏識趣告退，留下他一個人對著夜空沉思。

韓柏回到中殿，四周躺滿了傷重難行的人，虛夜月和莊青霜剛忙碌完畢，見到他來，都迫不及待把他纏著。韓柏道：「師太怎樣了？」兩女神情一黯，沒有答他。韓柏雖心中不舒服，但卻沒有很大的悲痛，心想人總是要死的，只是遲早的問題罷了！擁著兩女，走入地下室去。忘情師太和朱元璋的遺體都停放在一角，雲素見他下來，垂下了俏臉，神情木然，韓柏走了過去，向遺體恭敬地叩了三個頭，才站起身來。莊節已可隨便行走，正和向蒼松及向清秋夫婦說話。范良極滿頭大汗地在弄那把「三鎖同心」的怪鎖，谷倩蓮站在一旁卻幫不上忙。

韓柏哈哈一笑道：「老賊頭又自誇甚麼天下妙手，原來對著區區三把鎖都一籌莫展，看來也該歸隱耕田。」旁邊的寒碧翠待要責怪韓柏，谷姿仙使個眼色，把她拉開。

范良極罵了一輪粗話後，喝道：「韓柏小子快滾過來！」

韓柏移到他旁，蹲下嘻嘻笑道：「甚麼『三鎖同心』這麼文謅謅的，我看只是一個鎖三個洞，你分開處理，自然摸不著頭緒哩！」

范良極渾身一震，像給人點了穴般凝然不動。

谷倩蓮兩手分按他兩人肩頭，把頭湊到兩人之間，嬌哼道：「韓小子你這人有破壞沒有建設，少說一句行嗎？」

韓柏別過臉來，大嘴湊到谷倩蓮的耳旁嘻嘻笑道：「小蓮姊！我們好像從未這麼親熱過，不怕小風吃醋嗎？」谷倩蓮俏臉飛紅，啐罵一聲，退了開去。

范良極忽地發出一聲怪叫，六七枝鋼針閃電般分別插進三個匙孔裏，大笑道：「你這小子眞是傻得有理，一個鎖他奶奶的三個洞，看老子我破你北勝天的鬼把戲。」兩手在幾支鋼針上忙個不停，又鑽又搖，「的的的」三聲連續響起後，接著是「咯」的一聲清響。

谷倩蓮忘形地捧著臉蛋尖叫道：「天啊！打開了！」

在場諸人一起湧過來。范良極抓著門把，用力扭了三個圈，輕輕一推，厚鋼門立時往內滑去。寶庫只有十個櫃子，盤龍掩月杯赫然出現在其中一個單獨的櫃子中。眾女鼓掌歡呼。

范良極深吸了一口氣道：「假設裏面沒有秘道入口，我們怎辦呢？」眾人立即鴉雀無聲。

韓柏大笑舉步入庫，瀟灑笑道：「那有甚麼假如或如果，快用你的賊眼看看入口在哪裏？」

莊節等推著范良極進入寶庫，逼他立即察查。范良極先在寶庫粗略找了一遍，才逐寸逐寸推敲思索。眾人高漲的情緒隨著他愈來愈難看的臉色不住下降，當他頹然坐下時，沒有人再有半點歡容。

范良極攤手哭喪著臉道：「這次完了，這裏根本沒有秘道，老朱指的可能只是那些普通的地道。」

這時戚長征和風行烈匆匆趕至，見庫門大開，狂喜奔來，等見到各人的表情，均駭然大驚。

韓柏苦著臉道：「外面的情況怎樣了？」

風行烈苦笑道：「這次完了，耿炳文的大軍已至，火炮都架了起來，隨時會向我們發動攻擊。」

戚長征焦急道：「你查看清楚了所有地方沒有？」

范良極嘆道：「這四面牆壁和地板我都不知摸過多少遍，每個櫃都搬開來看過，就是沒有地道。」

虛夜月心中一動，往上望去，然後發出一聲尖叫，指著「承塵」道：「你們看！」眾人抬頭仰望，都不覺得有異樣之處。

薄昭如一震道：「我明白了，這室頂比外面至少矮了五尺，地道定是在上面。」

范良極彈了起來，以手掌吸著室頂，迅速移動，不片刻怪叫道：「找到了！找到了！」

「隆！」一陣地動天搖，范良極給震得掉了下來。敵人終於發動猛攻。

《覆雨翻雲》卷十一終

新人間叢書138

覆雨翻雲修訂版〈卷十一〉

作　者—黃易
主　編—葉美瑤
編　輯—邱淑鈴
校　對—黃易、余淑宜、陳錦生
企　畫—陳靜宜
董事長—
發行人—孫思照
總經理—莫昭平
總編輯—陳蕙慧
出版者—時報文化出版企業股份有限公司
10803台北市和平西路三段二四〇號三樓
發行專線—（〇二）二三〇六—六八四二
讀者服務專線—〇八〇〇—二三一—七〇五・（〇二）二三〇四—七一〇三
讀者服務傳眞—（〇二）二三〇四—六八五八
郵撥—一九三四四七二四時報出版公司
信箱—台北郵政七九～九九信箱
時報悅讀網—http://www.readingtimes.com.tw
電子郵件信箱—ctliving@readingtimes.com.tw
法律顧問—理律法律事務所　陳長文律師、李念祖律師
印　刷—盈昌印刷有限公司
初版一刷—二〇〇四年十二月二十日
初版三刷—二〇一三年一月二十五日
定　價—新台幣二四〇元
⊙行政院新聞局局版北市業字第八〇號

國家圖書館出版品預行編目資料

覆雨翻雲修訂版／黃易著. --初版. --臺北
市：時報文化, 2004〔民93-〕
冊；　公分. --（新人間；128-139）

ISBN 957-13-4186-X（一套：平裝）

ISBN 957-13-4187-8（第1冊：平裝）ISBN 957-13-4188-6（第2冊：平裝）ISBN 957-13-4189-4（第3冊：平裝）ISBN 957-13-4190-8（第4冊：平裝）ISBN 957-13-4191-6（第5冊：平裝）ISBN 957-13-4192-4（第6冊：平裝）ISBN 957-13-4193-2（第7冊：平裝）ISBN 957-13-4194-0（第8冊：平裝）ISBN 957-13-4195-9（第9冊：平裝）ISBN 957-13-4196-7（第10冊：平裝）ISBN 957-13-4197-5（第11冊：平裝）ISBN 957-13-4198-3（第12冊：平裝）

857.9　　　　93016670

ISBN 978-957-13-4197-2
Printed in Taiwan